Michel Tournier

de l'Académie Goncourt

Gaspard, Melchior & Balthazar

Gallimard

Gaspard, roi de Méroé

Je suis noir, mais je suis roi. Peut-être ferai-je un jour inscrire sur le tympan de mon palais cette paraphrase du chant de la Sulamite *Nigra sum, sed formosa*. En effet, y a-t-il plus grande beauté pour un homme que la couronne royale ? C'était une certitude si établie pour moi que je n'y pensais même pas. Jusqu'au jour où la blondeur a fait irruption dans ma vie...

Tout a commencé lors de la dernière lune d'hiver par un avertissement assez embrouillé de mon principal astrologue, Barka Maï. C'est un homme honnête et scrupuleux dont la science m'inspire confiance dans la mesure où lui-même s'en méfie.

Je rêvais sur la terrasse du palais devant le ciel nocturne tout scintillant d'étoiles où passaient les premiers souffles tièdes de l'année. Après un vent de sable qui avait sévi huit longs jours, c'était la rémission, et je gonflais mes poumons avec le sentiment de respirer le désert.

Un léger bruit m'avertit qu'un homme se trouvait derrière moi. Je l'avais reconnu à la discrétion de son approche : ce ne pouvait être que Barka Maï.

— La paix sur toi, Barka. Que viens-tu m'apprendre ? lui demandai-je.

— Je ne sais presque rien, Seigneur, me répondit-il

avec sa prudence habituelle, mais ce rien, je ne dois pas te le cacher. Un voyageur venu des sources du Nil nous annonce une comète.

— Une comète ? Explique-moi, veux-tu, ce qu'est une comète, et ce que l'apparition d'une comète signifie.

— Je répondrai plus facilement à ta première question qu'à la seconde. Le mot nous vient des Grecs : ἀστὴρ κομήτης, ce qui veut dire *astre chevelu*. C'est une étoile errante qui apparaît et disparaît de façon imprévisible dans le ciel, et qui se compose pour l'essentiel d'une tête traînant derrière elle la masse flottante d'une chevelure.

— Une tête coupée volant dans les airs, en somme. Continue.

— Hélas, Seigneur, l'apparition des comètes est rarement de bon augure, encore que les malheurs qu'elle annonce soient presque toujours gros de promesses consolantes. Quand elle précède la mort d'un roi, par exemple, comment savoir si elle ne célèbre pas déjà l'avènement de son jeune successeur ? Et les vaches maigres ne préparent-elles pas régulièrement des années de vaches grasses ?

Je le priai d'aller droit au fait sans plus de détours.

— En somme, cette comète que ton voyageur nous promet, qu'a-t-elle de remarquable ?

— D'abord elle vient du sud et se dirige vers le nord, mais avec des arrêts, des sautes capricieuses, des crochets, de telle sorte qu'il n'est nullement certain qu'elle passe dans notre ciel. Ce serait un grand soulagement pour ton peuple !

— On prête souvent aux astres errants des formes extraordinaires, glaive, couronne, poing serré d'où sourd le sang, que sais-je encore !

— Non, celle-là est très ordinaire : une tête, te dis-je, avec un flot de cheveux. Mais il y a toutefois à propos de ces cheveux une observation bien étrange qui m'a été rapportée.

— Laquelle ?

— Eh bien, à ce qu'on dit, ils seraient d'or. Oui, une comète à cheveux dorés.

— Voilà qui ne me paraît guère menaçant !

— Sans doute, sans doute, mais crois-moi, Seigneur, répéta-t-il à mi-voix, ce serait un grand soulagement pour ton peuple si elle se détournait de Méroé !

J'avais oublié cet entretien, lorsque deux semaines plus tard je parcourais avec ma suite le marché de Baalouk réputé pour la diversité et l'origine lointaine des produits qu'il rassemble. J'ai toujours été curieux des choses étranges et des êtres bizarres que la nature s'est plu à inventer. Sur mes ordres, on a installé dans mes parcs une sorte de réserve zoologique où on nourrit des témoins remarquables de la faune africaine. J'ai là des gorilles, des zèbres, des oryx, des ibis sacrés, des pythons de Séba, des cercopithèques rieurs. J'ai écarté, comme par trop communs et d'un symbolisme vulgaire, les lions et les aigles, mais j'attends une licorne, un phénix et un dragon que des voyageurs de passage m'ont promis, et que je leur ai payés à l'avance pour plus de sûreté.

Ce jour-là Baalouk n'avait rien de bien attrayant à offrir dans le règne animal. Je fis cependant l'emplette d'un lot de chameaux, parce que ne m'étant pas éloigné de Méroé à plus de deux jours de marche depuis des années, j'éprouvais l'obscur besoin d'une expédition lointaine, et j'en pressentais en même temps l'imminence. J'achetai donc des chameaux montagnards du Tibesti — noirs, frisés, infatigables —, des porteurs de Batha — énormes, lourds, au poil ras et

beige, inutilisables en montagne à cause de leur mala-
dresse, mais insensibles aux moustiques, aux mouches
et aux taons — et bien entendu des fins et rapides
coursiers couleur de lune, ces méharis légers comme
des gazelles, montés sur des selles écarlates par le
peuple féroce des Garamantes descendu des hauteurs
du Hoggar ou de celles du Tassili.

Mais ce fut le marché des esclaves qui nous retint le
plus. J'ai toujours apprécié la diversité des races. Il me
semble que le génie humain profite pour s'épanouir de
la variété des tailles, des profils et des couleurs, comme
la poésie universelle gagne à la pluralité des langues.
J'acquis sans discussion une douzaine de minuscules
pygmées que je me propose de faire ramer sur la
felouque royale avec laquelle je remonte le Nil, entre
les huitième et cinquième cataractes, chaque automne
pour chasser l'aigrette. J'avais pris le chemin du retour
sans prêter attention aux foules silencieuses et moroses
qui attendaient dans les chaînes d'éventuels acheteurs.
Mais je ne pus pas ne pas voir deux taches dorées qui
tranchaient vivement au milieu de toutes ces têtes
noires : une jeune femme accompagnée d'un adolescent. La peau claire comme lait, les yeux verts comme
l'eau, ils secouaient sur leurs épaules une masse de
cheveux du métal le plus fin, le plus ensoleillé.

Je suis fort curieux des bizarreries de la nature, je
l'ai dit, mais je n'ai de véritable goût que pour ce qui
nous vient du sud. Récemment des caravanes venues
du nord m'ont apporté de ces fruits hyperboréens,
capables de mûrir sans chaleur ni soleil, qu'on appelle
des pommes, des poires, des abricots. Si l'observation
de ces monstruosités m'a passionné, j'ai été rebuté en
les goûtant par leur fadeur aqueuse et anémique. Leur
adaptation à des conditions de climat déplorables est

certes méritoire, mais comment rivaliseraient-ils sur une table même avec la datte la plus modeste ?

C'est dans un sentiment analogue que j'ai envoyé mon intendant s'enquérir des origines et du prix de la jeune esclave. Il revint aussitôt. Elle faisait partie avec son frère, me dit-il, du matériel humain d'une galère phénicienne capturée par des pirates massyliens. Quant à son prix, il était aggravé par le fait que le marchand entendait bien ne pas la vendre sans l'adolescent.

Je haussai les épaules, ordonnai qu'on payât pour le couple, et oubliai aussitôt mon acquisition. En vérité mes pygmées m'amusaient bien davantage. En outre, je devais me rendre au grand marché annuel de Naouarik où l'on trouve les épices les plus relevées, les confitures les plus onctueuses, les vins les plus chauds, mais aussi les médicaments les plus efficaces, enfin ce que l'Orient peut offrir de plus capiteux comme parfums, gommes, baumes et muscs. Pour les dix-sept femmes de mon harem, j'y fis acheter plusieurs boisseaux de poudres cosmétiques et pour mon usage personnel un plein coffre de petits bâtons d'encens. Il me paraît convenable en effet, quand je remplis des fonctions officielles de justice, d'administration ou dans les cérémonies religieuses, d'être environné de cassolettes d'où montent des tourbillons de fumée aromatique. Cela donne de la majesté et frappe les esprits. L'encens va avec la couronne, comme le vent avec le soleil.

C'est retour de Naouarik, et saoulé de musiques et de nourritures, que je retrouvai inopinément mes deux Phéniciens, et c'est encore leur blondeur qui me les signala. Nous approchions du puits d'Hassi Kef où nous nous proposions de nuiter. Après une journée torride et de solitude absolue, nous voyions se multi-

plier les signes trahissant la proximité d'un point
d'eau : empreintes d'hommes et de bêtes dans le sable,
foyers éteints, souches coupées à la hache, et bientôt
dans le ciel des vols de vautours, car il n'y a pas de vie
sans cadavres. Dès que nous avons abordé la vaste
dépression au fond de laquelle se trouve Hassi Kef, un
nuage de poussière nous a signalé l'emplacement du
puits. J'aurais pu dépêcher des hommes pour faire le
vide devant la caravane royale. On me reproche parfois
de renoncer trop souvent à mes prérogatives. Ce n'est
pas chez moi le fait d'une humilité qui serait en effet
hors de propos. De l'orgueil, j'en ai à revendre, et mes
proches en découvrent parfois la démesure dans les
interstices d'une affabilité parfaitement jouée. Mais
voilà, j'aime les choses, les bêtes et les gens, et je
supporte mal l'isolement que m'impose la couronne.
En vérité ma curiosité entre constamment en conflit
avec la retenue et la distance qu'impose la royauté.
Flâner, me mêler à la foule, regarder, cueillir des
visages, des gestes, des regards, rêve délicieux, interdit
à un souverain.

Au demeurant Hassi Kef enveloppé de gloire rou-
geoyante et poussiéreuse offrait un spectacle grandiose. Emportées par la pente, des longues files de
bêtes prennent le trot et viennent se jeter dans la cohue
mugissante qui se presse autour des auges. Chameaux
et ânes, bœufs et moutons, chèvres et chiens se bouscu-
lent en piétinant une boue faite de purin et de paille
hachée. Autour des bêtes s'affairent des bergers éthio-
piens fins et secs, comme taillés dans l'ébène, armés de
bâtons ou de branches d'épineux. Ils se baissent parfois
pour lancer des poignées de terre aux boucs ou aux
béliers qui commencent à se battre. L'odeur violente et
vivante, exaltée par la chaleur et l'eau, enivre comme
un alcool pur.

Mais un dieu domine cette cohue. Debout sur une poutre transversale, au milieu de la gueule du puits, le tireur d'eau accomplit des deux bras un mouvement en ailes de moulin, saisissant la corde au plus bas et l'élevant au-dessus de sa tête, jusqu'à ce que l'outre pleine arrive à sa portée. L'eau claire se déverse en un bref torrent dans les auges où elle devient aussitôt boueuse. L'outre flasque tombe en chute libre dans le puits, la corde se tord comme un serpent furieux entre les mains du tireur, et les grands moulinets des deux bras recommencent.

Ce travail extraordinairement pénible est souvent accompli par un pauvre corps, torturé, geignant, exhalant des han et des ha, cherchant toutes les occasions de ralentir ou d'arrêter son effort, et l'intendant n'est jamais loin, un long fouet à la main pour ranimer une ardeur toujours fléchissante. Or nous avions le spectacle tout inverse, une admirable machine de muscles et de tendons, une statue de cuivre clair, tigrée de taches de boue noire, ruisselante d'eau et de sueur qui fonctionne sans peine, avec une sorte d'élan, de lyrisme même, plus un danseur qu'un travailleur, et lorsqu'il élevait d'un geste vaste la corde au-dessus de sa tête, il renversait son visage vers le ciel, et il secouait sa crinière d'or avec une sorte de bonheur.

— Quel est cet homme? demandai-je à mon lieutenant.

La réponse me vint un peu plus tard, et elle me rappela le marché de Baalouk et le couple de Phéniciens que j'y avais acheté.

— N'avait-il pas une sœur?

On me précisa que la jeune fille était employée dans des champs de mil. J'ordonnai qu'on les réunît et qu'on les intégrât au personnel du palais de Méroé. J'aviserais plus tard.

J'aviserais plus tard... Cette formule toute faite, qui signifie exécution sans délai d'un ordre dont l'aboutissement demeure énigmatique et comme perdu dans la nuit du futur, prenait en l'occurrence une signification plus grave. Elle voulait dire que j'obéissais à une impulsion à laquelle je ne pouvais me dérober, bien qu'elle ne fût pas justifiée par une fin — du moins à ma connaissance, car il se pouvait que les deux étrangers entrassent dans un plan du destin qui m'échappait.

Les jours qui suivirent, je ne cessai de songer à mes esclaves clairs. La nuit qui précéda mon retour au palais, ne trouvant pas le sommeil, je quittai la tente et m'avançai sans escorte assez loin dans la steppe. Marchant d'abord au hasard, en m'efforçant cependant de conserver la même direction, j'aperçus bientôt une lueur lointaine que je pris pour celle d'un feu, et que je choisis sans idée précise comme but de ma noctambulation. C'était comme un jeu entre ce feu et moi, car il ne cessait, au gré des creux et des bosses, des arbustes et des rochers, de disparaître et de reparaître sans se rapprocher, semblait-il, pour autant. Jusqu'au moment où — après une disparition qui paraissait définitive — je me trouvai en présence d'un vieillard, accroupi devant une table basse qu'éclairait une chandelle. Au milieu de cette solitude infinie, il brodait de fils d'or une paire de babouches. Rien ne pouvant apparemment troubler son travail, je m'assis sans façon en face de lui. Tout était blanc dans cette apparition qui flottait au milieu d'un océan de noirceur : le voile de mousseline qui enveloppait la tête du vieillard, son visage livide, sa grande barbe, le manteau qui l'enveloppait, ses longues mains diaphanes, et jusqu'à une fleur de lys mystérieusement dressée sur la table dans un mince verre de cristal. Je m'emplissais les yeux, le cœur, l'âme du spectacle de tant de sérénité, afin de pouvoir y revenir par la pensée et y puiser un réconfort si la passion venait un jour frapper à ma porte.

Longtemps, il ne parut pas s'apercevoir de ma présence. Enfin il posa son ouvrage, croisa ses mains sur son genou, et me regarda au visage.

— Dans deux heures, prononça-t-il, l'horizon du levant va se teinter de rose. Mais le cœur pur n'espère pas la venue du Sauveur avec moins de confiance que le soldat de garde sur les remparts attendant le lever du soleil.

Il se tut à nouveau. C'était l'heure pathétique où toute la terre, encore plongée dans les ténèbres, se recueille en pressentant la première lueur de l'aube.

— Le soleil... murmura le vieillard. Il impose silence au point qu'on ne peut parler de lui qu'au cœur de la nuit. Depuis un demi-siècle que je me soumets à sa grande et terrible loi, sa course d'un horizon à l'autre est le seul mouvement que je tolère. Soleil, dieu jaloux, je ne peux plus adorer que toi, mais tu détestes la pensée ! Tu n'as eu de cesse que tu n'aies alourdi tous les muscles de mon corps, tué tous les élans de mon cœur, ébloui toutes les lueurs de mon esprit. Sous ta domination tyrannique, je me métamorphose de jour en jour en ma propre statue de pierre translucide. Mais j'avoue que cette pétrification est un grand bonheur.

Il fit à nouveau silence. Puis, comme s'il se souvenait soudain de mon existence, il me dit : « Va, maintenant, va-t'en avant qu'Il soit là ! »

J'allais me lever, quand un souffle parfumé passa dans les branches des térébinthes. Puis aussitôt après éclata, à une incroyable proximité, le sanglot solitaire d'une flûte de berger. La musique entrait en moi avec une indicible tristesse.

— Qui est-ce ? demandai-je.

— C'est Satan qui pleure devant la beauté du monde, répondit le vieillard d'une voix attendrie qui contrastait avec la dureté de ses paroles précédentes. Ainsi en va-t-il de toutes les créatures avilies : la pureté des choses fait saigner de regret tout ce qu'il y a de mauvais en elles. Prends garde aux êtres de clarté !

Il se pencha vers moi par-dessus la table pour me donner son lys. Je m'en fus, tenant la fleur comme un cierge, entre le pouce et l'index. Quand j'atteignis le camp, une barre dorée, posée sur l'horizon, embrasait les dunes. La plainte de Satan continuait à retentir en moi. Je ne voulais rien reconnaître encore, mais j'en savais déjà assez pour comprendre que la blondeur était entrée dans ma vie par effraction, et qu'elle menaçait de la dévaster.

*

La forteresse de Méroé — forme grécisée de l'égyptien *Baroua* — est construite sur les ruines et avec les matériaux d'une ancienne citadelle pharaonique de basalte. C'est ma maison. J'y suis né, je l'habite quand je ne voyage pas, j'y mourrai très probablement, et le sarcophage où reposeront mes restes est prêt. Ce n'est certes pas une demeure riante, c'est une arme de guerre plutôt, doublée d'une nécropole. Mais elle protège de la chaleur et du vent de sable, et puis je me figure qu'elle me ressemble, et je m'aime un peu à travers elle. Son cœur est formé par un puits géant qui date de l'apogée des pharaons. Taillé dans le roc, il plonge jusqu'au niveau du Nil, à une profondeur de deux cent soixante pieds. Il est coupé à mi-hauteur par une plate-forme à laquelle des chameaux peuvent accéder en descendant une rampe en spirale. Ils actionnent une noria qui fait monter l'eau dans une première citerne, laquelle alimente une seconde noria qui pourvoit le grand bassin ouvert du palais. Les visiteurs qui admirent cet ouvrage colossal s'étonnent parfois qu'on ne profite pas de cette eau pure et abondante pour agrémenter le palais de fleurs et de verdure. Le fait est qu'il n'y a guère plus de végétation ici qu'en plein désert. C'est ainsi. Ni moi, ni mes familiers, ni les femmes de mon harem — sans doute parce que nous venons tous des terres arides du sud — nous n'imaginons un Méroé verdoyant. Mais je conçois qu'un étranger se sente accablé par l'austérité farouche de ces lieux.

Ce fut le cas sans doute de Biltine et de Galeka, éperdus de dépaysement, et, de surcroît, rejetés en raison de leur couleur par tous les autres esclaves. Comme j'interrogeai au sujet de Biltine la maîtresse du harem, je vis cette Nigérienne, habituée pourtant à brasser les races et les ethnies, se cabrer dans un haut-le-corps dégoûté. Avec la liberté d'une matrone qui m'a connu enfant et qui a guidé mes premiers exploits amoureux, elle accabla la nouvelle venue de sarcasmes derrière lesquels s'exprimait à peine voilée cette question lourde de reproches : mais pourquoi, pourquoi es-tu allé pêcher cette créature ? Elle détailla sa peau décolorée à travers laquelle transparaissaient çà et là des veinules violettes, son grand nez mince et pointu, ses larges oreilles décollées, les duvets de ses avant-bras et de ses mollets, et autres griefs par lesquels les populations noires prétendent justifier le dégoût que leur inspirent les Blancs.

— Et d'ailleurs, conclut-elle, les Blancs se disent blancs, mais ils mentent. En vérité, ils ne sont pas blancs, ils sont roses, roses comme des cochons ! Et ils puent !

Je comprenais cette litanie par laquelle s'exprime la

xénophobie d'un peuple à la peau noire et mate, au nez épaté, aux oreilles minuscules, au corps glabre, et qui ne connaît que deux odeurs humaines — sans mystère et rassurantes — celle des mangeurs de mil et celle des mangeurs de manioc. Je la comprenais, car je la partageais, cette xénophobie, et il est évident qu'une certaine répulsion atavique se mêlait à ma curiosité à l'égard de Biltine.

Je fis asseoir la vieille femme près de moi, et sur un ton familier et confidentiel, propre à la flatter et à l'attendrir en lui rappelant mes jeunes années d'initiation, je lui demandai :

— Dis-moi, ma vieille Kallaha, il y a une question que je me suis toujours posée depuis mon enfance, sans avoir jamais trouvé la réponse. Toi justement, tu dois savoir.

— Demande toujours, mon garçon, dit-elle avec un mélange de bienveillance et de méfiance.

— Eh bien voilà ! Les femmes blondes, vois-tu, je me suis toujours demandé comment étaient les trois toisons de leur corps. Sont-elles blondes aussi, comme leurs cheveux, ou noires comme celles de nos femmes, ou d'une autre couleur encore ? Dis-moi, toi qui as fait mettre nue l'étrangère.

Kallaha se leva brusquement, reprise par sa colère.

— Tu poses trop de questions sur cette créature ! On dirait que tu t'intéresses bien à elle ? Veux-tu que je te l'envoie pour que tu fasses toi-même tes recherches ?

Cette vieillarde allait trop loin. Il était temps que je la rappelle à plus de retenue. Je me levai et d'une voix changée, j'ordonnai :

— C'est ça ! Excellente idée ! Prépare-la, et qu'elle soit ici deux heures après le coucher du soleil.

Kallaha s'inclina et sortit à reculons.

Oui, la blondeur était entrée dans ma vie. C'était

comme une maladie que j'avais prise un certain matin de printemps en parcourant le marché aux esclaves de Baalouk. Et quand Biltine se présenta ointe et parfumée dans mes appartements, elle ne faisait qu'incarner ce tour de mon destin. Je fus d'abord sensible à la clarté qui semblait émaner d'elle entre les sombres murs de la chambre. Dans ce palais noir, Biltine brillait comme une statuette d'or au fond d'un coffre d'ébène.

Elle s'accroupit sans façon en face de moi, les mains croisées dans son giron. Je la dévorai des yeux. Je songeai aux méchancetés proférées tout à l'heure par Kallaha. Elle avait fait allusion aux duvets de ses avant-bras, et en effet, sous la lumière tremblante des flambeaux je voyais ses bras nus tout pailletés de reflets de feu. Mais ses oreilles disparaissaient sous ses longs cheveux dénoués, son nez fin donnait un air d'intelligence insolente à son visage. Quant à son odeur, j'arrondissais mes narines dans le but d'en saisir quelque chose, mais c'était plus par appétit que pour vérifier la vieille calomnie rappelée par la matrone au sujet des Blancs. Nous restâmes un long moment ainsi, nous observant l'un l'autre, l'esclave blanche et le maître noir. Je sentais avec une terreur voluptueuse ma curiosité à l'égard de cette race aux caractéristiques étranges se muer en attachement, en passion. La blondeur prenait possession de ma vie...

Enfin, je formulai une question qui aurait été plus pertinente dans sa bouche que dans la mienne, si les esclaves avaient eu le droit de poser des questions :

— Que veux-tu de moi ?

Question insolite, dangereuse, car Biltine pouvait comprendre que je lui demandais son prix, alors qu'elle m'appartenait déjà, et sans doute est-ce ainsi qu'elle l'entendit, car elle répondit aussitôt :

— Mon frère Galeka. Où est-il ? Nous sommes deux enfants hyberboréens, perdus dans le désert d'Afrique. Ne nous sépare pas ! Ma gratitude te comblera.

Dès le lendemain, le frère et la sœur étaient réunis. En revanche, j'avais à faire face à l'hostilité muette de tout le palais de Méroé, et la vieille Kallaha n'était évidemment pas la dernière à condamner l'inexplicable faveur que je manifestai aux deux Blancs. Chaque jour, j'inventai un prétexte pour les avoir à mes côtés. Nous pûmes naviguer à voile sur l'Atbara, visiter la cité des morts de Begeraouiéh, assister à une course de chameaux à Gouz-Redjeb, ou, plus simplement, nous restions sur la haute terrasse du palais, et Biltine chantait des mélodies phéniciennes en s'accompagnant d'une cithare.

Peu à peu la façon dont je regardais le frère et la sœur évoluait. L'éblouissement que me donnait leur commune blondeur cédait à l'habitude. Je les voyais mieux, et je les trouvais de moins en moins ressemblants sous leur même race. Surtout je mesurai de plus en plus la radieuse beauté de Biltine, et je sentais mon cœur s'emplir de ténèbres, comme si sa grâce croissante devait fatalement me frapper de disgrâce. Oui, je devenais de plus en plus triste, irritable, atrabilaire. La vérité, c'est que je ne me voyais plus du même œil : je me jugeais grossier, bestial, incapable d'inspirer l'amitié, l'admiration, sans même oser parler d'amour. Disons-le, je prenais en haine ma négritude. Et c'est alors que me revint la phrase du sage à la fleur de lys : « Cette musique déchirante, c'est Satan qui pleure devant la beauté du monde. » Le pauvre nègre, que j'avais conscience d'être, pleurait devant la beauté d'une Blanche. L'amour avait réussi à me faire trahir mon peuple du fond du cœur.

Je n'avais cependant pas à me plaindre de Biltine.

Dès lors que son frère avait part à nos excursions et à nos parties fines, elle se montrait la plus enjouée des compagnes de plaisir. Les douceurs qu'elle me prodiguait me saoulaient de bonheur, et leur souvenir restera exquis en ma mémoire, aussi amers qu'aient pu être les lendemains de cette fête. Bien entendu, je ne doutais pas qu'elle devînt ma maîtresse. Une esclave ne peut se dérober au désir de son maître, surtout s'il est roi. Mais j'en différais le moment, car je n'avais pas fini de la regarder et de voir se modifier mon regard sur elle. A la curiosité excitée par un être physiquement insolite, inquiétant et vaguement répugnant, avait succédé en moi cette soif charnelle profonde, qui ne peut se comparer qu'à la faim plaintive et torturante du drogué en état de manque. Mais la saveur de l'inconnu que je lui trouvais jouait encore beaucoup dans mon amour. Dans ce sombre palais de basalte et d'ébène, les femmes africaines de mon harem se confondaient avec les murs et les meubles. Mieux, leurs corps aux formes dures et parfaites s'apparentaient à la matière de leur environnement. On pouvait les croire taillés dans l'acajou, sculptés dans l'obsidienne. Avec Biltine, il me semblait que je découvrais la chair pour la première fois. Sa blancheur, sa roseur lui donnaient une capacité de nudité incomparable. *Indécente :* tel était le jugement sans appel tombé des lèvres de Kallaha. J'étais bien de son avis, mais c'était précisément ce qui m'attirait le plus chez mon esclave. Même dépouillé de tout vêtement, le Noir est toujours habillé. Biltine était toujours nue, même couverte jusqu'aux yeux. Cela va si loin, que rien ne sied mieux à un corps africain que des vêtements de couleurs vives, des bijoux d'or massif, des pierres précieuses, tandis que ces mêmes choses, disposées sur le corps de

Biltine, paraissaient lourdes et empruntées, et comme contrariant sa vocation à la pure nudité.

Vint la fête de la Fécondation des palmiers-dattiers. La floraison ayant lieu dès la fin de l'hiver — avec quelques jours d'avance des palmiers mâles sur les palmiers femelles — la fécondation s'opère en plein épanouissement printanier. Les dattiers mâles répandent dans les airs leur poussière séminale, mais dans les plantations le nombre des arbres femelles par rapport aux mâles — vingt-cinq femelles pour un mâle, image fidèle de la proportion des femmes d'un harem par rapport au maître — rend nécessaire l'intervention de la main de l'homme. C'est au demeurant aux seuls hommes mariés qu'il incombe de cueillir un rameau mâle, et de le secouer, selon les quatre points cardinaux, au-dessus des fleurs femelles avant de le déposer au cœur même de l'inflorescence. Des chants et des danses rassemblent la jeunesse au pied des arbres où opèrent les inséminateurs. Les réjouissances durent aussi longtemps que la fécondation, et elles sont l'occasion traditionnelle de conclure des fiançailles, de même que les mariages se célèbrent six mois plus tard, lors des fêtes de la récolte. Le plat rituel de la Fécondation est une gigue d'antilope marinée aux truffes, un mets fortement relevé où entrent le piment, la cannelle, le cumin, la girofle, le gingembre, la noix de muscade et des grains d'amome.

Nous n'avions pas manqué de nous mêler à la foule en liesse qui buvait, mangeait et dansait dans la grande palmeraie de Méroé. Biltine a voulu s'incorporer à un groupe de danseuses. Elle imitait de son mieux les balancements parcimonieux de tout le corps, accompagnés d'une parfaite immobilité de la tête et de tout petits pas des pieds, qui donnent leur allure hiératique aux danses féminines de Méroé. Sentait-elle comme moi à quel point elle jurait au milieu de ces jeunes filles aux cheveux durement tressés, aux joues scarifiées, soumises à des interdits alimentaires minutieux ? A sa manière sans doute, car elle souffrait visiblement de s'astreindre à cette danse qui concentre toute l'exubérance africaine dans le minimum de mouvements.

Je fus d'autant plus heureux de la voir faire honneur à la gigue d'antilope du souper après avoir goûté sans retenue aux amuse-gueule qui la précèdent traditionnellement, salade d'estragon en fleurs, brochettes de colibris, cervelles de chiots en courgettes, pluviers rôtis en feuilles de vigne, museaux de béliers sautés, sans oublier les queues de brebis qui sont des sacs de graisse à l'état pur. Cependant le vin de palme et l'alcool de riz coulaient à flots. J'admirais qu'elle sût demeurer élégante, gracieuse, séduisante au milieu de ces victuailles, auxquelles elle faisait si bon accueil. Tout autre femme du palais se serait crue obligée de grignoter du bout des lèvres. Biltine mettait tant de gaieté juvénile dans son bel appétit qu'elle trouvait moyen de le rendre communicatif. Je fus donc un moment aussi gourmand qu'elle, un moment seulement, car, les heures passant, la nuit basculant vers le petit jour, le sanglot de Satan m'emplit une fois de plus le cœur, et un soupçon nouveau m'empoisonna l'esprit : Biltine n'était-elle pas en train de s'étourdir de nourritures et d'alcools parce qu'elle savait qu'elle partagerait mon lit avant le lever du soleil ? Ne fallait-il pas qu'elle fût ivre et abrutie pour endurer l'intimité d'un nègre ?

Des esclaves nubiens emportaient la vaisselle souillée et les reliefs du souper, quand je m'avisai que Galeka avait disparu. Cette marque de discrétion de sa part — mais il n'était pas douteux que Biltine y fût

pour beaucoup — me toucha et me rendit mon assurance. Je me retirai à mon tour pour me parfumer et
me débarrasser des armes et des bijoux royaux. Lorsque j'approchai à nouveau le désordre de fourrures et
de coussins qui encombraient la terrasse du palais,
Biltine s'y trouvait étendue, les bras en croix, et elle me
regardait en souriant. Je m'étendis près d'elle, je
l'enlaçai, et bientôt je connus tous les secrets de la
blondeur. Mais pourquoi fallait-il que je ne pusse rien
voir de son corps sans découvrir quelque chose du
mien ? Ma main sur son épaule, ma tête entre ses seins,
mes jambes entre ses jambes, nos flancs serrés, c'était
ivoire et bitume ! Dès que mes travaux amoureux se
relâchaient, je m'abîmais dans la considération
morose de ce contraste.

Et elle ? Que sentait-elle ? Que pensait-elle ? Je n'allais pas tarder à le savoir ! Brusquement, elle s'arracha
à mon étreinte, elle courut à la balustrade de la
terrasse, et, penchée à mi-corps vers les jardins, je la
vis secouée de haut-le-cœur et de hoquets. Enfin elle
revint, très pâle, le visage creusé, les orbites meurtries.
Elle s'étendit sur le dos, sagement, dans la pose d'un
gisant.

— La gigue n'a pas passé, expliqua-t-elle simplement. La gigue d'antilope ou la queue de brebis.

Je n'étais pas dupe. Je savais que ce n'était ni
l'antilope ni la brebis qui avait fait vomir de dégoût la
femme que j'aimais ! Je me levai et gagnai mes appartements, accablé de chagrin.

J'ai fort peu parlé de Galeka jusqu'ici, parce que
Biltine occupait toute ma pensée. Mais dans mon
désarroi, je me tournai alors vers le jeune homme,
comme vers une incarnation d'elle-même qui fût incapable de me faire souffrir, une sorte de confident
inoffensif. N'est-ce pas au demeurant la fonction nor-

male des frères, des beaux-frères ? J'aurais été déçu si j'avais sincèrement attendu de lui qu'il me détournât de Biltine. Il m'apparut en vérité qu'il ne vivait qu'à l'ombre de sa sœur, s'en remettant à elle pour tout juger, tout décider. Il me surprit aussi par le peu d'attachement qu'il manifestait pour sa patrie phénicienne. Selon le récit qu'il me fit, ils se rendaient de Byblos, leur ville natale, en Sicile où ils possèdent des proches, selon une tradition phénicienne qui veut que les jeunes gens s'expatrient et s'enrichissent des hasards du voyage. Pour eux, l'aventure avait commencé dès le huitième jour, quand leur navire était tombé aux mains des pirates. La valeur marchande, que leur donnaient leur jeunesse et leur beauté, leur avait sauvé la vie. On les avait débarqués sur une plage proche d'Alexandrie, et acheminés vers le sud en caravane. Ils n'avaient pas eu trop à souffrir en route, car leurs maîtres les ménageaient pour sauvegarder leur apparence physique. La gentillesse des enfants et des petits animaux compense leur faiblesse et leur sert de protection contre leurs ennemis. La beauté d'une femme ou la fraîcheur d'un adolescent sont des armes non moins efficaces. J'en fais la triste expérience : aucune armée n'aurait pu m'investir et me réduire comme font ces deux esclaves...

Je ne pus retenir une question qui l'a étonné, puis amusé : les habitants de la Phénicie sont-ils tous blonds ? Il a souri. Tant s'en faut, m'a-t-il répondu. Il y en a des bruns, des châtain foncé, des châtain clair. Il y a aussi des roux. Puis il a froncé les sourcils, comme s'il discernait pour la première fois une vérité nouvelle et difficile à cerner. Il lui semblait, à y bien regarder, que les esclaves étaient plus bruns, très bruns, crépus aussi, et que, parmi les hommes libres, la clarté de la peau ainsi que la blondeur et la raideur des cheveux s'accentuaient à mesure que l'on montait dans l'échelle sociale, de telle sorte que la grande bourgeoisie rivalisait de blondeur avec l'aristocratie. Et il rit, comme si ces propos d'esclave blond s'adressant à un roi noir ne méritaient pas le pal ou la croix ! J'admirais malgré moi la légèreté avec laquelle il parlait et semblait prendre tous les événements qui lui advenaient. Parti libre et riche de Byblos pour un séjour chez des parents, le voilà favori d'un roi africain après avoir traversé des déserts à pied, avec au cou la corde de la servitude. Sait-il que je pourrais faire tomber sa tête d'un claquement de doigts ? Le pourrais-je vraiment ? Ne serait-ce pas perdre aussitôt Biltine ? Mais n'est-elle pas déjà perdue pour moi ? O chagrin ! « Je suis esclave, mais je suis blonde ! » pourrait-elle chanter.

Il faut que je me résolve enfin à rapporter une scène que j'ai eue avec elle et qui témoignerait, s'il en était besoin, de l'état de tristesse et d'égarement où je me trouvais.

J'ai dit l'usage habituel que je fais des cassolettes pour rehausser le faste des cérémonies officielles où j'apparais vêtu des attributs les plus vénérables de la royauté. J'ai dit également que, du grand marché de Naouarik, j'ai rapporté un plein coffre de petits bâtons d'encens. Ceux qui se croient des esprits forts et affranchis ont parfois la légèreté de jouer avec des choses dont la portée symbolique les dépasse. Il arrive qu'ils le paient assez cher. J'avais eu l'idée médiocre d'utiliser cet encens pour agrémenter les parties fines qui nous réunissaient certaines nuits, Biltine, son frère et moi. Je jure bien qu'il ne s'agissait au début que de parfumer l'air de mes appartements souvent confiné et chargé des relents d'un banquet. Seulement voilà, l'encens ne se laisse pas aussi facilement désacraliser.

Sa brume tamise la lumière et la peuple de silhouettes impalpables. Son odeur porte à la rêverie, à la méditation. Il y a, dans sa combustion sur des braises, du sacrifice, de l'holocauste. Bref, qu'on le veuille ou non, l'encens crée une atmosphère de culte et de religiosité.

Nous y échappâmes d'abord grâce à des facéties assez grossières où l'alcool avait sans doute sa part. Biltine avait imaginé qu'elle et moi, nous pourrions intervertir nos couleurs, et, après s'être couvert le visage de noir de fumée, elle avait barbouillé le mien de kaolin. Nous avons ainsi fait les fous une partie de la nuit. Puis quand était venue cette heure d'angoisse, où le jour écoulé est mort et le jour suivant bien loin encore de naître, notre belle jovialité s'était affaissée. C'est alors que les fumées de l'encens donnèrent à nos bouffonneries un air de danse macabre. Le nègre blanchi et la blonde noircie se faisaient face, tandis que le troisième larron, devenu clergeon d'un culte grotesque, balançait gravement à leurs pieds un encensoir fumant.

J'aimais Biltine, et les amoureux ne se font pas faute d'employer des mots comme idolâtrer, adorer, adoration. Il faut leur pardonner, parce qu'ils ne savent pas. Moi je sais depuis cette nuit-là, mais il aura fallu, pour m'instruire, ces deux figures de carnaval enveloppées de volutes odorantes. Jamais le sanglot de Satan ne m'a déchiré le cœur comme en cette circonstance. C'était un long cri silencieux qui ne voulait pas finir en moi, un appel vers autre chose, un élan vers un autre horizon. Ce qui ne veut pas dire, tant s'en faut, que je méprisais Biltine et que je me détournais d'elle. Au contraire, je me sentais proche d'elle, comme jamais encore, mais c'était par un autre sentiment, une sorte de fraternité dans l'abjection, une pitié brûlante, une ardente compassion qui m'inclinait vers elle et m'invitait à l'entraîner avec moi. Pauvre Biltine, si faible, si fragile, malgré sa puérile duplicité, au milieu de cette cour où tout le monde la haïssait !

De cette haine, j'allais bientôt avoir une terrible preuve, et ce serait bien sûr à Kallaha qu'il incomberait de me l'apporter.

Son ancienneté auprès de moi et sa qualité de matrone du harem lui donnent accès jour et nuit à mes appartements. C'est ainsi que je l'ai vue surgir en pleine insomnie, accompagnée d'un eunuque qui portait un flambeau. Elle paraissait très excitée et comme dominant mal une joie triomphante. Mais le protocole lui interdisait de prendre la parole en premier, et je n'avais aucune hâte à faire éclater la catastrophe que je savais d'ores et déjà inévitable.

Je me levai, revêtis un boubou de nuit, et entrepris de me rincer la bouche, sans accorder un regard à la matrone qui bouillait d'impatience. Enfin j'arrangeai mes coussins, m'étendis à nouveau et lui dis avec nonchalance : « Alors Kallaha, que se passe-t-il au harem ? » Car il est évidemment hors de question que je l'autorise à s'exprimer sur un autre sujet. Elle éclata : « Tes Phéniciens ! » Comme si je n'avais pas compris dès sa survenue que ce serait d'eux qu'il s'agirait !

— Tes Phéniciens ! Ils ne sont pas plus frère et sœur que celui-là et moi !

Et elle toucha l'épaule de l'eunuque.

— Qu'en sais-tu ?

— Si tu ne me crois pas, viens avec moi. Tu verras comme les jeux auxquels ils jouent sont ceux d'un frère et d'une sœur !

Je fus aussitôt debout. C'était donc cela ! La tristesse nauséeuse qui m'enveloppait depuis des semaines s'était muée en une colère meurtrière. Je jetai un manteau sur mes épaules. Kallaha, dépassée par la violence de ma réaction, reculait avec terreur vers la porte.

— Allons marche, vieille bourrique, nous y allons!

La suite eut la rapidité sans poids d'un cauchemar. Les amants surpris dans les bras l'un de l'autre, les soldats appelés, le garçon traîné vers les cachots de l'ergastule, Biltine — plus belle que jamais dans son bonheur soudain foudroyé, plus désirable que jamais dans ses larmes et ses longs cheveux qui étaient son seul vêtement —, Biltine claquemurée dans une cellule de six pieds de côté, Kallaha disparue, car elle savait d'expérience, la rouée, qu'il ne fait pas bon traîner à ma portée en de pareils moments, je me suis retrouvé dans une solitude effrayante, au cœur d'une nuit aussi noire que ma peau et le fond de mon âme. Et j'aurais pleuré sans doute, si je n'avais su combien les larmes conviennent mal à un nègre.

Biltine et Galeka sont-ils frère et sœur? Tout porte à en douter. J'ai déjà noté que leur ressemblance physique, d'abord évidente, s'était estompée à mes yeux, à mesure que je voyais leurs traits individuels s'affirmer sous leur identité ethnique. Et la manœuvre ne s'explique que trop aisément : en faisant passer son amant — ou son mari — pour son frère, la Phénicienne le mettait à l'abri de ma jalousie, et lui faisait partager les faveurs dont je la comblais. La prudence aurait exigé qu'ils observassent la plus grande retenue l'un à l'égard de l'autre. Qu'ils en aient agi autrement me remplit de fureur — fallait-il qu'ils se soucient peu de me défier, entourés d'espions comme ils l'étaient! — mais aussi cette légèreté, cette témérité m'étonne, m'attendrit un peu. Et pour en finir avec leur fraternité, il m'importe peu qu'elle soit réelle ou mensongère. Les pharaons de Haute-Egypte — qui ne sont bien loin de moi ni dans le temps, ni dans l'espace — se mariaient entre frères et sœurs pour sauvegarder la pureté de leur descendance. Pour moi, l'union de Biltine et de Galeka reste celle de deux semblables. Le blond et la blonde s'attirent, se frottent... et rejettent le noir dans les ténèbres extérieures. Cela seul compte à mes yeux.

Les jours qui suivirent, j'eus à subir les sollicitations muettes ou déguisées de mon entourage qui me pressait d'en finir avec les coupables. Que pèse la vie de deux esclaves en disgrâce dans la main d'un roi ? Mais j'ai assez de sagesse à mon âge pour savoir que l'important n'est pour moi ni de faire justice, ni même de me venger, mais de guérir la blessure dont je souffre. Agir selon l'égoïsme le plus judicieux. La mort — cruelle ou expéditive — de l'un des deux Phéniciens — et duquel des deux ? — ou des deux à la fois, aurait-elle un effet bénéfique sur mon chagrin ? C'est la seule question, et je dénie à tous ceux qui poussent des cris de haine autour de moi la moindre compétence pour en juger.

Une fois de plus, c'est de mon astrologue Barka Maï que m'est venue l'aide la plus avisée.

J'errais sur ma terrasse, considérant dans une délectation morose que la noirceur de mon âme est vide, alors que celle du ciel nocturne scintille d'étoiles, quand il me rejoignit avec — me dit-il — une nouvelle d'importance.

— C'est pour cette nuit, précisa-t-il mystérieusement.

J'avais oublié notre précédente rencontre. Je ne savais plus ce qu'il voulait dire.

— La comète, me rappela-t-il, l'astre chevelu. A la fin de cette nuit, elle sera visible de cette terrasse.

L'étoile aux cheveux d'or ! Je me souvenais mainte-

nant qu'il m'avait prédit cette apparition, alors que
Biltine n'était pas encore entrée dans ma vie. Cher
Barka ! Son extralucidité m'émerveillait. Mais surtout,
il donnait tout à coup à la misérable imposture dont
j'étais victime une dimension céleste. Certes j'étais
trahi. Mais mon malheur possédait densité et qualité
royales, et il retentissait jusque dans les cieux ! Je m'en
trouvai puissamment conforté. La flûte de Satan
consentait enfin à se taire.

— Eh bien, lui dis-je, attendons-la ensemble.

Elle s'annonça au-dessus des collines qui bordent
l'horizon méridional par des palpitations impercepti-
bles — comme de très faibles éclairs de chaleur — et ce
fut Barka qui la distingua le premier, me montrant du
doigt une lueur que j'aurais pu confondre avec celle
d'une planète.

— C'est bien cela, dit-il, elle vient des sources du
Nil, et se dirige vers le Delta.

— Pourtant, objectai-je, Biltine vient au contraire
du nord de la Méditerranée, et elle a traversé le désert
pour arriver jusqu'ici.

— Qui te parle de Biltine ? s'étonna Barka avec un
sourire rusé.

— Ne m'as-tu pas dit que cette étoile chevelue était
blonde ?

— Dorée. J'ai parlé de cheveux d'or.

— Justement, quand Biltine défaisait sa coiffure et
la secouait sur ses épaules, ou l'étalait sur son oreiller,
moi qui ne connaissais que les têtes noires, rondes et
crépues de nos femmes, je touchais ses cheveux, je les
faisais passer d'une main dans l'autre, et je m'émer-
veillais que le goût, la soif du métal jaune pût se
transfigurer au point de se confondre avec l'amour
d'une femme. C'est comme son odeur. Tu connais le
mot selon lequel l'or n'a pas d'odeur. Il signifie que l'on

peut tirer profit des sources les plus impures —
lupanars ou latrines — sans que le trésor de la
Couronne s'en trouve le moins du monde empuanti.
C'est bien commode, et c'est grave, parce que les
crimes les plus sordides se trouvent ainsi effacés dans
le profit qu'on en peut tirer. Plus d'une fois, ayant fait
renverser à mes pieds un coffre de pièces d'or, je les ai
ramassées à pleines poignées et approchées de mon
nez. Rien ! Elles ne sentaient rien. Les mains et les
poches où les trafics, les trahisons ou les meurtres les
avaient fait passer n'avaient laissé aucune odeur sur
elles. Tandis que l'or des cheveux de Biltine ! Tu
connais cette petite graminée aromatique qui pousse
au creux des rochers...

— En vérité, Seigneur Gaspard, cette femme occupe
excessivement ta pensée ! Eh bien, regarde la comète
blonde maintenant. Elle approche, elle danse au ciel
noir, comme une almée de lumière. C'est peut-être
Biltine. Mais c'est peut-être en même temps quelqu'un
d'autre, car il n'y a pas qu'une blondeur sur la terre.
Elle vient du sud, et dirige vers le nord sa course
capricieuse. Crois-moi : suis-la. Pars ! Le voyage est un
remède souverain contre le mal qui te ronge. Un
voyage, c'est une suite de disparitions irrémédiables, a
dit justement le poète [1]. Va, fais une cure de disparitions, il ne peut en résulter que du bien pour toi.

L'almée de lumière agitait sa chevelure au-dessus de
la palmeraie. Oui, elle me faisait signe de la suivre. Je
partirais donc. Je confierais Biltine et son frère à mon
premier intendant en l'avertissant qu'à mon retour sa
vie répondra de la leur. Je descendrai le cours du Nil
vers la mer froide où naviguent des hommes et des
femmes aux cheveux d'or. Et Barka Maï m'accompa-
gnera. Pour sa peine et pour sa récompense !

*

Les préparatifs de notre départ agirent sur moi comme une cure de jeunesse et de force. Le poète[2] l'a dit : l'eau qui stagne immobile et sans vie devient saumâtre et boueuse. Au contraire, l'eau vive et chantante reste pure et limpide. Ainsi l'âme de l'homme sédentaire est un vase où fermentent des griefs indéfiniment remâchés. De celle du voyageur jaillissent en flots purs des idées neuves et des actions imprévues.

Par plaisir plus que par nécessité, j'ai veillé moi-même à la formation de notre caravane qui devait être limitée en nombre — pas plus de cinquante chameaux — mais sans faiblesse, ni du côté des hommes, ni du côté des bêtes, car le but de notre expédition était à la fois incertain et lointain. A ce propos, j'ai répugné à faire partir mes compagnons et mes esclaves sans leur donner d'explication. Je leur ai donc parlé d'une visite officielle à un grand roi blanc des rivages orientaux de la mer, et j'ai cité un peu au hasard Hérode, roi des Juifs, dont la capitale est Jérusalem. C'était trop de scrupules. Ils m'ont à peine écouté. Pour ces hommes qui sont tous des nomades sédentarisés — et malheureux de l'être —, partir trouve sa justification en soi-même. Peu importe la destination. Je crois qu'ils n'ont compris qu'une chose : nous irions loin, donc nous partions pour longtemps. Ils n'en demandaient pas davantage pour jubiler. Barka Maï lui-même sembla faire contre mauvaise fortune bon cœur. Après tout, il n'était pas si vieux et sceptique qu'il ne pût escompter des surprises et des enseignements de cette expédition.

Pour quitter Méroé, j'ai dû me résoudre à user du grand palanquin royal de laine rouge brodée d'or et surmonté d'une flèche de bois d'où flottent des étendards verts couronnés d'un panache de plumes d'autruche. Depuis la grande porte du palais jusqu'au dernier palmier — après, c'est le désert —, le peuple de Méroé acclamait et pleurait le départ de son roi, et comme chez nous rien ne se fait sans danse ni musique, c'était un déchaînement de crotales, de sistres, de cymbales, de sambuques et de psaltérions. Ma dignité royale ne me permet pas de sortir de ma capitale à moins de frais. Mais dès la première étape, j'ai fait démonter l'appareil pompeux où j'avais suffoqué tout le jour, et, ayant changé de monture, j'ai pris place sur ma selle de randonnée, faite d'une armature légère, habillée de peau de mouton.

Le soir, je voulus célébrer jusqu'au bout cette première journée d'arrachement, et il fallait pour cela que je fusse seul. Mes familiers se sont résignés depuis longtemps à ces escapades, et nul n'a tenté de me suivre quand je me suis éloigné du bouquet de sycomores et de la guelta où le camp avait été dressé. Je jouissais pleinement, dans la fraîcheur soudaine du jour finissant, de l'amble souple de ma chamelle. Cette allure balancée — les deux membres droits avancent ensemble, tout le corps de l'animal étant rejeté sur la gauche, puis les deux membres gauches avancent à leur tour, cependant que tout le corps se rejette vers la droite — est propre aux chameaux, aux lions, aux éléphants, et favorise la méditation métaphysique, tandis que l'allure diagonale des chevaux et des chiens n'inspire que des pensées indigentes et des calculs bas. O bonheur! La solitude, odieuse et humiliante dans mon palais, comme elle m'exaltait en plein désert!

Ma monture, à laquelle je laissais la rêne molle, dirigeait son trot dégingandé vers le soleil couchant, suivant en fait des traces nombreuses que je ne remarquai pas immédiatement. Elle s'arrêta soudain devant les levées de terre d'un petit puits, dont émergeait un tronc de palmier creusé d'encoches. Je me penchai et vis mon reflet trembler sur un miroir noir. La tentation était trop forte. Je retirai tous mes vêtements, et, empruntant le tronc de palmier, je descendis jusqu'au fond du puits. L'eau me montait à la ceinture, et je sentais contre mes chevilles les frais remous d'une source invisible. Je m'enfonçai jusqu'à la poitrine, jusqu'au cou, jusqu'aux yeux, dans l'exquise caresse du flot. Au-dessus de ma tête, je voyais le trou rond de l'orifice, un disque de ciel phosphorescent où clignotait une première étoile. Un souffle de vent passa sur le puits, et j'entendis la colonne d'air qui le remplissait ronfler comme dans le tuyau d'une flûte gigantesque, musique douce et profonde que faisaient ensemble la terre et le vent nocturne, et que je venais de surprendre par une inconcevable indiscrétion.

Les jours qui suivirent, les heures de marche succédant aux heures de marche, les terres rouges craquelées aux ergs hérissés d'épineux, les étendues de pierrailles parsemées d'herbes jaunes aux sels scintillants des sebkas, il semblait que nous cheminions dans l'éternité, et bien peu parmi nous auraient pu dire depuis combien de temps nous étions partis. C'est cela aussi le voyage, une façon pour le temps de s'écouler à la fois beaucoup plus lentement — selon l'amble nonchalant de nos montures — et beaucoup plus vite qu'à la ville, où la variété des tâches et des visites crée un passé complexe doué de plans successifs, des perspectives et de zones diversement structurées.

Nous vivions principalement sous le signe des animaux, et d'abord naturellement de nos propres chameaux, sans lesquels nous eussions été perdus. Nous fûmes inquiétés par une épidémie de diarrhée qui fut provoquée par une herbe abondante et grasse, et qui faisait ruisseler entre les maigres cuisses de nos bêtes des humeurs vertes et liquides. Un jour nous dûmes les abreuver de force, parce que la seule source existante avant trois journées de marche donnait une eau limpide, mais rendue amère par le natron. Il fallut tuer trois chamelles, qui dépérissaient, avant qu'elles fussent réduites à l'état de squelettes ambulants. Ce fut l'occasion d'une ripaille à laquelle je m'associai, plus par solidarité avec mes compagnons que par goût. Selon la tradition, les os à moelle furent enfermés dans la poche des estomacs ; ceux-ci, enfouis sous un foyer, étaient retrouvés le lendemain remplis d'un brouet sanglant dont les hommes du désert se régalent. Mais l'approvisionnement en lait se trouva considérablement diminué.

Nous nous rapprochions du Nil insensiblement, et c'est avec un coup au cœur que nous l'avons soudain découvert, immense et bleu, bordé de papyrus dont les ombelles se caressaient au vent dans un froissement soyeux. Une anse marécageuse abritait un hippopotame renversé, ses courtes pattes en l'air, largement éventré, toutes tripes dehors. Nous approchons, et nous voyons sortir de cette caverne gluante un petit ; garçon nu, statue rouge de sang dans laquelle il n'y a de blanc que les yeux et les dents. Il rit aux éclats en nous offrant à bout de bras des viscères et des quartiers de viande.

Thèbes. Nous avons passé le fleuve pour nous mêler à la foule de l'ancienne métropole égyptienne. C'était une erreur. A mesure que nous avançons vers le nord, nous voyons les peaux s'éclaircir. Je cherche à anticiper sur le moment où ce sont les nègres, que nous sommes, qui feront tache dans une population blanche, inversion difficilement imaginable du blanc sur fond noir au noir sur fond blanc.

Nous n'en sommes pas encore là, mais j'ai tout de

même tressailli en apercevant des têtes blondes dans la population du port. Des Phéniciens peut-être ? Oui, c'était une erreur, car mes plaies se sont rouvertes au contact des hommes. Mon cœur blessé ne supporte que le désert. C'est avec soulagement que j'ai regagné le silence de la rive gauche, où les deux Colosses de Memnon veillent sur les tombeaux des rois et des reines. J'ai marché longtemps au bord de l'eau en regardant pêcher les faucons sacrés, images du dieu Horus, fils d'Osiris et d'Isis, vainqueur de Seth. Ces splendides oiseaux ont le bec trop court pour capturer des poissons. C'est avec leurs serres qu'ils pêchent, et, lorsqu'ils se laissent tomber sur la surface de l'eau comme des météorites, au dernier moment, un déclic fait sortir leurs pattes griffues, tendues vers leur proie immergée. Ils éraflent le miroir d'eau, et remontent aussitôt à grands battements d'ailes, puis en plein vol ils déchiquètent avec leur bec le poisson tenu dans leurs serres. Les Egyptiens, plus qu'aucun autre peuple, ont été frappés par la divine simplicité du corps de l'animal, et la perfection de son ajustement à l'ordre de la nature. A coup sûr cela justifie un culte. Seigneur Horus, donne-moi la force naïve et la sauvage beauté de ton oiseau emblématique !

Cédant à la séduction des eaux calmes et limpides du fleuve, nous avions dressé notre camp directement sur la berge de la rive gauche. Barka Maï n'avait pas été le dernier à remarquer l'amertume de ma bouche et la tristesse de mes yeux. Il savait que c'en était fait de l'humeur joyeuse où le départ m'avait mis. Nous mangions en silence le ragoût de grosses fèves brunes aux oignons hachés à l'huile et au cumin qui paraît être le mets national de ce pays. N'ayant aucun appétit, j'étais particulièrement sensible à l'insipidité de ce plat, et je notai à cette occasion que la nourriture

ne cesse de s'affadir à mesure que l'on remonte vers le
nord, une règle qui n'a été démentie que par les
sauterelles confites dans le vinaigre qui nous attendaient en Judée. Ensuite je m'abîmai dans la contemplation des tourbillons et des remous qui moiraient le
courant paresseux du fleuve.

— Tu es triste comme la mort, me dit Barka. Cesse
de regarder ces eaux glauques. Tourne-toi au contraire
vers la Montagne des Rois. Va chercher conseil auprès
des deux colosses qui veillent sur la nécropole d'Aménophis. Va, ils t'attendent !

Pour se faire obéir, fût-ce d'un roi, il n'est rien de tel
que de lui commander l'acte qu'il souhaite du fond du
cœur accomplir. J'avais vu de loin les deux géants
placés côte à côte, et j'avais aussitôt éprouvé le désir de
me mettre sous la formidable protection de ces figures
admirables. C'est qu'il émane de ces statues, hautes
comme dix hommes, un rayonnement de sérénité dû
sans doute en partie à leur posture : sagement assises,
les deux mains posées sur leurs genoux serrés. Je fis
d'abord le tour des deux statues, puis je m'engageai
dans la ville des morts dont elles sont les gardiennes.
Du temple funéraire d'Aménophis, il ne reste que des
colonnes, des chapiteaux, des escaliers mystérieusement arrêtés en plein vol, des blocs énigmatiques. Mais
ce chaos recouvre l'ordre noir des tombes et des stèles.
Sous le désordre qui est encore vie et humanité,
l'horloge des dieux fait son tic-tac imperturbable. On
sait avec certitude que le temps travaille pour elle, et
qu'avant peu le désert aura digéré ces ruines. Pourtant
les colosses veillent... J'ai voulu faire comme eux. Je
me suis accroupi dans mon manteau au pied du colosse
du nord. Pendant une partie de la nuit, j'ai doublé de
ma petite et fragile veilleuse humaine l'éternelle veil-
lée du géant de pierre. Puis j'ai perdu conscience.

J'ai été tiré de mon sommeil par des vagissements de bébé. Du moins est-ce ce que j'ai d'abord cru. Une voix puérile et plaintive retentissait. D'où venait-elle ? D'en haut, semblait-il, du ciel peut-être, ou plutôt de la petite tête coiffée du némès de Memnon. C'était parfois aussi comme un chant, car il y avait des accents de tendresse, des roulades, un gazouillis d'enfantine volupté. On aurait dit les risettes d'un bébé accueillant les caresses de sa maman.

Je me suis levé. Sous la lumière blafarde de l'aube, le désert et les tombes paraissaient plus désolés encore que le soir. Pourtant à l'est, de l'autre côté du Nil, une échancrure pourpre blessait le ciel, et un reflet orange tombait sur la poitrine de pierre de mon colosse. Je me suis souvenu alors d'une légende qu'on m'avait rapportée, mais que son extravagance m'avait fait rejeter. Memnon était fils d'Aurore et de Tithon, roi d'Egypte, lequel l'avait envoyé au secours de la ville de Troie assiégée. C'est là qu'il fut tué par Achille. Depuis, chaque matin, Aurore couvre de larmes de rosée et de rayons affectueux la statue de son fils, et le colosse prend vie et chante de douceur sous les chaudes caresses de sa mère. C'était à ces tendres retrouvailles que j'assistais, et une étrange exaltation m'envahissait.

Pour la deuxième fois, je découvrais que la grandeur est le seul vrai remède de l'amour malheureux. Le chagrin trouve le comble de sa misère dans les griefs vulgaires, les coups bas, les petitesses accumulées, les aigreurs. C'était d'abord la comète — avatar céleste de Biltine — qui m'avait arraché à la langueur de mes appartements pour me jeter sur les pistes du désert. Et ce matin, je voyais la douleur d'une mère élevée à une hauteur sublime, j'entendais les épanchements filiaux du soleil levant et du colosse de pierre à voix de bébé. Et j'étais roi ! Comment n'aurais-je pas compris cette exaltante leçon ? Je rougis de colère et de honte en songeant à l'abjection où j'étais tombé pour me torturer au sujet des vomissures d'une esclave, me demandant avec désespoir si c'était la gigue d'antilope, la queue de brebis ou ma négritude qui en était responsable !

Mes hommes eurent peine à reconnaître leur souverain accablé de chagrin de la veille, quand je les pressai de reformer la caravane pour poursuivre vers le nord-est, en direction de la mer Rouge.

De Thèbes, il nous fallut deux jours pour gagner Koenopolis où l'on fabrique des jarres, des amphores et des gargoulettes dans une pâte d'argile mêlée de cendre d'alfa. Il en résulte une matière poreuse qui garde l'eau fraîche grâce à une constante évaporation. Ensuite nous nous sommes engagés dans un massif montagneux où nous n'avons plus progressé qu'à petites étapes. Nous dûmes sacrifier deux jeunes chameaux mal aguerris ou trop lourdement chargés qui s'étaient estropiés dans les rochers. Ce fut une fois de plus pour mes hommes l'occasion de se gorger de viande. Il ne nous fallut pas moins de dix jours de progression laborieuse à travers des gorges dominées par des sommets enneigés, paysage totalement nouveau pour nous, avant de déboucher sur la plaine littorale. Notre soulagement fut immense de découvrir enfin l'horizon marin, puis les plages de sable salé sur lesquelles les plus ardents de ma suite s'élancèrent en criant d'enthousiasme comme des enfants. Tant il est vrai que la mer apparaît toujours comme une promesse d'évasion hélas assez souvent trompeuse.

Nous avons fait halte dans le port de Kosseir. Comme la plupart des villes côtières de la mer Rouge, l'essentiel du trafic maritime de Kosseir se fait avec Elath, à l'extrême nord du golfe qui sépare la péninsule

du Sinaï et la côte de l'Arabie. C'est l'ancien Ezion
Guéber du Roi Salomon qui drainait l'or, le santal,
l'ivoire, les singes, les paons et les chevaux des deux
continents, l'africain et l'arabique. Neuf jours de pala-
bres furent nécessaires pour affréter les onze barcasses
dont nous avions besoin pour transporter hommes,
bêtes et provisions. Puis nous eûmens encore à patien-
ter cinq jours, parce que le vent soufflant du nord
rendait la navigation impossible. Enfin nous pûmes
lever l'ancre, et, après une semaine de navigation le
long de falaises de granit abruptes et désertiques,
dominées par d'imposants sommets, nous entrâmes
dans le dégagement du port d'Elath. Cette paisible
traversée fut un repos pour tout le monde, et au
premier chef pour les chameaux immobilisés dans
l'ombre des cales, et qui se refirent la bosse en
mangeant et en buvant à satiété.

D'Elath à Jérusalem, on nous avait annoncé vingt
jours de marche, et sans doute eussions-nous franchi
cette distance dans ce délai, si nous n'eussions fait à
deux jours de Jérusalem une rencontre qui devait à la
fois retarder notre marche et lui donner une signification nouvelle.

Barka Maï m'entretenait depuis notre débarquement de la majesté inouïe de l'antique Hébron vers
laquelle nous nous dirigions, et qui selon lui aurait
valu à elle seule le voyage. Elle s'enorgueillit d'être la
ville la plus ancienne du monde. Et comment en serait-
il autrement, puisque c'est là que se réfugièrent Adam
et Eve après avoir été chassés du Paradis ? Mieux : on y
voit le champ dont la glaise servit à Yahvé pour
modeler le premier homme !

Porte du désert d'Idumée, Hébron veille sur trois
petites collines verdoyantes, plantées d'oliviers, de
grenadiers et de figuiers. Ses maisons blanches, entiè-

rement fermées sur l'extérieur, ne laissent percer aucun signe de vie. Pas une fenêtre, pas un linge séchant sur une corde, pas un passant dans ses ruelles en escalier, pas même un chien. C'est du moins le masque rébarbatif qu'oppose à l'étranger la première cité de l'histoire de l'humanité. C'est aussi ce que me rapportèrent les messagers que j'avais envoyés pour annoncer notre arrivée. Pourtant ils n'avaient pas rencontré que le vide à Hébron. Selon leur rapport, une caravane nous y avait précédés de quelques heures à peine, et, devant l'inhospitalité des habitants, ces voyageurs dressaient à l'est de la ville un camp qui promettait d'être magnifique. Je dépêchai aussitôt un envoyé officiel pour nous présenter et s'enquérir des intentions de ces étrangers. Il revint visiblement enchanté du résultat de sa mission. Ces hommes étaient la suite du roi Balthazar IV, souverain de la principauté chaldéenne de Nippur, lequel nous souhaitait la bienvenue et me priait à souper.

La première chose qui me frappa en approchant le camp de Balthazar, ce fut la quantité des chevaux. Nous autres, gens du grand sud, nous ne voyageons qu'avec des chameaux. Le cheval, parce qu'il transpire et urine sans retenue, est inadapté au manque d'eau qui est notre condition habituelle. C'est pourtant d'Egypte que le Roi Salomon faisait venir les chevaux qu'il attelait à ses fameux chars de combat. Par leur tête busquée, leurs membres courts mais puissants, leur croupe ronde comme une grenade, les chevaux du roi Balthazar appartiennent à la célèbre race des monts Taurus que la légende fait descendre de Pégase, le cheval ailé de Persée.

Le roi de Nippur est un vieillard affable qui semble au premier abord ne rien mettre au-dessus du confort et du raffinement de la vie. Il se déplace dans un tel équipage qu'on ne songe pas un instant à lui demander dans quel but il voyage : pour le plaisir, pour la joie, pour le bonheur, répondent les tapisseries, la vaisselle, les fourrures et les parfums dont un personnel nombreux et spécialisé a la charge. A peine arrivés, nous fûmes baignés, coiffés et oints par des jeunes filles expertes dont le type physique ne manqua pas de m'impressionner. On m'a expliqué plus tard qu'elles étaient toutes de la race de la reine Malvina, originaire de la lointaine et mystérieuse Hyrcanie. C'est de là que le roi, par un délicat hommage à sa femme, fait venir les suivantes du palais de Nippur. De peau très blanche, elles ont de lourdes chevelures noires comme jais avec laquelle constrastent de façon ravissante des yeux bleu clair. Rendu attentif à ces détails par ma malheureuse aventure, je les ai vraiment bien regardées, tout durant qu'elles me bichonnaient. La première surprise épuisée, le charme s'est pourtant quelque peu éventé. C'est très joli une peau blanche et des cheveux abondants et noirs, mais j'ai noté la trace d'un duvet sombre sur leur lèvre supérieure et leurs avant-bras, et je ne suis pas sûr qu'un examen plus approfondi de ces filles tourne à leur avantage. Bref, je préfère les blondes et les négresses : du moins leur carnation et leur pilosité sont-elles accordées !

Bien entendu je me suis gardé de poser des questions indiscrètes à Balthazar, tout de même qu'il ne m'a pas interrogé sur les motifs et la destination de mon voyage. Contraints par la courtoisie, nous avons joué au jeu étrange qui consiste à taire l'essentiel, et à ne l'approcher qu'indirectement, par des déductions tirées tant bien que mal des propos insignifiants que nous avons échangés, de telle sorte qu'à la fin de cette première soirée je ne savais à peu près rien sur lui, et que, de son côté, il n'était guère plus avancé à mon endroit. Heureusement nous étions secondés, et nos esclaves et courtisans n'étant pas soumis à la même règle de discrétion, nous en saurions davantage l'un sur l'autre dès demain grâce aux bavardages d'offices, de cuisines et d'écuries qui nous seraient dûment rapportés. Ce qui paraissait certain, c'était que le roi de Nippur est un grand connaisseur d'art, et qu'il collectionne avec passion sculptures, peintures et dessins. Peut-être voyageait-il tout simplement pour voir et acquérir de belles choses ? Cela se serait accordé à son fastueux équipage.

Nous devions nous retrouver le lendemain dans la grotte de Macpela qui abrite les tombes d'Adam, d'Eve, d'Abraham, de Sara, d'Isaac, de Rebecca, de Lia et de Jacob, bref un véritable caveau de famille biblique, auquel il ne manque que les cendres de Yahvé lui-même pour être complet. Si je parle légèrement et de façon irrévérencieuse de ces choses pourtant vénérables, c'est sans doute que je les sens très loin de moi. Les légendes vivent de notre substance. Elles ne tiennent leur vérité que de la complicité de nos cœurs. Dès lors que nous n'y reconnaissons pas notre propre histoire, elles ne sont que bois mort et paille sèche.

Il en allait tout autrement du roi Balthazar qui paraissait fort ému en s'engageant avec moi dans le dédale des souterrains qui descend vers les tombeaux des patriarches. Dans l'obscurité où les torches répandaient fumées et lueurs dansantes, les tombes, à peine visibles, se réduisaient à de vagues tumulus. Mon compagnon se fit désigner celle d'Adam, et se pencha longuement sur elle, comme à la recherche de quelque chose, un secret, un message, un indice au moins, que sais-je ! Au retour son visage trahissait, à travers sa beauté impassible, une évidente déception. Il considéra avec indifférence le superbe térébinthe, dont dix hommes se tenant par la main n'embrassent pas le tronc, et qui remonterait, dit-on, à l'époque du Paradis Terrestre. Il n'eut qu'un regard de mépris pour le terrain vague semé d'épineux où, prétend-on, Caïn aurait assommé son frère Abel. En revanche sa curiosité se ranima devant le champ clos de haies d'aubépine, à la terre fraîchement retournée, dans lequel Yahvé aurait modelé Adam avant de le transporter dans le Paradis Terrestre. Il prit dans sa main, et laissa pensivement fuir entre ses doigts, un peu de cette terre primordiale dont fut sculptée la statue humaine, et dans laquelle Dieu insuffla la vie. Puis il se redressa et prononça à mon intention peut-être, mais plus encore comme se parlant à lui-même, des mots que j'ai retenus malgré leur obscurité.

— On ne saurait trop méditer les premières lignes de la Genèse, dit-il. *Dieu fit l'homme à son image et à sa ressemblance.* Pourquoi ces deux mots ? Quelle différence y a-t-il entre l'image et la ressemblance ? C'est sans doute que la ressemblance comprend tout l'être — corps et âme — tandis que l'image n'est qu'un masque superficiel et peut-être trompeur. Aussi longtemps que l'homme demeura tel que Dieu l'avait fait, son âme divine transverbéra son masque de chair, de telle sorte qu'il était pur et simple comme un lingot d'or. Alors l'image et la ressemblance proclamaient ensemble une seule et même attestation d'origine. On aurait pu se dispenser de deux mots distincts. Mais dès que l'homme désobéissant eut péché, dès qu'il chercha par des mensonges à échapper à la sévérité de Dieu, sa ressemblance avec son créateur disparut, et il ne resta que son visage, petite image trompeuse, rappelant, comme malgré elle, une origine lointaine, reniée, bafouée, mais non pas effacée. On conçoit donc la malédiction qui frappe la figuration de l'homme par la peinture ou la sculpture : ces arts se font les complices d'une imposture en célébrant et en répandant *une image sans ressemblance*. Enflammé d'un zèle fanatique, le clergé persécute les arts figuratifs et saccage les œuvres, même les plus sublimes du génie humain. Quand on l'interroge, il répond qu'il en sera ainsi aussi longtemps que l'image recouvrira une dissemblance profonde et secrète. Peut-être un jour, l'homme déchu sera-t-il racheté et régénéré par un héros ou un sauveur. Alors sa ressemblance restaurée justifiera son image, et les artistes peintres, sculpteurs et dessinateurs pourront exercer leur art qui aura recouvré sa dimension sacrée...

Pendant qu'il suivait le cours de cette méditation, je baissai les yeux vers la terre fraîchement retournée et, les mots d'image et de ressemblance revenant avec insistance à mon oreille, je cherchai dans cette glèbe la trace d'un homme, celle de Balthazar, celle de Biltine, la mienne peut-être. Il se tut et observa un silence recueilli. Alors je ramassai une poignée de terre, et tendant vers le roi ma main ouverte, je lui dis :

— Prononce-toi, si tu y consens, Seigneur Balthazar : cette terre, dont Adam fut modelé, est-elle blanche, selon toi ?

— Blanche ? Certes non ! s'exclama-t-il avec une franchise qui me fit sourire. Je la trouve plutôt noire, si tu veux mon impression. Encore qu'elle possède à y bien regarder une nuance brun-rouge, et cela me rappelle en effet qu'*Adam* cela signifie en hébreu : *terre ocre*.

Il en avait dit plus qu'il n'en fallait pour me combler. J'approchai la poignée de terre de mon propre visage.

— Noire, brune, rouge, ocre, dis-tu. Eh bien regarde et compare ! Est-ce que par hasard le visage d'Adam n'aurait pas été à l'image — sinon à la ressemblance, car seule la couleur est en cause — du visage de ton cousin, le roi de Méroé ?

— Adam nègre ? Pourquoi pas ? Je n'y songeais pas, mais rien n'interdit de le supposer. Seulement attention ! Eve a été formée de la chair d'Adam. Donc à un Adam nègre correspond une Eve noire ! Mais comme c'est curieux ! Notre mythologie avec son imagerie immémoriale résiste aux agressions de notre imagination et de notre raison. Passe pour Adam, mais Eve, non je ne puis la voir que blanche.

Et moi donc ! Non seulement blanche, mais blonde, avec le nez impertinent et la bouche enfantine de Biltine... Et Balthazar, en m'entraînant vers notre grande caravane commune où se mêlaient chevaux et chameaux, formula une question qui n'était pour lui qu'un amusant paradoxe, mais dont la portée devenait pour moi incalculable :

— Qui sait, dit-il, si le sens de notre voyage n'est pas dans une exaltation de la négritude ?

Balthazar, roi de Nippur

Je ne saurais trop me féliciter de notre jonction à Hébron avec la caravane du roi Gaspard de Méroé. Je regrette de ne pas avoir exploré mieux l'Afrique Noire et ses civilisations qui doivent receler d'immenses richesses. Fut-ce de ma part ignorance, manque de temps, intérêt trop exclusif pour la Grèce ? Pas seulement, je pense. L'homme noir me rebutait parce qu'il me posait en vérité une question, à laquelle j'étais incapable de répondre, à laquelle je ne voulais pas travailler à répondre. Car il y avait un long chemin à faire pour rencontrer mon frère africain. Ce chemin, j'ai dû le parcourir sans m'en aviser, en vieillissant et en réfléchissant, et il me menait au bord de ce champ clos et labouré de la campagne d'Hébron où la légende veut que Yahvé ait modelé le premier homme... et où m'attendait Gaspard, roi de Méroé. Le mythe d'Adam, autoportrait du Créateur, m'a toujours préoccupé, car il me semble depuis longtemps qu'il contient des vérités importantes que nul n'a encore percées. Je me suis laissé aller à divaguer à haute voix devant Gaspard, opposant ces deux mots, *image* et *ressemblance* — où l'on n'a vu jusqu'ici qu'une redondance rhétorique —, comme un levier sur un point d'appui afin de fracturer cette histoire trop connue, et lui arracher son secret. C'est alors que mon bon nègre m'a fait remarquer combien la couleur de la terre d'Hébron se rapprochait de celle de son propre visage, de telle sorte que tout porterait à croire en un Adam, frère de couleur de nos amis africains. Aussitôt j'ai essayé cette nouvelle clef — un Adam noir — sur les problèmes de l'image et du portrait qui sont mes problèmes de toujours. Le résultat s'est avéré surprenant, prometteur.

Car il est évident que le Noir possède plus d'affinités que le Blanc avec l'image. Il n'est que de voir comme il porte, mieux que le Blanc, des ornements, des vêtements de couleurs vives, et surtout des bijoux, pierres et métaux précieux. Le Noir est plus naturellement idole que le Blanc. Idole, c'est-à-dire image.

J'ai pu observer l'épanouissement de cette vocation parmi les compagnons du roi Gaspard qui offrent un bel étalage de bijoux et de joyaux, et, mieux encore, de ces bijoux et joyaux incarnés que sont tatouages et scarifications. J'en ai parlé avec Gaspard qui m'a surpris en transportant d'emblée la question dans le domaine moral par une simple phrase :

— Je tiens compte de cela quand je choisis mes hommes, m'a-t-il dit. Jamais un tatoué ne m'a trahi.

Etrange métaphore qui identifie tatouage et fidélité !

Qu'est-ce qu'un tatouage ? C'est une amulette permanente, un bijou vivant qu'on ne peut enlever parce qu'il est consubstantiel au corps. C'est le corps fait bijou, et partageant l'inaltérable jeunesse du bijou. On m'a montré, sur la face interne des cuisses d'une petite fille, des fines cicatrices en forme de losanges damés : ce sont des « ferrures » destinées à protéger sa virginité. Le tatouage monte la garde au seuil de son sexe. Le corps tatoué, plus pur et plus préservé que le corps non tatoué. Quant à l'âme du tatoué, elle participe de l'indélébilité du tatouage qu'elle traduit dans son langage à elle pour en faire vertu de fidélité. Si un tatoué ne trahit pas, c'est que son corps le lui interdit. Il appartient indéfectiblement à l'empire des signes, signaux et signatures. Sa peau est logos. Le scribe et l'orateur possèdent un corps blanc et vierge comme une feuille immaculée. De la main et de la bouche, ils projettent des signes — écriture et parole — dans l'espace et dans le temps. Au contraire, le tatoué ne parle ni n'écrit : il est écriture et parole. Et cela plus encore s'il est noir. Cette disposition des Africains à incarner le signe dans leur propre corps atteint son paroxysme avec les scarifications en relief. J'ai observé le corps de certains compagnons de Gaspard : le signe inscrit dans leur chair a conquis la troisième dimension. La peinture est devenue bas-relief, sculpture. Dans leur peau, particulièrement épaisse et bourgeonnante, ils pratiquent des incisions profondes, empêchent artificiellement les lèvres de la plaie de se souder, et provoquent la formation d'élevures chéloïdes qu'ils retravaillent au feu, au rasoir, à l'aiguille avec des colorants — ocre jaune, henné, latérite, jus de pastèque ou d'orge verte, blanc de kaolin. Parfois ils vont jusqu'à enfouir dans la plaie une boule ou une lame d'argile trempée dans l'huile, laquelle demeurera définitivement en place après la cicatrisation. Mais je trouve plus élégante la technique qui consiste à dégager des lanières de peau, à les entrelacer, puis à insérer cette tresse dans une scarification centrale, où elle demeurera greffée.

L'affinité adamique et paradisiaque de ces arts corporels est évidente. La chair n'est pas ravalée au rôle d'outil — outil à peindre où à sculpter —, elle se sanctifie dans l'œuvre qu'elle est devenue. Oui, je ne serais pas surpris que le corps peint et sculpté des compagnons de Gaspard rappelât celui d'Adam dans son innocence originelle et sa relation intime avec le Verbe de Dieu. Cependant que nos corps lisses, blancs et besogneux correspondent à la chair punie, humiliée et exilée loin de Dieu qui est la nôtre depuis la chute de l'homme...

Nous fûmes trois jours à Hébron. Il nous en fallut trois autres pour atteindre les portes de Jérusalem.

*

A pères avares, fils Mécène. Parce que mon grand-père Belsussar, puis mon père Balsarar ont exploité avec un acharnement cupide les maigres ressources de la petite principauté de Nippur — éclat brillant, mais léger du royaume de Babylone dont la mort d'Alexandre précipita la décomposition —, parce qu'en soixante-cinq ans de règne, ils ont évité toute occasion de dépense — guerre, expédition, grands travaux —, moi, Balthazar IV, leur petit-fils et fils, je me suis trouvé, lors de mon avènement, à la tête d'un trésor qui pouvait autoriser les plus grandes ambitions. Les miennes ne visaient ni les conquêtes ni le faste. Seule la passion de la pure et simple beauté enflammait ma jeunesse, et je prétendais y puiser — je le prétends encore — le sens de la justice et l'instinct politique nécessaires et suffisants pour gouverner un peuple.

L'avarice de mes pères... Je n'y vois pas la négation de mes goûts artistiques, pas plus que ceux-ci ne doivent être réduits à une forme de prodigalité. Il y a toujours eu en moi un fervent collectionneur. Or l'avare et le collectionneur forment un couple nullement antagoniste, plein d'affinités au contraire, et dont l'éventuelle concurrence se résout presque toujours sans grand heurt. Il m'est arrivé, enfant, d'ac-

compagner mon grand-père dans la chambre forte
qu'il avait fait aménager au cœur du palais pour y
laisser dormir dans un calme sépulcral les trésors du
royaume. Un étroit couloir, entrecoupé de petits escaliers raides et anguleux, butait sur un bloc de granit
gros comme une maison, qu'un système de chaînes et
de cabestans, situé dans une pièce éloignée, pouvait
seul faire basculer. C'était une petite expédition qui
préparait à l'admission dans le saint des saints. Une
mince meurtrière laissait passer un rayon de soleil qui
tranchait la pénombre comme une épée de lumière.
Belsussar, courbant son échine maigre, faisait preuve
pour déplacer les coffres d'une vigueur surprenante à
son âge. Je l'ai vu se pencher sur des monceaux de
turquoises, d'améthystes, d'hydrophanes et de calcé-
doines, ou faire rouler dans le creux de sa main des
diamants bruts, ou encore élever vers le jour des rubis
pour en apprécier l'eau, ou des perles pour exalter leur
orient. Il m'a fallu des années de réflexion pour
comprendre que l'élan qui me rapprochait alors de lui
reposait sur un malentendu, car si la beauté de ces
gemmes et de ces nacres me remplissait de jubilation,
il n'y voyait, lui, qu'une certaine quantité de richesse,
symbole abstrait et donc polyvalent, pouvant se maté-
rialiser dans une terre, un navire ou une douzaine
d'esclaves. Bref, tandis que je m'enfonçais dans la
contemplation d'un objet précieux, mon grand-père le
prenait comme point de départ d'un processus ascen-
dant de sublimation aboutissant à un chiffre pur.

Mon père leva l'ambiguïté, qui peut faire prendre
pour un amoureux d'art l'avare courbé sur un coffre de
pierreries, en se défaisant, dès son avènement, du
trésor de la chambre-forte. Il ne garda d'abord que des
pièces d'or frappées d'effigies, provenant du bassin
méditerranéen, du continent africain ou des confins

asiatiques. Je nourris une ultime illusion en m'épre-
nant de ces empreintes qui flattaient mon goût pour
l'art du portrait, et, en général, la figuration d'un
vivant ou d'un mort. Pour être gravé dans l'or ou
l'argent, le visage d'un souverain disparu ou contemporain revêtait à mes yeux une dimension divine. Mais
l'illusion prit fin, quand ces pièces elles-mêmes disparurent pour faire place aux abaques et aux jeux
d'écriture des banquiers chaldéens avec lesquels le roi
et son ministre des Finances conféraient régulièrement. Par un paradoxe irritant, l'avarice croissante et
la richesse exorbitante qu'elle secrète s'apparentent au
dépouillement progressif que consent l'ascèse du mystique possédé par Dieu. Chez l'avare, comme chez le
mystique, les apparences de la pauvreté recouvrent
une richesse immense et invisible, mais de nature
certes bien différente dans un cas et dans l'autre.

Mon ardente vocation se situait à l'opposé de cette
pauvreté et de cette richesse. J'aime les tapisseries, les
peintures, les dessins, les statues. J'aime tout ce qui
embellit et ennoblit notre existence, et au premier chef
la représentation de la vie qui nous invite à nous
hausser au-dessus de nous-mêmes. Je n'ai qu'un goût
médiocre pour les motifs géométriques des tapis de
Smyrne ou des faïences babyloniennes, et l'architecture elle-même m'accable par les leçons de grandeur et
de hautaine éternité qu'elle semble toujours vouloir
nous assener. Il me faut des êtres de chair et de sang,
exaltés par la main de l'artiste.

Bientôt d'ailleurs je découvris un aspect de ma
vocation d'esthète — le voyage — qui achevait de me
distinguer de mes pères, condamnés à la sédentarité
par leur lésine. Mais ce ne fut certes pas une Guerre de
Troie, ni une conquête de l'Asie qui me chassèrent du
palais natal. Je ris en écrivant ces lignes, tant elles se

chargent malgré moi de provocante ironie. Oui, je l'avoue, ce n'est pas l'épée à la main, mais en brandissant un filet à papillons que je suis parti sur les routes du monde. Le palais de Nippur ne se signale pas, hélas, par ses roseraies et ses vergers. C'est de la lumière tombant en nappes éblouissantes sur des terrasses blanches, les noces triomphales en somme de la pierre et du soleil. Aussi n'était-ce pas sans ravissement que, certains petits matins, je surprenais sur la balustrade de mes appartements un beau papillon diapré qui se ressuyait à grands frémissements de la rosée nocturne. Puis je le regardais prendre son essor, naviguer dans l'indécision, et partir — toujours vers l'ouest — de l'allure fantasque et anguleuse d'un être qui a des ailes trop vastes pour bien voler.

Or si cette fragile visite se renouvelait de loin en loin, le visiteur changeait chaque fois de livrée. Parfois jaune, ombré de velours noir, ou flambé de roux avec une ocelle mauve, ou encore tout simplement blanc comme neige, il fut une fois marqueté de gris et de bleu, comme un ouvrage d'écaille.

Je n'étais encore qu'un enfant, et ces papillons, dépêchés vers moi comme les messagers d'un autre monde, incarnaient à mes yeux la beauté pure, à la fois insaisissable et sans aucune valeur marchande, exactement l'inverse de ce qu'on m'apprenait à Nippur. Je fis venir le régisseur chargé de mon entretien matériel, et je lui ordonnai de me faire faire l'instrument dont j'avais besoin, soit une baguette de jonc, terminée par un cercle de métal, lui-même coiffé par un bonnet de tissu léger et à grosses mailles. Après quelques tâtonnements — presque toujours les matériaux employés pour ces trois éléments étaient beaucoup trop lourds et sans l'affinité qui s'imposait avec la proie convoitée — je me trouvai en possession d'un filet à papillons assez utilisable. Sans attendre la sollicitation d'une visite matinale, je m'élançai vers l'horizon — celui du levant — d'où me venaient toujours mes petits voyageurs.

C'était la première fois que je m'échappai seul au-delà des limites du domaine royal. A ma surprise, aucune sentinelle ne se rencontra sur le chemin de mon escapade qui paraissait ainsi favorisée par une conspiration générale : un vent d'une exquise douceur, l'inclinaison du plateau ombragé de tamaris, et, bien entendu, çà et là une tache voletant de fleur en fleur comme pour me défier ou me rappeler à mes devoirs de chasseur de papillons. A mesure que je descendais vers la vallée d'un affluent du Tigre, je voyais la végétation s'enrichir. Parti à la fin d'un hiver égayé de rares crocus, il me semblait avancer vers la belle saison, à travers des champs de narcisses, de jacinthes et de jonquilles. Et chose étrange, non seulement les papillons paraissaient de plus en plus nombreux, mais leurs vols semblaient bien partir du même point, le but évidemment de mon expédition.

Ce fut d'ailleurs un nuage d'insectes qui me signala d'assez loin la ferme de Maalek. Autour d'un puits — qui avait sans doute déterminé le choix de l'établissement — un gros cube blanchi n'offrait qu'une porte basse pour toute ouverture, et se prolongeait par deux constructions vastes et légères, à toitures de palmes, posées en angle droit. C'est de l'une de ces toitures que partait, comme une fumée bleue, une écharpe aérienne, étirée en tous sens, dont l'évolution active, dynamique, presque volontaire, n'était pas celle, passive, d'un nuage, mais l'ascension d'une masse d'insectes ailés. Avant d'arriver dans la cour de la ferme, j'avais pu ramasser sur l'herbe quelques petits papillons identiquement gris et translucides, les individus les plus paresseux sans doute du peuple en migration.

Un chien se jeta à ma rencontre en aboyant et en faisant fuir une poignée de poules. Peut-être l'étrange instrument que j'avais à la main excitait sa colère, car il fallut pour qu'il me laissât en paix qu'intervînt le maître des lieux. Il sortit de l'une des grandes huttes de palmes, imposant par sa taille, sa maigreur — drapée dans une vaste tunique jaune à manches longues —, son visage ascétique et glabre. Il me tendit la main, et je crus qu'il voulait me saluer, mais c'était, je m'en aperçus, pour me débarrasser de mon filet à papillons, objet qu'il jugeait peut-être incongru en ces aires, comme avait fait le chien.

Je ne crus pas à propos de lui dissimuler mon identité, et, jouissant à l'avance de la surprise un peu scandalisée que cette présentation pouvait susciter, je lui dis, sans autre préambule :

— J'ai quitté ce matin le palais de Nippur. Je suis le prince Balthazar, fils de Balsarar, petit-fils de Belsussar.

Il me répondit, non sans rouerie, faisant un geste vers les papillons dont le nuage avait cessé de sourdre du toit et s'effilochait au-dessus des arbres :

— Ce sont des callicores bleutées. Elles se chrysalident en grappes et s'envolent toutes ensemble, obéissant à une mystérieuse correspondance grégaire. Hier, rien n'annonçait encore que l'éclosion collective fût imminente. Pourtant, sur un obscur signal, chaque individu avait commencé à ronger le sommet de son cocon.

Cependant il ne manqua pas aux gestes traditionnels de l'hospitalité. Tirant de l'eau du puits, il en emplit une timbale qu'il m'offrit. Je bus avec gratitude, prenant conscience de ma soif à mesure que je l'étan-

chai. Oui, cette longue course m'avait altéré, et maintenant que j'avais bu, je sentais mes jambes trembler
de fatigue. Je compris qu'il s'en était aperçu, mais qu'il
était décidé à n'en pas tenir compte. Ce jeune prince un
peu fou, accouru de sa capitale, un engin ridicule à la
main, méritait un traitement énergique.

— Viens, m'ordonna-t-il, tu es venu pour les voir.
Elles t'attendent.

Et il me fit entrer dans la première hutte de palmes,
sans me laisser le temps de lui demander qui m'attendait.

« Elles » étaient là, en effet, par milliers, par centaines de milliers, et le bruit qu'elles faisaient en mangeant emplissait l'air d'un crépitement assourdissant.
Il y avait des sortes de bacs remplis de feuilles, feuilles
de figuier, de mûrier, de vigne, d'eucalyptus, de
fenouil, de carotte, d'asparagus, d'autres encore que je
ne sus pas identifier. Chaque bac avait sa variété de
feuillage, et chaque sorte de feuille sa variété de
chenille, chenilles glabres ou velues — minuscules ours
bruns, roux ou noirs —, molles ou caparaçonnées,
chargées d'ornements baroques — épines, aigrettes,
brosses, tubercules, caroncules ou ocelles. Mais toutes
se composaient de douze anneaux articulés, terminés
par une tête ronde à la mâchoire formidable, et les plus
inquiétantes étaient celles qui par leur forme et leur
couleur se confondaient exactement avec la plante sur
laquelle elles vivaient, de telle sorte qu'il semblait de
prime abord que les feuilles, prises de folie cannibale,
se dévoraient elles-mêmes.

Maalek m'observait, tandis que, l'œil arrondi de
curiosité et de stupeur, je me penchai sur un bac, puis
sur un autre pour m'emplir de cet étonnant spectacle.

— Comme c'est bien ! disait-il, se parlant à lui-
même. Je te regarde regarder, je te vois voir, et par

cette élévation de mon œil au deuxième degré, je
confère à ces choses essentielles une évidence et une
fraîcheur nouvelles. Je devrais accueillir ici plus souvent des jeunes visiteurs. Mais tu n'as découvert encore
que la moitié du spectacle. Viens, passons maintenant
cette porte, allons plus loin.

Et il m'entraîna dans la seconde hutte.

Après la vie fiévreuse et dévorante, c'était un spectacle de mort, ou plutôt de sommeil, mais d'un sommeil
qui imitait la mort avec un raffinement effrayant. On
ne voyait qu'une forêt de branchettes et de rameaux
secs, un vrai taillis artificiel, planté dans des cuves de
sable. Et tout ce petit bois était chargé de cocons, fruits
étranges, incomestibles, enveloppés dans une housse
soyeuse, jaune clair, gonflée par une turgescence inté-
rieure assez louche.

— Ne crois pas qu'elles dorment, me dit Maalek
devinant mes pensées. Il ne s'agit pas pour les chrysali-
des d'hiverner. Elles se livrent au contraire à un travail
formidable dont bien peu d'hommes soupçonnent la
grandeur. Ecoute bien ceci, petit prince : les chenilles
que tu as vues étaient des corps vivants composés
d'organes, comme toi et moi. Estomac, œil, cerveau,
etc., rien ne manque à la chenille. Et maintenant,
regarde !

Il détacha un cocon d'un rameau, le prit entre le
pouce et l'index, et le fendit en deux avec une lame. La
larve éventrée se réduisait à une substance blanche,
semblable à la pulpe d'un avocat.

— Tu vois, il n'y a rien, une bouillie farineuse
indifférenciée. Tous les organes de la chenille ont
fondu. Effacée la chenille avec toute sa panoplie
physiologique au grand complet ! Simplifiée à l'extrême, liquéfiée ! Il n'en faut pas moins pour devenir
papillon. Voilà bien des années qu'en observant toutes

ces minuscules momies, je médite sur cette simplification absolue qui prélude à une merveille métamorphose. Je cherche des équivalents. L'émotion, par
exemple. Oui, l'émotion, la peur, si tu veux.

Il s'assit sur un escabeau pour me parler plus à l'aise
et de plus près.

— La peur... Tu te promènes un beau matin d'avril
dans le parc du château. Tout invite à la paix et au
bonheur. Tu te laisses porter, tu t'abandonnes aux
odeurs, aux ramages, au vent tiède. Et soudain, une
bête fauve surgit, elle va se jeter sur toi. Il faut faire
face, se préparer au combat, un combat pour la vie.
Une grande émotion te saisit. Pendant quelques secon-
des, il te semble que tes pensées sont en déroute, tu
n'as pas la force d'appeler au secours, tes bras et tes
jambes n'obéissent plus à ta volonté. C'est ce qu'on
appelle la peur. Je dirai, moi, la *simplification*. La
situation exige de toi une métamorphose radicale. Le
promeneur insouciant doit devenir un combattant.
Cela ne peut se faire sans une phase de transition qui te
liquéfie à l'exemple de la nymphe dans son cocon. De
cette liquéfaction doit sortir un homme prêt à la lutte.
Espérons que ce sera à temps !

Il se leva et fit quelques pas en silence.

— Evidemment, cette théorie de la phase de simplification transitoire s'illustre beaucoup mieux à
l'échelle des nations. Un pays qui change de régime
politique — ou tout simplement de souverain —
connaît normalement une période troublée où tous les
organes de l'administration, de la justice et de l'armée
paraissent se dissoudre dans l'anarchie. Il n'en faut pas
moins pour que la nouvelle autorité puisse se mettre en
place.

Quant à la métamorphose qui fait de la chenille un
papillon, elle est évidemment exemplaire. J'ai souvent

été tenté de voir dans le papillon une fleur animale qui
— répondant au mimétisme qui confond l'insecte et la
feuille — éclôt d'une plante appelée chenille. Métamorphose exemplaire, parce que réussite éclatante. Peut-
on imaginer plus sublime transfiguration que celle qui
part de la chenille grise et rampante, et s'achève dans
le papillon ? Mais il s'en faut que cet exemple soit
toujours suivi ! J'ai cité les révolutions populaires. Or
combien de fois un tyran n'est chassé du pouvoir que
pour faire place à un tyran plus sanguinaire encore ? Et
les enfants ! Ne dirait-on pas que la puberté, qui fait
d'eux des hommes, est la métamorphose d'un papillon
en chenille ?

Il m'introduisit ensuite dans un petit cabinet où
stagnait une violente odeur balsamique. C'était là,
m'expliqua-t-il, que les papillons qu'il voulait conserver étaient sacrifiés et fixés, les ailes ouvertes, pour
l'éternité. Dès qu'ils sortaient du cocon — tout humides encore, fripés et tremblants — on les introduisait
dans une petite cage vitrée, hermétiquement close. Là,
on observait leur éveil à la vie et leur épanouissement à
la lumière du soleil, puis, avant même qu'ils eussent
tenté de prendre leur essor, on les asphyxiait en
introduisant dans la cage l'extrémité enflammée d'un
bâtonnet enduit de myrrhe. Maalek faisait grand cas
de cette résine exsudée par un arbuste oriental [3], et
dont les anciens Egyptiens se servaient pour embau-
mer leurs morts. Il y voyait la substance symbolique
qui faisait accéder la chair putrescible à la pérennité
du marbre, le corps périssable à l'éternité de la
statue... et ses fragiles papillons à la densité des
joyaux. Il m'en offrit un bloc que j'ai toujours conservé,
et que je soupèse de la main gauche tout en écrivant
ces lignes : j'observe cette masse rougeâtre, un peu
huileuse, parcourue de stries blanches, et qui va laisser

dans ma main une persistante odeur de temple obscur
et de fleur fanée.

Plus tard, il me fit entrer dans sa demeure. Je n'en ai
retenu que les milliers de papillons qui en couvraient
les murs, protégés dans des boîtes plates de cristal. Il
me les nomma tous en une litanie fantastique, où il
était question de sphinx, de paons, de noctuelles, de
satyres, et je revois encore le Grand Nacré, l'Atalante,
la Chélonie, l'Uranie, l'Héliconie, le Numphale. Mais
plus qu'aucune autre variété, celle des Chevaliers-
Portenseignes m'enthousiasma, et non point tant par
leurs « sabres », sorte de prolongements fins et recour-
bés des ailes inférieures, qu'en raison d'un écusson
visible sur le corselet et reproduisant un dessin souvent géométrique, parfois pourtant nettement figura-
tif, une tête, oui, tête de mort, mais aussi tête de vivant,
un portrait, mon portrait, m'assura Maalek, en m'offrant, enchâssé dans un bloc de béryl rose, un *Chevalier
Portenseigne Balthazar* comme il le baptisa solennellement.

Je repris le lendemain le chemin de Nippur, ayant
échangé mon filet à papillons contre le Portenseigne-
Balthazar que je serrai sous ma tunique avec mon bloc
de myrrhe, deux objets qui m'apparaissent maintenant, dans la longue perspective des ans, comme les
premiers jalons de mon destin. Car ce Chevalier-
Balthazar — noir à reflets moirés, soutaché de mauve
— qui portait sculpté et tatoué dans la corne de son
corselet une tête humaine indiscutable, et, plus discu-
tablement, la mienne, devait pour cela même se
désigner comme première victime, avant bien d'autres, à la haine fanatique des prêtres de Nippur. Dès
mon retour au palais en effet, j'avais montré à chacun
mon acquisition avec une juvénile imprudence, sans
voir — ou vouloir voir — certains visages se fermer et

se durcir, quand j'expliquais que c'était mon portrait que le beau chevalier de velours exhibait sur son dos. L'interdiction de toute image en général et des portraits en particulier reste un article de foi chez tous les peuples sémites, obsédés par l'horreur — ou faut-il dire la tentation ? — de l'idolâtrie. S'agissant d'un membre de la famille régnante, un buste, un portrait, une effigie suscite de surcroît le soupçon d'une tentative d'auto-divination sur le modèle romain, ce qui, aux yeux de notre clergé, équivaut à l'abomination de la désolation.

A quelque temps de là, je m'absentai trois jours pour une expédition de chasse. A mon retour, je trouvai mon bloc de béryl et son précieux contenu pulvérisés sur les dalles de ma terrasse, écrasés sans doute par une pierre, ou plus probablement d'un coup de massue. Je ne pus rien tirer des serviteurs qui avaient été immanquablement témoins de cette « exécution ». Je venais de me heurter aux limites du pouvoir royal. C'était la première fois, ce ne serait pas la dernière.

Au demeurant, l'ennemi n'était pas sans nom ni visage. Le grand prêtre, vieillard débonnaire, que je soupçonne d'avoir été secrètement sceptique, ne se serait pas de lui-même acharné sur mes collections. Mais il était flanqué d'un jeune lévite, le vicaire Cheddâd, imbu de tradition, pur parmi les purs, farouchement attaché au dogme iconophobe. D'abord par faiblesse et timidité, puis par calcul, je me suis toujours gardé de le heurter de front, mais je l'ai très vite repéré comme l'ennemi irréductible de ce qui m'était le plus précieux au monde, ma véritable raison d'être en vérité, le dessin, la peinture et la sculpture, et, ce qui est peut-être plus grave encore, je ne lui ai jamais pardonné la destruction de mon beau papillon, ce Chevalier-Balthazar qui portait jusqu'au ciel mon propre portrait, gravé dans son corselet. Malheur à celui qui blesse un enfant dans ce qu'il a de plus cher ! Qu'il n'espère pas que son crime sera jugé enfantin, parce que sa victime est un enfant !

Conformément à une très ancienne tradition familiale qui remonte sans doute à l'âge d'or hellénistique, mon père m'envoya en Grèce. J'étais à l'avance si ébloui par Athènes, le but de mon voyage, que je fus comme frappé de cécité pendant les étapes qui se succédèrent à travers la Chaldée, la Mésopotamie, la Phénicie, et lors des escales que nous fîmes à Attalie et à Rhodes avant de débarquer au Pirée. Des merveilles et des nouveautés qui se présentèrent — c'était la première fois que je prenais la mer — il ne reste à peu près rien dans ma mémoire, tant il est vrai que la jeunesse se signale davantage par l'ardeur de ses passions que par l'ouverture de son esprit.

Qu'importe ! En mettant le pied sur la terre grecque, peu s'en fallut que je m'agenouillasse pour la baiser ! Je fus totalement aveugle à la ruine de cette nation tombée de son opulence dans l'asservissement et les déchirements. Les temples dévastés, les piédestaux sans statues, les champs en friches, des villes comme Thèbes et Argos redevenues des villages misérables, rien de tout cela n'exista à mes yeux émerveillés. Le fait est que toute la vie, qui s'était retirée des bourgs et des campagnes, avait reflué dans les deux seules villes d'Athènes et de Corinthe. Pour moi, la foule sacrée des statues de l'Acropole aurait suffi à peupler ce pays. Les Propylées, le Parthénon, l'Erechthéion, les Erréphores, tant de grâce alliée à tant de grandeur, tant de vie sensuelle unie à tant de noblesse me frappèrent d'une sorte de stupeur heureuse, dont je ne suis pas encore revenu. Je découvrais ce que j'attendais depuis toujours, et mon attente était magnifiquement surpassée.

Oui, je suis resté passionnément fidèle à la grande révélation hellénique de mon adolescence. Ensuite bien entendu, j'ai mûri, et ma vision a mûri en même temps que moi. Les années passant, j'ai considéré avec un certain recul le monde enchanté de marbre et de porphyre qu'adore du matin au soir l'astre apollinien. La conclusion qui s'était douloureusement imposée à moi lors de ce premier voyage, c'est que j'appartenais de cœur et d'âme à cette Grèce chérie, et que seul un affreux malentendu de la destinée m'avait fait naître ailleurs. Peu à peu, j'ai pris conscience et possession de ce que j'appellerai le *privilège de l'éloignement*. Le déchirement même de mon exil plaçait cette terre hellène sous une lumière que ses habitants devaient ignorer, et qui m'instruisait sans pour autant me consoler. J'ai découvert ainsi, de ma lointaine Chaldée, l'étroite solidarité qui unit l'art plastique et le polythéisme. Les dieux, les déesses et les héros prolifèrent en Grèce au point de tout envahir et de ne laisser aucune place notable à la modeste réalité humaine. Pour l'artiste grec, l'alternative profane-sacré se résout tout simplement par l'ignorance du profane. Tandis que le monothéisme entraîne la peur et la haine des images, le polythéisme — qui préside à un âge d'or de la peinture et de la sculpture — assure la mainmise des dieux sur tous les arts.

Certes, j'ai continué à vénérer la Grèce lointaine du fond de mon palais de Nippur, mais j'ai reconnu les limites de son art sublime. Car il n'est ni bon, ni juste, ni vrai d'enfermer l'art dans un olympe dont l'homme concret est exclu. L'expérience la plus quotidienne et la plus brûlante, c'est pour moi la découverte d'une beauté fulgurante dans la silhouette d'une humble servante, le visage d'un mendiant ou le geste d'un petit enfant. Cette beauté cachée dans le quotidien, l'art grec ne veut pas la voir, lui qui ne connaît que Zeus, Phébus ou Diane. Je me suis alors tourné vers la Bible des Juifs, charte par excellence d'un monothéisme farouchement exclusif. J'y ai lu que Dieu avait créé l'homme à son image et à sa ressemblance, faisant ainsi non seulement le premier portrait mais le premier autoportrait de l'histoire du monde. J'ai lu qu'Il lui avait ensuite ordonné de croître et de multiplier, afin de couvrir toute la terre de sa progéniture. Ainsi après avoir créé sa propre effigie, Dieu exprime la volonté qu'elle soit multipliée à l'infini pour se répandre dans le monde entier.

Cette double démarche a servi de modèle à la plupart des souverains et des tyrans qui assurèrent la prolifération de leur effigie sur toute l'étendue de leurs terres en la faisant frapper sur des pièces de monnaie, lesquelles sont destinées non seulement à être reproduites en grand nombre, mais à circuler sans cesse de coffre en coffre, de poche en poche, de main en main.

Ensuite quelque chose d'incompréhensible s'est produit, une rupture, une catastrophe, et la Bible qui s'était ouverte sur un Dieu portraitiste et autoportraitiste, n'a cessé soudain de poursuivre les faiseurs d'images de sa malédiction. Cette malédiction répercutée dans tout l'Orient avait fait mon malheur, et je me demandais : pourquoi, pourquoi, que s'est-il donc passé, et n'y aura-t-il donc jamais une rémission ?

Mon histoire devait adopter un cours nouveau lorsqu'il fut question pour moi de prendre femme. A coup sûr l'éducation érotique et sentimentale d'un prince héritier est condamnée à être toujours incomplète et comme dérisoire. Pourquoi ? Par excès de facilité. Tandis qu'un jeune homme pauvre ou simplement roturier doit se battre pour satisfaire sa chair et son cœur — se battre contre lui-même, contre la société, et souvent contre l'objet même de son amour — et alors qu'il fortifie et nourrit son désir dans cette lutte, un prince n'a qu'un geste de la main ou même des paupières à accomplir pour que tel ou tel corps entrevu se retrouve dans son lit, fût-il celui de la propre femme de son grand vizir. Facilité affadissante et débilitante qui le frustre de l'âpre joie de la chasse, ou du subtil plaisir de la séduction.

Mon père me demanda un jour à sa façon — qui était d'autant plus légère, enjouée et indirecte qu'il s'agissait d'un sujet le touchant de plus près — si je songeais qu'il faudrait bien qu'un jour je lui succédasse, et qu'il siérait alors que j'eusse une femme digne de devenir la reine de Nippur. Je n'avais aucune ambition politique, et, pour les raisons que je viens d'exposer, mon sexe n'émettait pas de prétentions qui fussent de nature à me retirer le sommeil. La question de mon père, à laquelle je n'avais su que répondre, ne manquait pas cependant de me préoccuper, et peut-être me préparat-elle obscurément à souffrir.

Des caravanes venant des confins du Tigre avaient déversé dans les souks de Nippur leurs trésors de sparteries, d'escarboucles, de tentures, de bracelets niellés, de soies grèges, de peaux brutes et de flambeaux orfévrés. Je ne pouvais manquer de hanter, dès l'ouverture du marché, les échoppes et les arrière-boutiques où s'entassait ce prestigieux bric-à-brac qui sentait l'Orient et les grands espaces désertiques. J'étais alors un voyageur sédentaire auquel les choses exotiques tenaient lieu de chameaux, de navires, de tapis volants pour fuir là-bas, fuir de l'autre côté de l'horizon. C'est ainsi que j'ai trouvé ce jour-là un miroir — ou si l'on veut un ancien miroir — dont la plaque de métal poli avait été remplacée ou recouverte par un portrait peint en terres de couleurs. Il s'agissait

d'une jeune fille, très pâle, aux yeux bleus, à l'abondante chevelure noire croulant en flots indisciplinés
sur son front et ses épaules. Son air grave contrastait
avec l'extrême jeunesse de ses traits, et leur donnait
une expression de mélancolie boudeuse. Etait-ce parce
que je tenais ce portrait face à moi par le manche du
miroir ? Je me plus à trouver un certain air de famille
entre cette petite fille et moi-même. Nous devions
avoir à peu près le même âge ; elle était comme moi
brune et bleue ; à en juger par la provenance des
caravanes, elle avait traversé les plateaux glacés d'Assyrie pour venir me rejoindre. J'acquis l'objet, et
m'envolai sur les ailes de mon imagination. Où était
actuellement cette fille ? Venait-elle de Ninive, d'Ecba-
tane, de Ragès ? Mais peut-être était-elle aussi loin
dans le temps que dans l'espace ? Peut-être ce portrait
avait-il était fait il y avait un siècle ou deux, et alors
son gracieux modèle avait rejoint la poussière de ses
ancêtres. Cette supposition, bien loin de m'accabler,
m'attacha d'autant plus au portrait, lequel prenait
ainsi une plus grande valeur, une valeur comme
absolue, dès lors qu'il avait perdu son terme de
référence. Etrange réaction qui aurait dû m'éclairer
sur mes sentiments véritables !

Mon père me rendait parfois de brèves visites dans
mes appartements. Préoccupé sans doute par la question qu'il m'avait posée, il alla droit au portrait-miroir.
Ses questions me rappelèrent naturellement le conseil
qu'il m'avait donné d'avoir à chercher une fiancée.

— C'est la femme que j'aime et que je veux comme
future reine de Nippur, répondis-je.

Mais il fallut bien lui avouer ensuite que je n'avais
aucune idée de son nom, de ses origines, ni même de
son âge. Le roi haussa les épaules devant tant d'enfan-

tillage, et se dirigea vers la porte. Puis il se ravisa et
revint vers moi.

— Veux-tu me le confier trois jours ? me demanda-t-
il.

Bien que l'idée de me séparer du portrait-miroir me
répugnât, je ne pus faire autrement que de le laisser
l'emporter. Mais je mesurai du même coup, au pince-
ment que je ressentis, combien j'y étais attaché.

Mon père, sous les airs frivoles qu'il se plaisait à se
donner, était un homme exact et scrupuleux. Trois
jours plus tard, il reparaissait chez moi le miroir à la
main. Il le posa sur la table en disant simplement :

— Voilà. Elle s'appelle Malvina. Elle demeure à la
cour du satrape d'Hyrcanie dont elle est une parente
éloignée. Elle a dix-huit ans. Veux-tu que je la
demande pour toi ?

La joie immense que je manifestai en recouvrant
mon bien abusa mon père. Il considéra aussitôt que
c'était décidé. Il avait fait diligence pour identifier la
jeune fille du portrait en dépêchant une foule d'enquêteurs parmi les caravaniers venant du nord et du nord-
est. Il envoya immédiatement une brillante délégation
à Samariane, la résidence d'été du satrape d'Hyrcanie.
Trois mois plus tard, Malvina et moi nous nous faisions
face, le visage voilé, selon le rite nuptial de Nippur, et
nous nous retrouvions mariés avant d'avoir pu nous
voir ni entendre le son de notre voix.

Personne ne s'étonnera, je pense, si j'écris que
j'attendais avec une ardente curiosité le moment où
Malvina me montrerait son visage, afin d'apprécier sa
ressemblance avec le portrait. Cela paraît naturel,
n'est-ce pas ? Or, à y bien songer, on ne peut nier qu'il
s'agisse d'un incroyable paradoxe ! Car un portrait
n'est qu'une chose inerte, fabriquée de main humaine,
à l'image d'un visage vivant et premier. C'est le

portrait qui se doit de ressembler au visage, et non le
visage au portrait. Mais pour moi, c'était le portrait
qui se trouvait à l'origine de tout. Sans la pression que
mon père et mon entourage exerçaient sur moi, je
n'aurais jamais songé à une Malvina venue des confins
de la mer Hyrcanienne [4]. L'image me suffisait. C'était
elle que j'aimais, et la jeune fille réelle ne pouvait
m'émouvoir que secondairement, dans la mesure où je
trouvais sur ses traits un reflet de l'œuvre adulée. Y a-t-
il un mot pour désigner l'étrange perversion dont
j'étais possédé ? J'ai entendu appeler *zoophile* une
riche héritière qui vivait seule avec une meute de
lévriers, auxquels elle accordait, disait-on, les derniè-
res faveurs. Faudrait-il forger le mot d'*iconophile* pour
mon seul usage ?

La vie est faite de concessions et d'arrangements.
Malvina et moi, nous nous accommodâmes d'une
situation qui, pour reposer sur un malentendu, n'en
était pas pour autant intenable. Le portrait-miroir ne
quittait pas le mur de notre chambre. Il veillait en
quelque sorte sur nos ébats conjugaux, et nul ne
pouvait soupçonner — pas même Malvina — que
c'était à lui que j'adressais mes élans par personne
interposée. Pourtant les années qui passaient creu-
saient inexorablement un fossé entre le portrait et son
modèle. Malvina s'épanouissait. Ce qui restait d'enfantin dans son visage et son corps, quand nous nous
étions mariés, s'effaçait pour faire place à la beauté
majestueuse d'une matrone promise à la couronne.
Nous procréâmes. Chacune de ses couches éloignait
encore ma femme de l'image rieuse et mélancolique
qui continuait à me chauffer le cœur.

Ma fille aînée devait avoir sept ans quand eut lieu
une petite scène que personne ne remarqua, et qui
cependant bouleversa ma vie. Miranda, confiée à une

nourrice, s'aventurait rarement dans la chambre de ses parents. Aussi était-ce avec des yeux écarquillés par l'étonnement et la curiosité qu'elle inspectait les lieux quand nous la faisions venir. Ce jour-là l'enfant s'approcha du lit conjugal, puis, levant la tête, elle désigna du doigt le petit portrait-miroir qui veillait sur lui.

— Qui est-ce ? demanda-t-elle.

Or au moment même où elle prononçait ces simples mots, je reconnus dans un éclair sur son naïf visage, très pâle, éclairé de deux yeux bleus, aminci par le déferlement de ses boucles noires, je reconnus, dis-je, l'expression de mélancolie boudeuse du visage peint qu'elle désignait, comme si le miroir, recouvrant soudain sa vertu spéculaire, reflétait l'image de la petite fille. Une exquise et profonde émotion me fit venir les larmes aux yeux. Je décrochai le portrait, j'attirai l'enfant entre mes genoux, et je rapprochai le portrait et le frais visage.

— Regarde bien, dis-je. Tu demandes qui c'est ? Regarde bien, c'est quelqu'un que tu connais.

Elle gardait obstinément le silence, un silence cruel et injurieux pour sa mère qu'elle se refusait décidément à retrouver sur ce portrait juvénile.

— Eh bien, c'est toi, c'est toi bientôt, quand tu seras plus grande. Ainsi tu vas emporter ce cadre. Je te le donne. Tu vas le mettre au-dessus de ton lit, et chaque matin tu le regarderas, et tu diras : « Bonjour, Miranda ! » Et de jour en jour, tu verras, tu te rapprocheras de cette image.

Je présentai le portrait à ses yeux, et docilement, avec une gravité puérile, elle prononça : « Bonjour, Miranda ! » Puis elle le mit sous son bras, et s'enfuit.

Dès le lendemain, je fis savoir à Malvina que nous aurions désormais chacun notre chambre. La mort de

mon père et notre couronnement éclipsèrent peu après
ce médiocre épilogue de notre vie conjugale.

*

Je palpe et je regarde, comme pour y lire l'avenir, le
bloc de myrrhe que Maalek m'a offert, il y a bien
longtemps, comme la substance ayant le pouvoir
d'éterniser le temporel, je veux dire de faire passer les
hommes et les papillons de l'état putrescible à l'état
indestructible. En vérité, toute ma vie se joue entre ces
deux termes : le temps et l'éternité. Car c'est l'éternité
que j'ai trouvée en Grèce, incarnée par une tribu
divine, immobile et pleine de grâce, sous le soleil, lui-
même statue du dieu Apollon. Mon mariage m'a
replongé dans l'épaisseur de la durée, où tout est
vieillissement et altération. J'ai vu la coïncidence de la
jeune Malvina avec le ravissant portrait que j'aimais se
défaire d'année en année, par « coups de vieux »
successifs accusés par la princesse hyrcanienne. Je sais
maintenant que je ne retrouverai la lumière et le repos
que le jour où je verrai se fondre dans la même image
l'éphémère et bouleversante vérité humaine et la
divine grandeur de l'éternité. Mais a-t-on jamais rêvé
un mariage plus improbable ?

Les affaires du royaume me retinrent à Nippur
plusieurs années. Puis ayant réglé les principales
difficultés intérieures et extérieures laissées par mon
père, et surtout ayant compris que la première vertu
d'un souverain, c'est de savoir s'entourer d'hommes
capables et probes, et de leur faire confiance, je pus me
consacrer à une série d'expéditions dont le but réel et
avoué était de prendre connaissance — et éventuellement possession — des richesses artistiques des pays
voisins. Quand je dis qu'un souverain doit savoir faire
confiance aux ministres qu'il a lui-même mis en place,

je me dois d'ajouter qu'il ne faut pas tenter le diable, et qu'il y a des précautions indispensables pour prévenir le pire. J'ai pour ma part mis en grand honneur l'usage antique des pages, ces jeunes garçons d'origine noble que leur père envoie à la cour du roi pour le servir et acquérir des connaissances et des amitiés utiles à leur avenir. Quand je partais, je ne laissais jamais un homme à une place stratégique qu'il ne m'eût confié au moins l'un de ses fils pour accompagner mon expédition. Je disposais ainsi d'une escorte brillante et juvénile qui égayait le voyage, s'instruisait au contact des choses et des personnes étrangères, et constituait à l'égard des ministres demeurés à Nippur autant d'otages propres à les mettre à l'abri de toute tentation de coup d'Etat. L'institution réussit et acquit une sorte d'autonomie. Obéissant à une pente fréquente chez les jeunes gens, mes pages — auxquels se mêlaient tout naturellement mes propres fils — s'organisèrent en une sorte de société secrète ayant pour emblème une fleur de narcisse. J'aime quant à moi cet aveu naïvement provocant de l'amour que tout spontanément la jeunesse éprouve pour elle-même. Des expériences vécues ensemble, un certain retranchement de la société de Nippur dû à nos fréquents voyages, un rien de mépris pour les sédentaires de la capitale confits dans leurs habitudes et leurs préjugés, contribuent à faire de mes Narcisses un noyau politique révolutionnaire dont j'attends le meilleur le jour où je me retirerai du pouvoir avec les hommes de ma génération.

L'un de nos premiers voyages fut bien entendu pour la Grèce et ses confins. Je souhaitais que mes jeunes compagnons connussent un éblouissement comparable au mien vingt ans auparavant, et c'est dans un sentiment de ferveur joyeuse que nous embarquâmes à Sidon sur un voilier phénicien. Est-ce parce que les

années avaient changé mon regard ou par la présence
de mes pages autour de moi ? Je ne retrouvai pas la
Grèce de mon adolescence, mais en revanche j'en
découvris une autre. Les Narcisses, entreprenants et
avides de contacts humains, se firent très vite adopter
par la société, au demeurant ouverte et d'un accès
facile, de la jeunesse athénienne. Avec une rapidité qui
m'étonna, ils parlèrent sa langue, copièrent ses vêtements, envahirent ses bains, ses gymnases, ses théâtres. C'était au point que j'hésitais parfois à distinguer
les miens parmi les éphèbes que je voyais se presser
dans les étuves et les palestres. J'étais fier qu'ils fassent
si bonne figure, et je me félicitais à l'avance de tout ce
qu'ils rapportaient d'enrichissant à la bourgeoisie
casanière de Nippur. Il n'est pas jusqu'à une certaine
forme d'amour — dont la Grèce s'est fait une spécialité, non par sa pratique qui est universelle mais par sa
tranquille publicité — que je me réjouissais de leur
voir pleinement adopter, parce qu'elle est propre à
apporter une diversion légère, gratuite et inoffensive à
la pesante et coercitive hétérosexualité conjugale.

Mais il n'y avait pas que des gymnastes, des acteurs
et des maîtres d'armes ou des masseurs dans cette ville
dont le génie avait ébloui le monde. J'y passais quant à
moi d'exquises soirées, sous les portiques couronnés de
feuillages, en buvant du vin blanc de Thasos, et en
devisant avec des hommes et des femmes infiniment
cultivés et sceptiques, curieux de tout, subtils, drôles,
les meilleurs hôtes du monde. Pourtant je compris bien
vite qu'il y avait peu à attendre de civilisés aussi
accomplis, mais dont le cœur sec, l'esprit superficiel et
l'imagination stérile entretenaient une atmosphère
proche du vide. Mon premier voyage en Grèce ne
m'avait montré que des dieux. La seconde fois, je vis
des hommes. Malheureusement, il n'y avait guère de

relation entre les uns et les autres. Peut-être, des siècles auparavant, cette terre avait été peuplée par des paysans, des soldats et des penseurs surhumains qui se trouvaient de plain-pied avec l'Olympe. Ils vivaient dans le commerce familier des demi-dieux, des faunes, des satyres, Castor, Pollux, Héraklès, des géants, des centaures. Puis il y avait eu des génies dont la voix formidable retentit encore du fond des âges jusqu'à nous, Homère, Hésiode, Pindare, Eschyle, Sophocle, Euripide. Ceux que je trouvais maintenant n'étaient pas leurs héritiers directs, ni même les héritiers de leurs héritiers. La Grèce de mon premier voyage était une image sublime. Mais je devais constater à mon second voyage que cette image n'était qu'un masque sans visage qui flottait sur le vide.

Qu'importe ! Les flancs du navire qui nous ramenait étaient lourds de bustes, de torses, de bas-reliefs et de pièces de céramique. Que n'ai-je pu démonter un temple tout entier et l'emporter en pièces détachées ! C'est en tout cas dès cette première expédition qu'est née l'idée d'un *Balthazareum*, autrement dit d'une fondation royale où seraient exposés mes collections et les trésors artistiques acquis par la Couronne. Le Balthazareum s'enrichit à chaque nouvelle expédition, et on put voir d'année en année des mosaïques puniques, des sarcophages égyptiens, des miniatures persanes, des tapisseries cypriotes, et jusqu'à des idoles indiennes à trompe d'éléphant, rassemblés par départements spécialisés. Ce musée, un peu hétéroclite j'en conviens, c'était ma fierté, la raison d'être non seulement de mes voyages, mais de toute ma vie. Quand je venais d'acquérir une nouvelle merveille, je me réveillais la nuit pour rire de joie en l'imaginant exposée à la place qui lui revenait dans mes collections. Mes narcisses s'étaient pris au jeu, et, devenus par la force des choses experts en *mirabilia* de toutes provenances, ils chassaient et rapportaient pour moi avec une ardeur juvénile. Je ne désespérais pas d'ailleurs de voir l'un ou l'autre d'entre eux porter un jour les fruits de l'admirable éducation artistique qu'ils me devaient, et prendre le stylet du graveur, la plume du dessinateur ou le ciseau du sculpteur. Car le spectacle de la création doit être contagieux, et les chefs-d'œuvre ne sont pleinement eux-mêmes que lorsqu'ils suscitent la naissance d'autres chefs-d'œuvre. J'encourageais ainsi les tâtonnements d'un jeune garçon de notre groupe qui s'appelait Assour et qui était d'origine babylonienne. Mais outre l'hostilité de notre clergé, je le voyais bien se heurter à la contradiction que j'ai précédemment cherché à exprimer entre l'art hiératique où se figeaient les œuvres que nous rencontrions, et les manifestations spontanées de la vie la plus simple qui l'éblouissaient de joie et d'admiration. Sa recherche était mienne, plus ardente, plus angoissée en raison de sa jeunesse et de son ambition.

Et puis il y a eu l'accident, le noir attentat de la nuit sans lune, cet équinoxe d'automne qui m'a fait passer d'un seul coup de la jeunesse éternelle où je m'étais enfermé avec mes Narcisses et mes merveilles, à une vieillesse amère et recluse. En quelques heures, mes cheveux ont blanchi et ma taille s'est courbée, mon regard s'est voilé et mon ouïe s'est durcie, mes jambes se sont alourdies et mon sexe s'est rabougri.

Nous nous trouvions à Suse, et nous cherchions dans les vestiges de l'Apadâna de Darios Ier ce que la dynastie des Achéménides avait à nous transmettre. La moisson était belle, mais d'assez sinistre augure. Notamment les vases peints que nous exhumions ne nous parlaient que de souffrance, ruine et mort. Il y a des signes qui ne trompent pas. Nous remontions d'une

tombe des crânes incrustés de chrysoprase, pierre
maléfique s'il en fut, quand nous vîmes un cheval noir
ailé de poussière qui accourait de l'ouest vers nous.
Nous eûmes de la peine à reconnaître dans le cavalier
un jeune frère d'un Narcisse, tant son visage était altéré
par cinq jours de galopade éperdue — et aussi hélas
par la terrible nouvelle dont il était porteur. Le
Balthazareum n'était plus. Une émeute, partie des
quartiers les plus misérables de la ville, l'avait assiégé.
Les fidèles serviteurs qui tentaient d'en interdire les
portes avaient été massacrés. Puis une mise à sac en
règle n'avait rien laissé de ses trésors. Ce qui ne
pouvait être emporté avait été brisé à coups de masse.
D'après les cris et les étendards des émeutiers, les
motifs de cette colère populaire auraient été d'ordre
religieux. On voulait en finir avec un établissement
dont les collections insultaient au culte du vrai Dieu et
à l'interdiction des idoles et des images.

Ainsi le crime était signé. Je connaissais assez la
populace interlope des bas quartiers de ma capitale
pour savoir qu'elle se soucie comme d'une figue du
culte du vrai Dieu et de celui des images. En revanche,
elle est sensible aux mots d'ordre accompagnés de
dons en argent et en alcool. La main du vicaire
Cheddâd était visiblement à l'œuvre dans ce prétendu
soulèvement populaire. Mais naturellement, il avait su
rester à l'écart. Mon pire ennemi m'avait frappé sans
se découvrir. En m'en prenant à lui, j'aurais agi en
tyran, et toute la population soumise au clergé m'aurait maudit. On retrouva et on vendit comme esclaves
les meneurs et ceux qui furent convaincus d'avoir
blessé à mort les gardiens du Balthazareum. Puis je me
retirai, blessé moi aussi à mort, au fond de mon palais.

C'est alors qu'on commença à parler d'une comète.
Venant du sud-ouest, elle se dirigeait, disait-on, vers le

nord. Mes astrologues — tous Chaldéens — étaient en grand émoi, et discutaient à perte de vue sur la signification du phénomène. On s'accorde à la vouloir menaçante. Epidémie, sécheresse, tremblement de terre, avènement d'un despote sanguinaire seraient précédés par des météores extraordinaires. Et mes astrologues ne se faisaient pas faute de rivaliser de pessimisme dans leurs prédictions. La tristesse d'ébène où j'étais plongé me portait à la contradiction. A leur grande surprise, j'affirmai bien haut que la situation présente était si mauvaise qu'un changement profond ne pouvait être que bénéfique. Donc la comète était de bon augure... Mais c'est lorsqu'elle parut enfin dans le ciel de Nippur que mes interprétations mirent le comble à la stupéfaction de mes chapeaux pointus. Il faut préciser que dans mon esprit, la mise à sac du Balthazareum rejoignait à cinquante ans d'intervalle la perte de mon beau papillon, ce Chevalier-Balthazar victime du même stupide fanatisme. Dans ma rancune, j'identifiais l'insecte somptueux porteur de mon effigie et le palais où j'avais disposé le meilleur de ma vie. Or donc l'astre tremblant et capricieux ayant fait son apparition sur nos têtes, je prétendis froidement qu'il s'agissait d'un papillon surnaturel, un ange-papillon, portant sculpté sur son corselet le portrait d'un souverain, et indiquant à qui voulait l'entendre qu'une révolution bienfaisante se préparait et qu'elle aurait lieu à l'ouest. Aucun de mes savants gratte-ciel n'osa me contredire, certains même par flagornerie abondèrent dans mon sens, si bien que je finis par croire moi-même ce que je n'avais d'abord affirmé que par esprit de provocation. Et c'est ainsi que naquit en moi l'idée de partir une fois de plus, de faire diversion à mon humeur atrabilaire en suivant le papillon de feu, comme j'avais découvert jadis la ferme magique de Maalek, un filet à la main.

Les Narcisses qui se morfondaient depuis le sac du Balthazareum, jubilaient en rassemblant les chevaux et les provisions nécessaires à une lointaine expédition vers l'Occident. Pour ma part, le souvenir de Maalek et de ses papillons ayant été ranimé en moi, je ne me séparais plus du bloc de myrrhe qu'il m'avait confié. Je voyais confusément dans cette masse odorante et translucide le gage d'une solution à la douloureuse contradiction qui me déchirait. La myrrhe, c'était, selon l'usage des anciens embaumeurs égyptiens, la chair corruptible promise à l'éternité. En prenant une route inconnue, à un âge où on songe plutôt à la retraite et au repli sur ses souvenirs, je ne cherchais pas, comme d'autres, une voie nouvelle vers la mer, les sources du Nil ou les Colonnes d'Hercule, mais une médiation entre le masque d'or impersonnel et intemporel des dieux grecs et... le visage d'une gravité puérile de ma petite Miranda.

De Nippur à Hébron, il faut compter une centaine de jours de marche, avec le détour par le sud nécessaire si l'on ne veut traverser la mer Morte en bateau. Chaque nuit, nous voyions le papillon de feu s'agiter à l'ouest et le jour je sentais les forces de la jeunesse revenir dans mon corps et mon âme. Notre voyage n'était qu'une fête qui devenait plus radieuse d'étape en étape. Nous n'étions plus qu'à deux jours d'Hébron, quand des cavaliers détachés en éclaireurs m'apprirent qu'une caravane chamelière menée par des Noirs montait d'Egypte — et probablement de Nubie — à notre rencontre, mais que leurs intentions paraissaient pacifiques. Nous avions déployé notre camp aux portes d'Hébron depuis vingt-quatre heures, quand l'envoyé du roi de Méroé se présenta aux gardiens de ma tente.

Melchior, prince de Palmyrène

Je suis roi, mais je suis pauvre. Peut-être la légende fera-t-elle de moi le Mage venu adorer le Sauveur en lui offrant de l'or. Ce serait une assez savoureuse et amère ironie, bien que conforme en quelque sorte à la vérité. Les autres ont une suite, des serviteurs, des montures, des tentes, de la vaisselle. C'est justice. Un roi ne se déplace pas sans digne équipage. Moi, je suis seul, à l'exception d'un vieillard qui ne me quitte pas. Mon ancien précepteur m'accompagne après m'avoir sauvé la vie, mais à son âge, il a besoin de mon aide plus que moi de ses services. Nous sommes venus à pied depuis la Palmyrène, comme des vagabonds, avec pour tout bagage un baluchon qui se balance sur notre épaule. Nous avons traversé des fleuves et des forêts, des déserts et des steppes. Pour nous introduire à Damas, nous nous sommes affublés du bonnet et du bissac des marchands ambulants. Pour entrer dans Jérusalem, nous avons adopté la calotte et le bâton des pèlerins. Car nous avions à redouter autant les hommes de chez nous lancés à notre poursuite que les sédentaires des régions que nous traversions, hostiles aux voyageurs sans statut bien défini.

Nous venions de Palmyre, dite Tadmor en hébreu, la ville des palmes, la cité rose, bâtie par Salomon après

sa conquête d'Hamath-Zoba. C'est ma ville natale.
C'est ma ville. Je n'emportais d'elle qu'un seul objet,
mais qui était pour moi à la fois l'attestation de ma
dignité et un souvenir de famille : une pièce d'or
frappée à l'effigie de mon père, le roi Théodène, cousue
dans la frange de mon manteau. Car je suis le prince
héritier de Palmyrène, souverain légal depuis la mort
du roi survenue dans des circonstances assez obscures.

Longtemps le roi était resté sans enfant, et son jeune
frère, Atmar, prince d'Hamath, sur l'Oronte, lui-même
couvert de femmes et d'enfants, se considérait comme
son héritier présomptif. C'est du moins ce que je
déduisis de l'hostilité violente qu'il me manifesta
toujours. Car ma naissance avait été un rude coup pour
son ambition. En vérité il ne prit jamais son parti de ce
tour du destin. Mon père avait connu et aimé une très
simple bédouine, lors d'une de ses expéditions sur la
rive orientale de l'Euphrate. Lorsqu'il apprit qu'elle
serait mère, cette nouvelle le remplit de surprise et de
joie. Il répudia aussitôt la reine Euphorbie, et plaça sur
le trône la nouvelle venue, laquelle s'accommoda avec
une dignité native de ce brusque passage de la tente
des nomades au palais de Palmyre. J'ai su depuis que
mon oncle avait émis sur mon origine des doutes aussi
insultants pour mon père que pour ma mère. Il en était
résulté une rupture entre les deux frères. Toutefois
Atmar s'était heurté à un refus, lorsqu'il avait ensuite
fait des avances à la reine Euphorbie pour l'engager à
venir s'installer à Hamath, où il disait tenir un palais à
sa disposition. Sans doute espérait-il trouver en elle
une alliée naturelle, et recueillir de sa bouche des
confidences utiles contre son frère. L'ancienne souveraine se retira avec une irréprochable dignité, et ferma
résolument sa porte aux intrigants. Car le va-et-vient
d'espions, de conspirateurs, ou simplement d'opportu-

nistes ne cessa jamais entre Hamath et Palmyre. Mon
père le savait. Après un accident de chasse assez
suspect qui faillit me coûter la vie à quatorze ans, il se
contenta de me faire étroitement surveiller. Il était
beaucoup moins soucieux de sa propre vie. Il avait tort
évidemment. Mais nous ne saurons jamais si le vin de
Riblah dont une coupe à moitié pleine s'échappa de sa
main quand il s'effondra, comme frappé en plein cœur,
était pour quelque chose dans sa mort soudaine.
Quand j'arrivai sur les lieux, le liquide répandu sur le
sol ne pouvait plus être recueilli, et la jarre dont il
provenait était bizarrement vide. Mais aussitôt des
hommes de la cour que j'avais cru loyalement attachés
à la couronne, ou au contraire éloignés des affaires et
indifférents aux honneurs, laissèrent tomber leur masque et se révélèrent d'ardents partisans du prince
Atmar, donc des adversaires de mon accession au
trône.

J'avais donné les ordres qui s'imposaient pour les
funérailles de mon père. Le chagrin et les dispositions
à prendre m'avaient épuisé. Le lendemain, je devais
être présenté en pompe solennelle aux vingt membres
du Conseil de la couronne pour être officiellement
confirmé dans mon accession prochaine à la succession
de mon père. Je prenais quelque repos, quand, aux
premières lueurs de l'aube, Baktiar, mon ancien précepteur qui fut toujours pour moi un second père, se fit
introduire et m'avertit que j'avais à me lever et à fuir
sans retard. Ce qu'il m'apprit défiait l'imagination la
plus noire. La reine, ma mère, avait été enlevée. On
s'acharnait à lui faire signer des aveux mensongers,
selon lesquels je serais le produit d'amours parallèles
qu'elle aurait eues avec un nomade de sa tribu. Les
conjurés menaçaient de me mettre à mort si elle
refusait de confirmer ces infamies. Sans doute le

Conseil, acheté pour les deux tiers de ses membres, proclamerait ma déchéance et donnerait la couronne à mon oncle. Seule ma fuite pouvait briser l'alternative qu'on imposait à la reine. Il faudrait bien que les conjurés la libérassent, et moi je serais sauf, bien que réduit à la plus extrême pauvreté, et n'ayant même pas le droit de porter mon nom.

Nous avons donc fui par les souterrains du palais qui le relient à la nécropole. J'ai pu, comme malgré moi, saluer au passage mes ancêtres, et me recueillir devant le caveau préparé pour mon père, selon les ordres que j'avais moi-même donnés quelques heures auparavant. Pour tromper ceux qui nous poursuivraient, nous avons pris la direction apparemment la moins logique. Au lieu de fuir vers l'est, en direction de l'Assyrie, où nous aurions pu trouver asile — mais nous n'avions aucune chance d'atteindre l'Euphrate avant d'être rejoints —, nous nous sommes dirigés vers le couchant, dans la direction d'Hamath, la ville de mon pire ennemi. Le surlendemain, j'eus ainsi l'occasion, couché dans les éboulis rocheux, de voir passer la cavalcade de mon oncle Atmar vers Palmyre. Il n'avait donc même pas attendu pour se mettre en route d'avoir connaissance de la décision du Conseil, tellement il était d'avance assuré de ce qu'elle serait. Cette précipitation me faisait mesurer l'étendue de la trahison dont j'étais victime.

Nous vivions de mendicité, et si cette terrible épreuve m'a enrichi d'une certaine façon, c'est sans nul doute au premier chef en me faisant connaître mon propre peuple sous un aspect diamétralement opposé à celui sous lequel je l'avais jusque-là entrevu. J'avais parfois présidé à des distributions de vivres aux indigents de Palmyre. Avec l'inconscience de mon âge, j'assumais à la légère ce rôle apparemment flatteur et facile de généreux bienfaiteur qui se penche, les mains pleines, sur la misère des petits. Et voici que, devenu mendiant, c'était moi désormais qui frappais aux portes et tendais mon bonnet aux passants. Admirable et bénigne inversion ! Au début, je ne pouvais chasser de mon esprit l'idée de l'injustice atroce dont j'étais victime, et que le riche que j'implorais pour manger était en droit mon sujet, que j'avais en principe le pouvoir d'un simple claquement de doigts de l'envoyer aux mines ou de faire rouler sa tête dans la sciure. Or, de ces noires pensées que je remuais, quelque chose devait transparaître sur mon visage. Certains, rendus distraits par le mépris, me donnaient ou me repoussaient sans me regarder. D'autres, rebutés par ma mine, m'écartaient en silence, ou avec un mot de reproche : « Je te trouve l'air bien fier pour un mendiant », ou : « Je ne donne pas aux chiens qui mordent. » Parfois même, j'entendais un assez cynique conseil : « Si tu es si fort, prends donc au lieu de quémander ! », ou : « A ton âge et avec ces yeux, tu serais mieux sur les grands chemins qu'à la porte des temples ! » Je compris que la royauté alliée au dénuement fait sans doute plus sûrement un bandit qu'un mendiant, mais roi-bandit-mendiant ont en commun de se situer en marge du commerce ordinaire des hommes et de ne rien acquérir par échange ou travail. Ces réflexions, s'ajoutant au souvenir du récent coup d'Etat dont j'avais été victime, me faisaient découvrir la précarité de ces trois conditions, et qu'un ordre social s'instaurera peut-être un jour, où il n'y aura plus de place ni pour un roi, ni pour un bandit, ni pour un mendiant.

Jérusalem et la visite que nous fîmes au roi Hérode le Grand devaient donner à ma réflexion un autre aliment et un autre cours.

Depuis la mort de mon père, le temps me paraissait se dérouler à une vitesse anormale, avec des sautes brutales, des métamorphoses foudroyantes, des bouleversements. L'un de ces bouleversements fut marqué par la découverte de Jérusalem. Nous avions gravi les collines de Samarie en compagnie d'un Juif de stricte observance que la peur des fauves et des bandits réduisait seule à se joindre à des étrangers, des impurs, des barbares comme nous. Les prières qu'il ne cessait de marmonner lui fournissaient un excellent prétexte pour n'échanger mot avec personne.

Tout à coup, au sommet d'une hauteur pelée, il s'immobilise, et, les bras en croix pour nous empêcher de le précéder, il observe un long silence. Enfin, il prononce par trois fois dans une sorte d'extase : « La Sainte ! La Sainte ! La Sainte ! »

C'était vrai. Jérusalem était là, sous nos yeux, au pied du mont Scopus où nous nous tenions. Je voyais pour la première fois une cité plus vaste et plus puissante que ma Palmyre natale. Mais quelle différence entre la palmeraie rose et verte d'où je venais et la métropole du roi Hérode ! Ce que nous dominions, c'était un désordre de terrasses, de cubes et de murailles pressé dans une enceinte aux crénelures hostiles comme les dents d'un piège. Et toute cette cité parcourue de ruelles et d'escaliers sombres baignait dans une lumière uniformément grise, et il en montait avec de rares fumées, une rumeur triste mêlée de cris d'enfants et d'aboiements de chiens, une rumeur également grise, aurait-on dit. Ce fouillis de maisons et d'édifices était limité à l'est par une tache d'un vert pâle, cendré, le mont des Oliviers, et plus loin par les confins arides et funèbres de la vallée de Josaphat ; à l'ouest par un tumulus chauve, le mont du Golgotha ; au fond par le chaos de tombes et de grottes de la Géhenne, un gouffre

qui se creuse et s'effondre jusqu'à six cents pieds au-
dessous de la ville.

En approchant, nous avons pu distinguer trois masses imposantes qui écrasaient de leurs murailles et de
leurs tours les grouillements des maisons. C'était d'une
part le palais d'Hérode, menaçante forteresse de pierres brutes, au centre le palais des Asmonéens, plus
ancien et d'un orgueil moins ostentatoire, et surtout
vers le levant ce troisième temple juif, encore inachevé,
prodigieux édifice, cyclopéen, babylonien, d'une
majesté grandiose, véritable ville sacrée au sein de la
ville profane, dont les colonnades, les portiques, les
parvis, les escaliers monumentaux s'élevaient progres-
sivement jusqu'au sanctuaire, point culminant du
royaume de Yahvé.

Nous sommes entrés dans la ville par la Porte de
Benjamin, et nous avons tout de suite été emportés
dans un flot humain dont l'animation n'était pas
ordinaire. Baktiar s'est enquis de la cause de cette
fièvre. Non, ce n'était pas une fête, ni l'annonce d'une
guerre, ni la préparation d'un mariage princier qui
provoquait cette agitation. C'était l'arrivée de deux
visiteurs royaux, venus l'un du sud, l'autre de Chaldée,
et qui, ayant cheminé de concert depuis Hébron,
occupaient avec leur suite tout ce que Jérusalem
comptait d'auberges et de demeures disponibles, avant
d'être reçus par Hérode.

Ces nouvelles me jetèrent dans un trouble extraordinaire. Dès ma plus petite enfance, j'avais été élevé dans
l'admiration et l'horreur du roi Hérode. Il faut dire que
tout l'Orient retentissait depuis trente ans de ses
méfaits et de ses hauts faits, des cris de ses victimes et
de ses fanfares victorieuses. Menacé de toute part, et
sans autre défense que mon obscurité, je ne pouvais
envisager sans folle témérité de me jeter entre les

mains du tyran. Mon père avait toujours observé une distance prudente vis-à-vis de ce redoutable voisin. Nul n'aurait pu lui reprocher d'avoir jamais manifesté amitié ou hostilité au roi des Juifs. Mais qu'en était-il de mon oncle Atmar ? Avait-il agi à l'insu d'Hérode en prétendant le mettre devant le fait accompli ? S'était-il assuré au moins sa neutralité bienveillante avant d'accomplir son coup de force ? Je n'avais jamais envisagé quant à moi de me réfugier à Jérusalem en ma qualité de dauphin dépossédé, et de demander aide et protection à Hérode. Dans le meilleur des cas, il m'aurait fait payer trop cher le moindre service qu'il m'aurait rendu. Dans le pire, il m'aurait livré en monnaie d'échange à l'usurpateur.

Aussi quand Baktiar vint m'informer de la présence de ces deux rois étrangers et de leur suite dans la capitale de la Judée, ma première idée fut de demeurer à l'écart de tout ce remue-ménage diplomatique. Non sans regret certes, car la terrible et grandiose réputation d'Hérode, et la pompe des voyageurs venus tous deux des confins de l'Arabie Heureuse promettaient de faire de leur entrevue un événement d'une somptuosité incomparable. Tandis que je jouais la sagesse et l'indifférence — parlant même de quitter la ville sans tarder pour plus de sûreté — mon vieux maître lisait à livre ouvert sur ma figure le cuisant chagrin que me causait ce renoncement dicté par mon infortune.

Nous passâmes la première nuit dans un caravansérail misérable qui abritait plus de bêtes que d'hommes — ceux-ci au service de celles-là — et mon lourd sommeil n'avait pas été tel que je n'eusse conscience de l'absence de Baktiar pendant plusieurs heures. Il reparut comme le levant rosissait. Cher Baktiar ! Il avait mis à profit la soirée et la nuit, et dépensé des trésors d'ingéniosité pour m'arracher au dilemme où il me voyait souffrir depuis le matin. Oui, j'irai à l'entrevue des rois. Mais dissimulé sous une identité d'emprunt, de telle sorte qu'Hérode ne songerait pas à se servir de moi. Mon ancien maître avait retrouvé un lointain cousin dans la suite du roi Balthazar, venu de la principauté de Nippur, située en Arabie orientale. Grâce à son intervention, Baktiar avait été reçu par le roi et lui avait exposé toute notre affaire. Ma jeunesse allait lui permettre de me faire passer avec vraisemblance pour un jeune prince placé à ses côtés et sous sa protection en qualité de page. Ce sont des choses qui se font, et en somme j'aurais pu, si mon père en avait eu l'idée, faire de la sorte un utile séjour à la cour de Nippur. La suite de Balthazar était assez nombreuse et brillante pour que j'y passe inaperçu, surtout dans le costume de page que Baktiar me rapportait sur ordre du roi. Il semblait à Baktiar au total que le vieux souverain de Nippur trouvait un certain divertissement dans cette petite mystification. Il avait au demeurant la réputation d'un homme enjoué, ami des lettres et des arts, et sa suite comprenait, disait-on avec malice, plus de bateleurs et d'histrions que de diplomates et de prêtres.

Mon âge et mes malheurs m'inclinaient à une humeur austère peu propre à me faire comprendre et aimer cet homme. L'adolescence taxe volontiers l'âge mûr de frivolité. La bonté de Baltazar, sa générosité, et surtout le charme infini qu'il mettait en toutes choses, balayèrent mes préventions. Je me vis d'une heure à l'autre vêtu de pourpre et de soie, et incorporé à une jeunesse dorée qui brillait de la beauté animale que donne une richesse immémoriale. Le bonheur transmis de génération en génération confère une aristocratie incomparable, faite d'innocence, de gratuité, d'acceptation spontanée de tous les dons de la vie, et aussi d'une secrète dureté, qui effraie quand on la découvre, mais qui ajoute infiniment à la séduction. Ces jeunes gens paraissaient former une sorte de société fermée, dont l'emblème était une fleur de narcisse blanche. On avait même pris l'habitude à la cour de les appeler les Narcisses. Parmi eux, certains jouissaient d'un prestige supérieur pour avoir été élevés à Rome, mais le fin du fin, c'était d'avoir vécu à Athènes — malgré la décadence de l'Hellade —, de parler grec et de sacrifier aux dieux de l'Olympe. Je les avais d'abord crus totalement insouciants. Non sans scandale, je compris peu à peu qu'ils mettaient au contraire par une sorte de provocation à peine délibérée une gravité sans mesure dans des entreprises, à mes yeux, d'une inconcevable futilité : musique, poésie, théâtre, voire concours de force ou de beauté.

La plupart avaient mon âge. Leur bonheur évident me les faisait juger beaucoup plus jeunes que moi. Ils m'accueillirent avec une faveur et une discrétion touchant mes origines qui prouvaient qu'on leur avait fait la leçon. On nous avait somptueusement logés dans l'aile orientale du palais. Des trois terrasses, posées comme les marches d'un immense escalier, on pouvait voir au-delà du moutonnement des collines de Judée la blancheur des maisons de Béthanie, et, plus loin encore, la surface d'acier bleu de la mer Morte, enfoncée comme dans un gouffre. Nous disposions sur la terrasse inférieure d'un jardin suspendu planté de caroubiers aux grappes rouges, de tamaris aux épis roses, de lauriers aux corymbes grenat, et de variétés inconnues de moi, venues du fond de l'Afrique ou de l'Asie.

J'eus plus d'une fois l'occasion de m'entretenir en particulier avec le vieux roi de Nippur, alors que ses Narcisses s'égaillaient pour explorer les problématiques ressources de la ville, et nous laissaient seuls, lui et moi. Il m'interrogeait avec bonté et curiosité sur mon enfance, mon adolescence, et sur les mœurs des gens de Palmyre. Il s'étonnait de la simplicité, voire de la rudesse de nos coutumes, et semblait y voir — par une suite qui m'échappait — l'origine fatale de mon malheur. Croyait-il vraiment qu'une vie plus raffinée aurait mis la cour de mon père à l'abri des entreprises de mon oncle ? Je compris peu à peu que, dans son esprit, le culte du beau langage et des belles choses pratiqué en haut lieu devait se répercuter à tous les échelons en vertus moins nobles certes, mais essentielles à la conservation du royaume, courage, désintéressement, loyalisme, probité. Malheureusement un fanatisme obscurantiste suscitait chez ses voisins et dans son propre royaume une fureur iconoclaste qui tournait ces vertus en leur contraire. Il croyait que, s'il avait pu — comme il le souhaitait ardemment — entretenir autour de lui une pléiade de poètes, de sculpteurs, de peintres et d'hommes de théâtre, le rayonnement de cette petite société aurait profité au plus mince goujat, au dernier bouvier de son royaume. Mais toutes ses initiatives de grand mécène se heurtaient à l'hostilité vigilante d'un clergé farouchement hostile aux images. Il attendait de ses Narcisses qu'ils constituassent en prenant de l'autorité un corps aristocratique assez fort pour balancer les éléments traditionalistes de sa capitale. Mais la partie était loin d'être gagnée. Le rayonnement de Rome et d'Athènes se perd dans un horizon lointain que barre le royaume de Judée hostile et âpre. J'ai cru comprendre qu'une émeute fomentée en son absence par son grand prêtre Cheddâd avait abouti à la mise à sac de ses collections de trésors artistiques. Cet attentat dont il paraît avoir

beaucoup souffert doit être pour quelque chose dans
son départ.

Parmi ses compagnons, j'ai fait amitié avec un jeune
artiste babylonien qu'il paraît aimer plus encore que
ses propres fils. Assour possède des mains véritable-
ment magiques. Nous bavardons, assis au pied d'un
arbre. Une motte de terre vient entre ses doigts.
Distraitement il la pétrit sans même la regarder. Et,
comme d'elle-même, une figurine apparaît. C'est un
chat endormi, roulé en boule, une fleur de lotus
épanouie, une femme accroupie, les genoux relevés au
menton. Si bien que, lorsque nous sommes ensemble,
j'ai toujours un œil sur ses mains pour observer le
miracle qui est en train de s'y produire. Assour n'a ni
les responsabilités, ni la philosophie du roi Balthazar.
Il dessine, peint et sculpte comme une abeille fait son
miel. Pourtant il n'est pas muet, tant s'en faut. Seulement quand il parle de son art, c'est toujours en
rapport immédiat avec une œuvre précise et comme
sous sa dictée.

C'est ainsi que je le vis une fois achever un portrait
de femme. Elle n'était ni jeune, ni belle, ni riche, bien
au contraire. Mais il y avait quelque chose de rayon-
nant dans ses yeux, dans son faible sourire, dans tout
son visage.

— Hier, me raconta Assour, je me trouvais près de la
fontaine du Prophète, celle qu'alimente une médiocre
noria, et qui coule de façon parcimonieuse et intermit-
tente, de telle sorte qu'il se produit souvent des
bousculades lorsque le flot se décide à sourdre, limpide
et frais. Or il y avait au dernier rang un vieillard
infirme qui n'avait pas la moindre chance de remplir
la timbale de tôle qu'il tendait en tremblant vers la
margelle. C'est alors que cette femme qui venait à

grand-peine d'en tirer une amphore s'est approchée et a partagé son eau avec lui.

Ce n'est rien. C'est un geste d'amitié infime dans une humanité misérable où s'accomplissent chaque jour des actions sublimes et atroces. Mais ce qui est inoubliable, c'est l'expression de cette femme à partir du moment où elle a vu le vieillard, et jusqu'à ce qu'elle le quitte, son geste accompli. Ce visage, je l'ai emporté dans ma mémoire avec ferveur, et puis, en me recueillant pour le garder vivant en moi le plus longtemps possible, j'ai fait ce dessin. Voilà. Qu'est-ce que c'est ? Un fugitif reflet d'amour dans une existence d'âpreté. Un moment de grâce dans un monde impitoyable. L'instant si rare et si précieux où la ressemblance porte et justifie l'image, selon le mot de Balthazar.

Il se tut, comme pour laisser ces paroles obscures pénétrer en moi, puis il ajouta en m'abandonnant son dessin :

— Vois-tu, Melchior, j'ai visité les monuments de l'architecture égyptienne et ceux de la statuaire grecque. Les artistes qui ont accompli ces chefs-d'œuvre devaient être inspirés par les dieux, et sans doute étaient-ils des demi-dieux eux-mêmes. C'est un monde qui baigne dans une lumière d'éternité, et on ne peut y entrer sans se sentir mort en quelque sorte. Oui, nos pauvres carcasses fiévreuses et faméliques n'ont pas leur place à Gizeh, ni sur l'Acropole. Et je suis bien d'accord que si ces carcasses n'étaient jamais autre chose que ce qu'elles sont, aucun artiste, à moins de perversion, ne serait justifié de les célébrer. Seulement il y a parfois... ceci — il reprit son dessin — le reflet, la grâce, l'éternité noyée dans la chair, intimement mêlée à la chair, et transverbérant la chair. Et cela, vois-tu, jamais aucun artiste à ce jour ne s'est avisé de le recréer selon ses moyens d'expression. Je reconnais que c'est une révolution bien considérable que j'attends. Je me demande même s'il est possible d'en concevoir une plus profonde que celle-là. C'est pourquoi je suis plein de patience et de compréhension en face des oppositions et des persécutions dont les artistes sont victimes. Il n'y a qu'un espoir infime de l'emporter, mais je vis sur cet espoir.

*

Nous avons attendu dix jours avant d'apercevoir le roi Hérode pour la première fois, mais sa présence oppressante nous environnait depuis notre arrivée. Ce palais a beau être immense et son personnel innombrable, nous n'avons pu oublier un instant que nous étions dans l'antre du grand fauve, qu'il était là, tout près, qu'il respirait le même air que nous, que nous respirions son souffle chaud, jour et nuit. Quelquefois on voyait des hommes courir, des appels fusaient, des portes tournaient sur leurs gonds, des soldats se rassemblaient au son d'un buccin : le monstre invisible avait bougé, et son geste se propageait en ondes formidables qui devaient atteindre les confins du royaume. Malgré son confort, ce séjour aurait été insupportable si nous n'avions pas été soutenus par une ardente curiosité, constamment entretenue et exacerbée par tout ce qu'on nous rapportait sur son passé et son présent.

Hérode le Grand était alors dans la soixante-quatorzième année de sa vie et dans la trente-septième de son règne, un règne placé dès sa première heure sous le signe de la violence et de l'assassinat. L'une des malédictions originelles qui pesaient sur lui, c'est que ce roi des Juifs — le plus grand qu'ils eurent à ce jour — n'était pas juif, et avait toujours été rejeté par une partie de son propre peuple, la plus influente et la plus durement intolérante. Sa famille était originaire d'Idumée, province méridionale et montagneuse, fraîchement conquise et incorporée au royaume de Judée par Hyrcan Ier. Pour les juifs de Jérusalem, les Iduméens, ces fils d'Esaü convertis de force au judaïsme, restaient des barbares, mal dégrossis, mal circoncis, toujours suspects de paganisme. Que l'un d'eux s'élevât jusqu'au trône de Jérusalem, c'était une inconcevable et blasphématoire provocation. Hérode n'avait pu devenir le successeur de David et de Salomon qu'à force de flagornerie auprès des Romains, dont il était la créature, et en épousant Mariamme, petite-fille d'Hyrcan II et ultime descendante des Macchabées. Cette alliance, d'abord inespérée, providentielle pour l'Iduméen, devait bientôt peser lourdement sur lui, car il ne cessa jamais de faire figure d'aventurier aux yeux de ses beaux-parents, de sa femme et même de ses propres enfants, tous d'origine plus noble que lui. Avec Hérode, tout finit toujours par un bain de sang. Cette infériorité ineffaçable — que Mariamme ne se faisait jamais faute de lui rappeler —, il l'a noyée dans une série d'assassinats et d'exécutions dont personne n'a réchappé, qui le laisse seul maître du royaume, face à la haine de son propre peuple, demeuré fidèle à la dynastie des Macchabées.

Au demeurant, Hérode ne fait rien pour ménager les susceptibilités des juifs intégristes. Il voyage dans tout le monde méditerranéen où il acquiert sur toutes choses des vues cosmopolites, universelles. Il envoie ses fils faire leurs études à Rome. Il aime les arts, les jeux, les fêtes. Il voudrait faire de Jérusalem une grande cité moderne. Il y construit un théâtre dédié à Auguste. Il l'agrémente de parcs, de fontaines, de colombiers, de canaux, d'un hippodrome. Les juifs crachent sur ces innovations sacrilèges. Ils accusent leur roi de réintroduire à Jérusalem les mœurs qu'Antiochus Epiphane — de mémoire exécrée — y avait admises, et qu'ils avaient mis un siècle de rigorisme à déraciner. Hérode n'en a cure. Il subventionne indifféremment temples, thermes, voies triomphales à Ascalon, Rhodes, Athènes, Sparte, Damas, Antioche, Béryte, Nicopolis, Acre, Sidon, Tyr, Byblos. Partout il fait graver le nom de César. Il rétablit les Jeux Olympiques. Il outrage les juifs en restaurant magnifiquement Samarie, détruite par les Macchabées, et Césarée, conquérante de Jérusalem et futur siège des gouverneurs romains de la Palestine. Comble de dérision, il paie les acteurs, les gladiateurs et les athlètes en monnaie juive, ces pièces sans effigie, portant en face les mots *Hérode-roi* et en pile une corne d'abondance.

Ce dernier emblème est pourtant mérité, car si les milieux traditionalistes de Jérusalem vouent Hérode aux gémonies, il est apprécié en revanche par une bourgeoisie enrichie dont les fils, élevés à la gréco-romaine, s'exhibent nus, avec un prépuce reconstitué [5], dans les gymnases financés par la couronne. Mais ce sont surtout les juifs des campagnes et ceux de l'étranger qui se félicitent de l'ouverture d'Hérode. Les communautés israélites de Rome bénéficient des excellentes relations que le roi entretient avec l'Empereur. Quant aux provinces de la Palestine, elles connaissent une période de paix et de prospérité sans précédent. Les hauteurs et les vallées de Judée nourrissent d'immenses troupeaux de moutons qui profitent en hiver d'une innovation d'origine romaine : le fourrage de luzerne. L'orge, le froment et la vigne viennent en abondance sur la terre rouge de Palestine. La figue, l'olive et la grenade sont données presque sans contrepartie de travail. Les guerres et les troubles avaient jeté sur les routes toute une population de paysans déracinés. Hérode leur a confié ses propres domaines en fermage. Les basses terres de Jéricho, artificiellement irriguées, sont devenues ainsi des exploitations agricoles modèles. Salomon s'était fait une spécialité de l'exportation d'armes et de chars de combat. Hérode tire habilement profit du sel de Sodome, des asphaltes de la mer Morte, des mines de cuivre de Chypre, des bois précieux du Liban, des poteries de Béthel, du benjoin produit par les forêts de baumiers louées à la reine Cléopâtre, puis, après sa mort, reçues en gratification d'Auguste. L'entière soumission d'Hérode à l'Empereur a pour effet que pas un soldat romain n'est visible en Judée. Bien qu'il respecte scrupuleusement l'interdiction de faire une guerre — même défensive —, il possède une armée de mercenaires gaulois, germains et thraces, et une garde personnelle brillante, recrutée traditionnellement en Galatie. Et s'il ne peut faire usage de ces soldats à l'extérieur de ses frontières, on peut dire, hélas, qu'il ne leur laisse aucun répit à l'intérieur du royaume, et même au sein de sa propre famille !

Mais la grande entreprise du règne d'Hérode, et aussi la grande affaire entre le peuple juif et lui, ce fut la reconstruction du temple.

Il y avait eu deux temples à Jérusalem. Le premier, bâti par Salomon, a été pillé par Nabuchodonosor, puis détruit entièrement quelques années plus tard. Le second, plus modeste, était cher à la mémoire des juifs malgré sa pauvreté et sa vétusté, parce qu'il commémorait le retour de l'Exil, et matérialisait la renaissance d'Israël. C'est celui-ci que trouva Hérode en accédant au pouvoir, et qu'il décida d'abattre pour le reconstruire. Bien entendu les juifs commencèrent par s'opposer à ce projet. Ils ne doutaient pas qu'Hérode serait capable, ayant détruit l'ancien temple, de se dérober à la promesse de le reconstruire à neuf. Mais il sut les apaiser, et ils finirent par se persuader que c'était pour expier ses crimes que l'Iduméen se jetait ainsi dans cette immense entreprise, pieuse illusion que le roi se garda bien de dissiper.

Immense en effet, car elle mobilisa dix-huit mille ouvriers, et bien que la consécration ait pu avoir lieu moins de dix ans après le début des travaux, ceux-ci sont encore loin d'être achevés, et — temple et palais étant contigus — nous sommes témoins du va-et-vient des équipes, et du vacarme de leur labeur. Il faut convenir au demeurant que la présence de ce chantier cyclopéen s'accorde parfaitement avec l'atmosphère de terreur et de cruauté qui emplit le palais. Les coups de marteaux se mêlent aux coups de fouets, les jurons des ouvriers se confondent avec les gémissements des torturés, et, lorsqu'on voit évacuer un cadavre, on ne sait jamais s'il s'agit d'un supplicié ou d'un carrier écrasé par un bloc de granit. Rarement, je pense, grandeur et férocité furent plus étroitement mariées.

Hérode semble avoir mis un point d'honneur à détromper la méfiance des juifs. Pour mener à bonne fin les travaux concernant les lieux sacrés du temple, il a fait enseigner la taille et la maçonnerie à des prêtres qui travaillèrent sans quitter leurs ornements. Et pas un jour le service divin ne fut interrompu, car on ne démolissait jamais sans avoir déjà suffisamment reconstruit. Or le nouvel édifice est de proportions grandioses, et je ne finirais pas de détailler sa splendeur. Je voudrais seulement évoquer le « parvis des païens », vaste esplanade rectangulaire large de cinq cents coudées[6], où l'on se promène, bavarde, fait des achats auprès des marchands qui y ont déployé leur éventaire, et qui est comparable à l'Agora d'Athènes ou au Forum romain. Tout le monde peut venir s'abriter de la pluie et du soleil sous les portiques aux colonnes et aux toits de cèdre qui bordent le parvis, à condition d'avoir des chaussures propres, de n'être pas armé, même d'un bâton, et de ne pas cracher par terre. Au milieu se dresse le temple proprement dit, ensemble de paliers superposés dont le plus élevé est celui du Saint des Saints où l'on ne pénètre pas sous peine de mort. Son portail de métal massif est entouré de vignes d'or dont les grappes ont chacune la taille d'un homme. Il est défendu par un voile d'étoffe babylonienne brodée de jacinthes, de lin fin, d'écarlate et de pourpre, symboles du feu, de la terre, de l'air et de la mer, et figurant une carte du ciel. Je voudrais enfin évoquer la toiture, limitée par une balustrade de marbre blanc ajouré, et formée de plaques d'or hérissées de pointes étincelantes dont le but est d'éloigner les oiseaux.

Oui, c'est une sublime merveille que ce nouveau temple qui fait d'Hérode le Grand l'égal et peut-être le supérieur de Salomon. On conçoit quel trouble faisait dans ma tête de prince détrôné, quelle tempête provoquait dans mon cœur de fils orphelin le spectacle de tant de splendeur, de tant de puissance, de tant d'horreur grandiose aussi !

Ce fut bien autre chose pourtant lorsqu'au dixième jour, on nous informa que, par ordre du roi, le Grand Chambellan nous conviait au dîner qui serait donné le soir dans la grande salle du trône. Nous ne doutions pas qu'Hérode y paraîtrait bien que rien ne l'indiquât dans la formule d'invitation, comme si le tyran avait voulu s'envelopper de mystère jusqu'au dernier moment.

Et pourtant l'avouerai-je ? Quand je suis entré dans la salle, je n'ai d'abord ni vu, ni reconnu Hérode ! Je

m'imaginais qu'il viendrait tard, le dernier, pour
mieux ménager son entrée. Or j'ai appris que c'eût été
contraire aux règles d'hospitalité juives qui veulent
que le maître de maison soit présent pour accueillir ses
invités. Il est vrai que le roi, étendu sur un divan
d'ébène encombré de coussins, était en conversation
apparemment confidentielle avec un vieillard tout
blanc couché à ses côtés, dont le visage noble et pur
contrastait de façon saisissante avec le masque grima-
çant et ravagé du roi. On m'a dit ensuite qu'il s'agissait
du fameux Manahel, voyant, oniromancien et nécromancien essénien qu'Hérode consultait à tout moment
depuis que Manahem l'avait frappé dans le dos quand
il avait quinze ans en l'appelant roi des juifs. Mais
encore une fois, ne soupçonnant pas la présence d'Hérode, je ne vis d'abord que le reflet mille et mille fois
répété d'une forêt de torches flamboyantes dans les
plateaux d'argent, les carafes de cristal, les assiettes
d'or, les coupes de sardoine.

Fendant la foule des serveurs qui s'affairaient autour
des tables basses et des divans, le majordome se
précipita à la rencontre du cortège que précédaient
Balthazar et Gaspard, et qui mêlait leurs suites respec-
tives, la blanche et la noire, aussi reconnaissables
malgré le désordre que deux cordelières de couleurs
différentes étroitement tressées. Les deux rois prirent
les places d'honneur de part et d'autre de la grande
couche où s'entretenaient Hérode et Manahem, et je
m'installai au mieux, entre mon précepteur Baktiar et
le jeune Assour, un peu en retrait, face à l'espace libre
en fer à cheval, qui séparait les tables de la grande
baie, ouverte sur un coin de Jérusalem nocturne et
mystérieuse. On nous servit du vin aromatisé accompagné de scarabées dorés grillés dans du sel. Trois
joueuses de harpe faisaient, sous le brouhaha des

conversations et les bruits de vaisselle, un fond sonore
harmonieux et monotone. Un gros chien jaune, venu on
ne sait d'où, provoqua le désordre et les rires avant de
disparaître emmené par un esclave. Je vis un petit
homme frisé, aux joues rondes et roses, plus très jeune
dans sa tunique blanche semée de fleurs, portant un
luth sous son bras, s'incliner devant la couche d'Hérode. Celui-ci s'interrompit pour lui accorder un instant d'attention, et dit ensuite : « Oui, mais plus
tard ! » C'était le conteur oriental Sangali, maître du
mâshâl, venu de la côte des Malabars. Oui, plus tard en
effet, viendrait le temps de la parole, car pour l'heure,
nous allions manger. Des portes s'ouvrirent toutes
grandes pour laisser entrer des chariots sur lesquels
fumaient des plats et des marmites. L'usage voulait ici
que tout fût mis en même temps à la disposition des
convives. Il y avait des foies de carrelets mêlés à de la
laitance de lamproies, des cervelles de paons et de
faisans, des yeux de mouflons et des langues de
chamelons, des ibis farcis au gingembre, et surtout un
vaste ragoût dont la sauce brune encore mijotante
noyait des vulves de jument et des génitoires de
taureaux. Les bras nus aux doigs crochus se tendaient
vers les plats. Les mâchoires se refermaient, les crocs
s'enfonçaient, les pommes d'Adam montaient sous
l'effort de la déglutition. Cependant les trois harpistes
poursuivaient leurs accords aériens. Elles firent silence
sur un geste du majordome quand les serveurs appor-
tèrent un vaste cadre d'acier traversé par une douzaine
de broches sur lesquelles tournaient en ruisselant de
graisse des oiseaux à la chair lourde et blanche. Hérode
s'était interrompu et souriait en silence dans sa barbe
clairsemée. Les rôtisseurs déchargèrent les broches
dans des plats, et à l'aide de couteaux effilés fendirent

en deux chacun des oiseaux. Ils étaient farcis de champignons noirs en forme de cônes.

— Mes amis, cria Hérode. Je vous invite à faire honneur à ce mets délicat, historique et symbolique que je n'hésiterai pas à élever à la dignité de plat national du royaume d'Hérode le Grand. Il fut inventé sous l'empire de la nécessité, il y a quelque trente ans. C'était peu après la guerre que je menai contre Malchus, roi d'Arabie, à l'instigation de la reine Cléopâtre. Un tremblement de terre fit en quelques minutes un monceau de ruines de toute la Judée, tuant trente mille personnes et d'immenses quantités de bétail. Seuls profitèrent de la catastrophe les vautours et les Arabes. Mon armée qui bivouaquait en pleine campagne avait été épargnée par le séisme. Néanmoins je dépêchai immédiatement à Malchus des émissaires de paix, arguant qu'il y avait mieux à faire en pareille occurrence que de se battre. Voulant au contraire exploiter la situation, Malchus fit assassiner mes envoyés et aussitôt m'attaqua. Sa conduite était abominable. C'est moi qui l'avais sauvé de l'esclavage où Cléopâtre menaçait de le réduire. Pour obtenir la paix, j'avais alors payé deux cents talents et je m'étais engagé pour une somme équivalente, sans qu'il en coûte un denier à Malchus. Et voilà ! S'imaginant que j'étais réduit à l'impuissance par le séisme, il faisait marcher ses troupes contre moi. Je ne l'ai pas attendu. J'ai franchi le Jourdain et j'ai frappé comme l'éclair. En trois batailles, j'ai taillé son armée en pièces. Et bien entendu, je n'ai accepté aucune négociation, aucune proposition de rachat des prisonniers. J'ai voulu et obtenu une capitulation sans condition.

« C'est dans ces circonstances glorieuses et dramatiques que mes cuisiniers à bout de ressources me servirent un jour un oiseau rôti aux champignons.

L'oiseau était un vautour, les champignons des trompettes de la mort. J'ai beaucoup ri. J'ai goûté. C'était délicieux ! J'ai fait promettre à mes intendants qu'ils me serviraient la prochaine fois Malchus lui-même, malgré l'interdiction que nous observons de manger du porc ! »

La plaisanterie fit hurler de rire les convives. Hérode riait aussi en prenant à pleines mains la carcasse du vautour rôti qu'un esclave lui présentait. Tout le monde l'imita. Le vin coula dans les cratères. Pendant un moment, on n'entendit plus que le craquement des os. Plus tard, on fit circuler des plateaux de gâteaux au miel, des monceaux de grenades et de raisins, des figues et des mangues. C'est alors que la voix du roi s'éleva à nouveau, dominant le tumulte. Il réclamait ce conteur oriental qui s'était présenté au début du banquet. On le fit venir. Son air naïf et fragile contrastait avec les mines repues et farouches qui l'entouraient. On aurait dit que son évidente naïveté excitait la cruauté d'Hérode.

— Sangali, puisque tel est ton nom, tu vas nous dire un conte, ordonna-t-il. Mais prends garde à tes paroles, et ne va pas faire allusion involontairement à quelque secret d'Etat ! Sache que tu joues tes deux oreilles dans l'entreprise. Je t'ordonne donc sur ton oreille droite...

Il parut longtemps chercher ce qu'il allait bien pouvoir lui ordonner. Aussi déchaîna-t-il une tempête de rires en terminant sa phrase :

... de me faire rire ! Et sur ton oreille gauche, je t'ordonne de me raconter une histoire où il sera question d'un roi, oui, très sage et très bon auquel sa succession donnait de graves soucis. Voilà : un roi devenu vieux s'inquiète de sa succession. Si tu me parles d'autre chose et si tu ne me fais pas rire, tu ne sortiras d'ici qu'essorillé, comme le fut jadis Hyrcan II que son neveu Antigone mutila de ses propres dents pour l'empêcher de devenir grand prêtre.

Il y eut un silence.

— Ce roi dont tu veux l'histoire, dit ensuite Sangali d'une voix intrépide, s'appelait Barbedor.

— Va pour Barbedor ! approuva Hérode. Ecoutons l'histoire de Barbedor et de sa succession, car sachez-le bien, mes amis, rien ne m'intéresse autant pour l'heure que les affaires de succession !

Barbedor

OU LA SUCCESSION

Il était une fois en Arabie Heureuse, dans la ville de Chamour, un roi qui s'appelait Nabounassar III, et qui était fameux par sa barbe annelée, fluviatile et dorée à laquelle il devait son surnom de Barbedor. Il en prenait le plus grand soin, allant jusqu'à l'enfermer la nuit dans une petite housse de soie dont elle ne sortait le matin que pour être confiée aux mains expertes d'une barbière. Car il faut savoir que si les barbiers sont des manieurs de rasoir et des coupeurs de barbes en quatre, les barbières au contraire ne jouent que du peigne, du fer à friser et du vaporisateur, et ne sauraient couper un seul poil à leur client.

Nabounassar Barbedor qui avait laissé pousser sa barbe dans sa jeunesse sans y prêter attention — et plutôt par négligence que de propos délibéré — se prit avec les années à attacher à cet appendice de son menton une signification grandissante et presque magique. Il n'était pas éloigné d'en faire le symbole de sa royauté, voire le réceptacle de son pouvoir.

Et il ne se lassait pas de contempler au miroir sa barbe d'or dans laquelle il faisait passer complaisamment ses doigts chargés de bagues.

Le peuple de Chamour aimait son roi. Mais le règne durait depuis plus d'un demi-siècle. Des réformes

urgentes étaient sans cesse ajournées par un gouvernement qui à l'image de son souverain se berçait dans
une indolence satisfaite. Le conseil des ministres ne se
réunissait plus qu'une fois par mois, et les huissiers
entendaient à travers la porte des phrases — toujours
les mêmes — séparées par de longs silences :

— Il faudrait faire quelque chose.

— Oui, mais évitons toute précipitation.

— La situation n'est pas mûre.

— Laissons agir le temps.

— Il est urgent d'attendre.

Et on se séparait en se congratulant, mais sans avoir
rien décidé.

L'une des principales occupations du roi, c'était,
après le déjeuner — qui était traditionnellement long,
lent et lourd — une sieste profonde qui se prolongeait
fort tard dans l'après-midi. Elle avait lieu, il convient
de le préciser, en plein air, sur une terrasse ombragée
par un entrelacs d'aristoloches.

Or depuis quelques mois, Barbedor ne jouissait plus
de la même tranquillité d'âme. Non que les remontran-
ces de ses conseillers ou les murmures de son peuple
fussent parvenus à l'ébranler. Non. Son inquiétude
avait une source plus haute, plus profonde, plus
auguste en un mot : pour la première fois le roi
Nabounassar III, en s'admirant dans le miroir que lui
tendait sa barbière après sa toilette, avait découvert un
poil blanc mêlé au ruissellement doré de sa barbe.

Ce poil blanc le plongea dans des abîmes de méditation. Ainsi, pensait-il, je vieillis. C'était bien sûr prévu,
mais enfin désormais le fait est là, aussi irrécusable
que ce poil. Que faire ? Que ne pas faire ? Car si j'ai un
poil blanc, en revanche je n'ai pas d'héritier. Marié
deux fois, aucune des deux reines qui se sont succédé
dans mon lit n'ont été capables de donner un dauphin

au royaume. Il faut aviser. Mais évitons toute précipitation. Il me faudrait un héritier, oui, adopter un
enfant peut-être. Mais qui me ressemble, qui me
ressemble énormément. Moi en plus jeune, en somme,
en beaucoup plus jeune. La situation n'est pas mûre. Il
faut laisser agir le temps. Il est urgent d'attendre.

Et reprenant sans le savoir les phrases habituelles de
ses ministres, il s'endormait en rêvant à un petit
Nabounassar IV qui lui ressemblerait comme un petit
frère jumeau.

Un jour pourtant il fut arraché soudain à sa sieste
par une sensation de piqûre assez vive. Il porta
instinctivement sa main à son menton, parce que
c'était là que la sensation s'était fait sentir. Rien. Le
sang ne coulait pas. Il frappa sur un gong. Fit venir sa
barbière. Lui commanda d'aller quérir le grand miroir.
Il s'examina. Un obscur pressentiment ne l'avait pas
trompé : son poil blanc avait disparu. Profitant de son
sommeil, une main sacrilège avait osé attenter à
l'intégrité de son appendice pileux.

Le poil avait-il été vraiment arraché, ou bien se
dissimulait-il dans l'épaisseur de la barbe ? La question se posait, car le lendemain matin, alors que la
barbière ayant accompli son office présentait le miroir
au roi, il était là, indéniable dans sa blancheur qui
tranchait comme un filon d'argent dans une mine de
cuivre.

Nabounassar s'abandonna ce jour-là à sa sieste
traditionnelle dans un trouble qui mêlait confusément
le problème de sa succession et le mystère de sa barbe.
Il était bien loin en effet de se douter que ces deux
points d'interrogation n'en faisaient qu'un et trouveraient ensemble leur solution...

Or donc le roi Nabounassar III s'était à peine assoupi
qu'il fut tiré de son sommeil par une vive douleur au

menton. Il sursauta, appela à l'aide, fit quérir le miroir : le poil blanc avait derechef disparu !

Le lendemain matin, il était revenu. Mais cette fois, le roi ne se laissa pas abuser par les apparences. On peut même dire qu'il accomplit un grand pas vers la vérité. En effet il ne lui échappa pas que le poil, qui se situait la veille à gauche et en bas de son menton, apparaissait maintenant à droite et en haut — presque à hauteur de nez — de telle sorte qu'il fallait en conclure, puisqu'il n'existait pas de poil ambulant, qu'il s'agissait d'un *autre* poil blanc survenu au cours de la nuit, tant il est vrai que les poils profitent de l'obscurité pour blanchir.

Ce jour-là, en se préparant à sa sieste, le roi savait ce qui allait arriver : à peine avait-il fermé les yeux qu'il les rouvrait sous l'effet d'une sensation de piqûre à l'endroit de sa joue où il avait repéré le dernier poil blanc. Il ne se fit pas apporter le miroir, persuadé qu'à nouveau on venait de l'épiler.

Mais qui, qui ?

La chose se produisait maintenant chaque jour. Le roi se promettait de ne pas s'assoupir sous les aristoloches. Il faisait semblant de dormir, fermait à demi les yeux, laissant filtrer un regard torve entre ses paupières. Mais on ne fait pas semblant de dormir sans risquer de dormir vraiment. Et crac ! Quand la douleur arrivait, il dormait profondément, et tout était terminé avant qu'il ouvrît les yeux.

Cependant aucune barbe n'est inépuisable. Chaque nuit, l'un des poils d'or se métamorphosait en poil blanc, lequel était arraché au début de l'après-midi suivant. La barbière n'osait rien dire, mais le roi voyait son visage se friper de chagrin à mesure que sa barbe se raréfiait. Il s'observait lui-même au miroir, caressait ce qui lui restait de barbe d'or, appréciait les lignes de son menton qui transparaissaient de plus en plus nettement à travers une toison clairsemée. Le plus curieux, c'est que la métamorphose ne lui déplaisait pas. A travers le masque du vieillard majestueux qui s'effritait, il voyait reparaître — plus accusés, plus marqués certes — les traits du jeune homme imberbe qu'il avait été. En même temps la question de sa succession devenait à ses yeux moins urgente.

Quand il n'eut plus au menton qu'une douzaine de poils, il songea sérieusement à congédier ses ministres chenus, et à prendre lui-même en main les rênes du gouvernement. C'est alors que les événements prirent un tour nouveau.

Etait-ce parce que ses joues et son menton dénudés devenaient plus sensibles aux courants d'air ? Il lui arriva d'être tiré de sa sieste par un petit vent frais qui se produisait une fraction de seconde avant que le poil blanc du matin ne disparût. Et un jour il vit ! Il vit quoi ? Un bel oiseau blanc — blanc comme la barbe blanche qu'il n'aurait jamais — qui s'enfuyait à tire d'ailes en emportant dans son bec le poil de barbe qu'il venait d'arracher. Ainsi donc tout s'expliquait : cet oiseau voulait un nid de la couleur de son plumage, et il n'avait rien trouvé de plus blanc que certains poils de la barbe royale.

Nabounassar se réjouissait de sa découverte, mais il brûlait d'en savoir davantage. Or il était grand temps, car il ne lui restait plus qu'un seul poil au menton, lequel, blanc comme neige, serait la dernière occasion pour le bel oiseau de se montrer. Aussi quelle n'était pas l'émotion du roi en s'étendant sous les aristoloches pour cette sieste ! Il fallait à nouveau feindre le sommeil, mais ne pas y succomber. Or le déjeuner avait été ce jour-là particulièrement riche et succulent, et il invitait à une sieste... royale ! Nabounassar III lutta héroïquement contre la torpeur qui l'envahissait en vagues bienfaisantes, et pour se tenir éveillé, il louchait vers le long poil blanc qui partait de son menton et ondulait dans la lumière chaude. Ma parole, il n'eut qu'un instant d'absence, un bref instant, et il revint à lui sous le coup d'une vive caresse d'aile contre sa joue et d'une sensation de piqûre au menton. Il lança sa main en avant, toucha quelque chose de doux et de palpitant, mais ses doigts se refermèrent sur le vide, et il ne vit en ouvrant les yeux que l'ombre noire de l'oiseau blanc à contre-jour dans le soleil rouge, l'oiseau qui fuyait et qui ne reviendrait plus jamais, car il emportait dans son bec le dernier poil de la barbe du roi !

Le roi se leva furieux et fut sur le point de convoquer ses archers avec l'ordre de s'assurer de l'oiseau et de lui livrer mort ou vif. Réaction brutale et déraisonnable d'un souverain dépité. Il vit alors quelque chose de blanc qui se balançait dans l'air en se rapprochant du sol : une plume, une plume neigeuse qu'il avait sans doute détachée de l'oiseau en le touchant. La plume se posa doucement sur une dalle, et le roi assista à un phénomène qui l'intéressa prodigieusement : la plume, après un instant d'immobilité, pivota sur son axe et dirigea sa pointe vers... Oui, cette petite plume posée par terre tourna comme l'aiguille aimantée d'une boussole, mais au lieu d'indiquer la direction du nord, elle se plaça dans celle qu'avait prise l'oiseau en fuyant.

Le roi se baissa, ramassa la plume et la posa en équilibre sur la paume de sa main. Alors la plume tourna et s'immobilisa dans la direction sud-sud-ouest, celle qu'avait choisie l'oiseau pour disparaître.

C'était un signe, une invite. Nabounassar, tenant toujours la plume en équilibre sur sa paume, s'élança dans l'escalier du palais, sans répondre aux marques de respect dont le saluaient les courtisans et les domestiques qu'il croisait.

Lorsqu'il se trouva dans la rue au contraire, personne ne parut le reconnaître. Les passants ne pouvaient imaginer que cet homme sans barbe qui courait vêtu d'un simple pantalon bouffant et d'une courte veste, en tenant une petite plume blanche en équilibre sur sa main, c'était leur souverain majestueux, Nabounassar III. Etait-ce que ce comportement insolite leur paraissait incompatible avec la dignité du roi ? Ou bien autre chose, par exemple un air de jeunesse nouveau qui le rendait méconnaissable ? Nabounassar ne se posa pas la question — une question primordiale pourtant —, trop occupé à garder la plume sur sa paume et à suivre ses indications.

Il courut longtemps ainsi, le roi Nabounassar III — ou faut-il déjà dire l'ancien roi Nabounassar III ? Il sortit de Chamour, traversa des champs cultivés, se retrouva dans une forêt, franchit une montagne, passa un fleuve grâce à un pont, puis une rivière à gué, puis un désert et une autre montagne. Il courait, courait, courait sans grande fatigue, ce qui était bien surprenant de la part d'un homme âgé, corpulent et gâté par une vie indolente.

Enfin il s'arrêta dans un petit bois, sous un grand chêne vers le sommet duquel la plume blanche se dressa verticalement. Tout là-haut, sur la dernière fourche, on voyait un amas de brindilles, et sur ce nid — car c'était un nid, évidemment — le bel oiseau blanc qui s'agitait avec inquiétude.

Nabounassar s'élança, saisit la branche la plus basse et d'un coup de rein se retrouva assis, puis tout de suite debout, et il recommença avec la deuxième branche, et il grimpait ainsi, agile et léger comme un écureuil.

Il eut tôt fait d'arriver à la fourche. L'oiseau blanc s'enfuit épouvanté. Il y avait là une couronne de branchettes qui contenait un nid blanc, où Nabounassar reconnut sans peine tous les poils de sa barbe soigneusement entrelacés. Et au milieu de ce nid blanc reposait un œuf, un bel œuf doré, comme l'ancienne barbe du roi Barbedor.

Nabou détacha le nid de la fourche, et entreprit de redescendre, mais ce n'était pas une petite affaire avec ce fragile fardeau qui lui occupait une main ! Il pensa plus d'une fois tout lâcher, et même alors qu'il était encore à une douzaine de mètres du sol, il faillit perdre l'équilibre et tomber. Enfin il sauta sur le sol moussu. Il marchait depuis quelques minutes dans ce qu'il pensait être la direction de la ville, quand il fit une extraordinaire rencontre. C'était une paire de bottes, et au-dessus un gros ventre, et au-dessus un chapeau de garde-chasse, bref un véritable géant des bois. Et le géant cria d'une voix de tonnerre :

— Alors, petit galopin ? C'est comme ça qu'on vient dénicher les œufs dans la forêt du roi ?

Petit galopin ? Comment pouvait-on l'appeler ainsi ? Et Nabou s'avisa soudain qu'en effet il était devenu fort petit, mince et agile, ce qui expliquait au demeurant qu'il pût courir des heures durant et monter aux arbres. Et il n'eut pas non plus de mal à se glisser dans un fourré et à échapper au garde-chasse encombré par sa taille et son ventre.

Quand on approche de Chamour, on passe à proximité du cimetière. Or le petit Nabou se trouva arrêté en cet endroit par une grande et brillante foule qui entourait un splendide corbillard, tiré par six chevaux noirs, bêtes magnifiques, empanachées de duvet sombre et caparaçonnées de larmes d'argent.

Il demanda plusieurs fois qui donc on enterrait, mais

toujours les gens haussaient les épaules et refusaient de lui répondre, comme si sa question avait été par trop stupide. Il remarqua simplement que le corbillard portait des écussons sur lesquels il y avait un N surmonté d'une couronne. Finalement il se réfugia dans une chapelle mortuaire située à l'autre bout du cimetière, il posa le nid à côté de lui, et, à bout de force, il s'endormit sur une pierre tombale.

Le soleil était déjà chaud quand il reprit le lendemain la route de Chamour. Il eut la surprise de trouver la grande porte fermée, ce qui était bien étonnant à cette heure du jour. Il fallait que les habitants attendissent un événement important ou un visiteur de marque, car c'était dans ces circonstances exceptionnelles qu'on fermait et qu'on ouvrait solennellement la grande porte de la ville. Il se tenait ainsi, curieux et indécis, devant le haut portail, tenant toujours le nid blanc dans ses mains, quand tout à coup l'œuf doré qu'il contenait se fendit en morceaux, et un petit oiseau blanc en sortit. Et ce petit oiseau blanc chantait d'une voix claire et intelligible : « Vive le roi ! Vive notre nouveau roi Nabounassar IV ! »

Alors lentement la lourde porte tourna sur ses gonds et s'ouvrit à deux battants. Un tapis rouge avait été déroulé depuis le seuil jusqu'aux marches du palais. Une foule en liesse se massait à droite et à gauche, et comme l'enfant au nid s'avançait, tout le monde reprit l'acclamation de l'oiseau, en criant : « Vive le roi ! Vive notre nouveau roi Nabounassar IV ! »

Le règne de Nabounassar IV fut long, paisible et prospère. Deux reines se succédèrent à ses côtés sans qu'aucune donnât un dauphin au royaume. Mais le roi, qui se souvenait d'une certaine escapade dans la forêt à la suite d'un oiseau blanc voleur de barbe, ne se faisait aucun souci pour sa succession. Jusqu'au jour où, les années passant, ce souvenir commença à s'effacer de sa mémoire. C'était à l'époque où une belle barbe d'or peu à peu lui couvrait le menton et les joues.

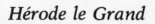

Hérode le Grand

Hérode avait ri à plusieurs reprises en entendant ce petit conte, et tous les ministres et courtisans avaient ri docilement avec lui, de telle sorte que l'atmosphère était fort détendue, et que Sangali se trouvait rassuré au sujet de ses oreilles. Il saluait jusqu'à terre, plaquant en guise de remerciement un accord sur son luth chaque fois qu'une bourse tombait à ses pieds. Quand il s'éloigna, un vaste sourire illuminait sa face poupine.

Mais le rire sied mal à Hérode. Son corps torturé par les cauchemars et les maladies ne supporte pas cette sorte de spasme. Cramponné au triclinium, il se courbe vers le sol dallé dans une convulsion douloureuse. On s'empresse en vain autour de lui. Irrésistiblement des supputations se glissent dans les esprits : et si le despote allait mourir ? Quelle succession chaotique ne laisserait-il pas derrière lui, avec ses dix femmes et ses enfants dispersés aux quatre coins du monde ! La succession... C'était le sujet imposé à Sangali par le roi lui-même. Preuve qu'il ne cesse d'y penser. Le voilà maintenant qui ouvre la bouche et qui râle, les yeux fermés. Un haut-le-corps le soulève. Il vomit sur les dalles une mixture qui évoque l'essentiel du festin. On se garde de glisser un bassin sous sa bouche. Ce serait faire insulte à la majesté de ce vomis royal dont personne n'a le droit de se détourner. Il relève un visage livide, marbré de vert et inondé de sueur. Il veut parler. Il fait un geste pour qu'on se réunisse en demi-cercle autour de sa couche. Il émet un son inarticulé. Il recommence. Enfin des mots se dégagent de la bouillie sonore qui s'échappe de ses lèvres.

— Je suis roi, dit-il, mais je suis mourant, solitaire et désespéré. Vous avez vu : je ne retiens aucune nourriture. Mon estomac délabré rejette tout ce que ma bouche lui envoie. Et avec cela, j'ai faim. Je meurs de faim ! il doit bien rester du ragoût, un demi-vautour, des concombres au cédrat, ou bien l'un de ces loirs engraissés de saindoux grâce auxquels les juifs tournent la loi mosaïque ? A manger, bon Dieu !

Des serviteurs affolés accourent avec des corbeilles de gâteaux, des assiettes pleines, des plats ruisselants de sauce.

— Et s'il n'y avait que l'estomac, reprend Hérode. Mais toutes mes entrailles brûlent comme l'enfer ! Quand je m'accroupis pour vider ma tripe, je lâche sous moi une sanie de pus et de sang où grouillent les vers ! Oui, ce qui me reste de vie n'est qu'un hurlement de douleur. Mais je m'y cramponne avec rage, parce que je n'ai personne pour me succéder. Ce royaume de Judée que j'ai fait et que je porte à bout de bras depuis bientôt quarante ans, dont j'ai assuré la prospérité grâce à une ère de paix sans exemple dans l'histoire humaine, ce peuple juif débordant de talent, mais exécré des autres peuples à cause de son orgueil, de son intolérance, de sa morgue, de la cruauté de ses lois, cette terre que j'ai couverte de palais, de temples, de forteresses, de villas, hélas, je vois bien que tout cela, ces hommes, ces choses sont voués à un naufrage lamentable, faute d'un souverain ayant ma force et mon génie. Dieu ne donnera pas aux juifs un second Hérode !

Il se tait longuement, la tête baissée vers le sol, de telle sorte qu'on ne voit que sa tiare à triple couronne d'or, et, quand il relève son visage, les convives ont la terreur de le découvrir baigné de larmes.

— Gaspard de Méroé, et toi, Balthazar de Nippur, et toi aussi petit Melchior qui te dissimules sous une livrée de page, derrière le roi Balthazar, c'est à vous que je m'adresse, parce que vous êtes seuls dignes de m'entendre au milieu de cette cour où je ne vois que généraux félons, ministres prévaricateurs, conseillers vendus et courtisans comploteurs. Pourquoi cette corruption autour de moi ? Toute cette racaille dorée était peut-être honnête à l'origine, ou en tout cas, ni meilleure, ni pire que le reste de l'humanité. Seulement, voyez-vous, le pouvoir est corrupteur. C'est moi, le tout-puissant Hérode, malgré moi, malgré eux qui ai fait des traîtres de tous ces hommes ! Car mon pouvoir est immense. Voilà quarante ans que je travaille avec acharnement à le renforcer et à le perfectionner. Ma police est partout, et je ne me fais pas faute, certaines nuits, de hanter moi-même, sous un déguisement, les tripots et les lupanars de la ville pour entendre ce qui s'y dit. Tous autant que vous êtes, mon regard vous traverse comme si vous étiez de verre. Balthazar, je n'ignore rien du sac de ton Balthazareum, et si tu veux la liste des coupables, je la tiens à ta disposition. Car tu t'es montré en la circonstance d'une déplorable mollesse. Il fallait frapper, bon Dieu, frapper à coups redoublés, au lieu de quoi tu as laissé blanchir tes cheveux.

Tu aimes la sculpture, la peinture, le dessin, les images. Moi aussi. Tu es fou d'art grec. Moi aussi. Tu te

heurtes au stupide fanatisme d'un clergé iconoclaste.
Moi aussi. Mais écoute l'histoire de l'Aigle du Temple.

Ce troisième temple d'Israël, de loin le plus vaste et
le plus beau, est le couronnement de ma vie. Au prix de
sacrifices énormes, j'ai accompli là une œuvre dont
aucun de mes prédécesseurs asmonéens n'avait été
capable. J'étais en droit d'attendre de mon peuple, et
singulièrement des pharisiens et du clergé, une gratitude sans défaillance. Sur le fronton de la grande porte
du temple, j'ai fait planer, les ailes ouvertes, un aigle
d'or de six coudées d'envergure. Pourquoi cet
emblème ? Parce qu'en vingt passages des Ecritures, il
apparaît comme symbole de puissance, de générosité,
de fidélité. Et aussi parce qu'il est le signe de Rome. La
tradition biblique et la majesté romaine, ces deux
piliers de la civilisation, se trouvaient là célébrées, et
la postérité ne pourra nier que leur rapprochement fût
le but de toute ma politique. Voyez-vous, les circonstances de cette affaire sont impardonnables. J'étais au
dernier degré de la souffrance et de la maladie. Mes
médecins m'avaient envoyé à Jéricho pour m'y sou-
mettre à une cure de bains chauds et sulfureux. Un
jour, nul ne sait pourquoi, le bruit de ma mort se
répand à Jérusalem. Aussitôt deux docteurs pharisiens,
Judas et Mattathias, rassemblent leurs disciples, et
leur expliquent qu'il faut abattre cet emblème, image
violant le deuxième commandement du Décalogue,
figuration du Zeus grec et symbole de la présence
romaine. En plein midi, alors que le parvis des gentils
grouille de monde, des jeunes gens grimpent sur le toit
du temple ; à l'aide de cordes, ils se laissent glisser
jusqu'à la hauteur du fronton de la porte, et là, à coups
de haches, ils mettent en morceaux l'aigle d'or. Malheur à eux, car Hérode le Grand n'était pas mort, tant
s'en faut ! Les gardiens du temple et les soldats inter-

viennent. On arrête les profanateurs, et ceux qui les excitaient. En tout une quarantaine d'hommes. Je les fais venir à Jéricho pour les interroger. Le procès se déroule dans le grand théâtre de la ville. J'y assiste, couché sur une civière. Les juges rendent leur verdict : les deux docteurs sont brûlés vifs en public, les profanateurs décapités.

Voilà, Balthazar, comment un roi qui a le culte des arts doit défendre les chefs-d'œuvre !

Quant à toi, Gaspard, j'en sais plus long que toi sur ta Biltine et le coquin qui l'accompagne. Chaque fois que tu prenais ta belle blonde dans tes bras, l'un de mes agents se tenait derrière une tenture de ta chambre, sous ton lit royal, et m'envoyait un rapport dès le lendemain matin. Et ta négligence est, s'il se peut, plus coupable encore que celle de Balthazar. Comment ! Cette esclave te trompe, te bafoue, te ridiculise aux yeux de tous, et tu la laisses vivre ! Tu aimais sa peau blanche, dis-tu ? Eh bien, il fallait la prélever ! Je t'enverrai des spécialistes qui écorchent les prisonniers à merveille, en enroulant leur peau sur des baguettes de coudrier !

Toi, Melchior, je te trouve immensément naïf d'avoir prétendu t'introduire dans ma capitale, dans mon palais, et jusqu'à ma table sous une fausse identité. Dans quel caravansérail te crois-tu donc ? Sache que pas un détail de ta fuite de Palmyre avec ton précepteur n'a échappé à mes espions, pas une de vos étapes et jusqu'aux propos que vous avez échangés avec des voyageurs — lesquels étaient à ma solde. Il ne tenait qu'à moi de t'avertir du coup que préparait ton oncle Atmar pour le lendemain de la mort du roi, ton père. Je ne l'ai pas fait. Pourquoi ? Parce que les lois de la morale et de la justice ne s'appliquent pas au domaine du pouvoir. Qui sait si ton oncle — qui est traître et

assassin aux yeux du commun, j'en conviens — ne sera
pas un souverain meilleur, plus bénéfique pour son
peuple, et surtout meilleur allié du roi Hérode, que tu
ne l'aurais été toi-même ? Il voulait te faire périr ? Il
avait raison. L'existence à l'étranger de l'héritier légal
du trône qu'il occupe est intolérable. Pour tout te dire,
il m'a déçu en commettant la faute initiale de te laisser
échapper. Qu'importe ! J'ai pris le parti de ne pas
intervenir en cette affaire, je n'interviendrai pas. Tu
peux aller et venir en Judée, je suis décidé à ne voir
officiellement que ton déguisement de Narcisse du roi
Balthazar. Pour le reste, ouvre bien tes yeux et tes
oreilles, toi qui as perdu un trône, et rêves de le
reconquérir. Apprends à mon spectacle la terrible loi
du pouvoir. Quelle loi ? Comment la formuler ? Consi-
dérons l'éventualité que je viens d'évoquer : je vous
avertis, ton père le roi Théodène et toi-même, que le
prince Atmar a tout mis en place pour te faire assassiner dès que la mort du roi surviendra. La révélation est
peut-être vraie, peut-être fausse. Il est impossible, tu
m'entends, *impossible*, de la vérifier. C'est un luxe que
ton père et toi vous ne pouvez vous offrir. Il faut réagir,
et vite. Comment ? En frappant les premiers. En
faisant assassiner Atmar. C'est cela la loi du pouvoir :
frapper le premier au moindre doute. Je m'y suis
toujours strictement tenu. Loi terrible, qui a fait un
vide macabre autour de moi. Le résultat, eh bien, il est
double, si tu veux considérer ma vie. Je suis le roi
d'Orient le plus ancien, le plus riche, le plus bénéfique
a son peuple. Et en même temps, je suis l'homme le
plus malheureux du monde, l'ami le plus trahi, le mari
le plus bafoué, le père le plus défié, le despote le plus
haï de l'histoire.

Il se tait un moment, et lorsqu'il reprend la parole,

c'est d'une voix imperceptible qui oblige les convives à tendre l'oreille.

— L'être au monde que j'ai le plus aimé s'appelait Mariamme. Je ne parle pas de la fille du grand prêtre Simon que j'ai épousée en troisièmes noces pour la seule raison qu'elle s'appelait aussi Mariamme. Non, je veux dire la première, la seule, l'unique femme de ma vie. J'étais ardent et jeune. Je courais de succès en succès. Quand le drame a éclaté, je venais de résoudre à mon avantage la situation la plus diaboliquement embrouillée que j'aie jamais connue.

Treize ans après l'assassinat de Jules César, la rivalité d'Octave et d'Antoine pour la possession du monde était devenue mortelle. Ma raison m'inclinait vers Octave, maître de Rome. Ma position géographique, parce qu'elle faisait de moi le voisin et l'allié de Cléopâtre, reine d'Egypte, me jeta dans les bras d'Antoine. J'avais levé une armée, et je volais à son aide contre Octave, quand Cléopâtre, inquiète de me voir grandir aux yeux d'Antoine, dont elle prétendait accaparer la faveur à mes dépens, m'empêcha d'intervenir. Elle m'obligea à tourner mes troupes une fois de plus contre son vieil ennemi, le roi des Arabes Malchus. En manœuvrant contre moi, elle me sauva. Car le 2 septembre[7], Octave écrasait Antoine près d'Actium sur la côte grecque. Tout était perdu pour Antoine, Cléopâtre et leurs alliés. Tout l'aurait été pour moi, si j'avais pu me jeter au côté d'Antoine, comme je l'avais voulu. Il ne me restait plus qu'à opérer un retournement qui demeurait assez délicat. Je commençai par aider le gouverneur romain de Syrie à réduire à merci une armée de gladiateurs dévoués à Antoine qui s'efforçait de le rejoindre en Egypte où il avait fui. Puis je me rendis dans l'île de Rhodes où séjournait Octave. Je ne cherchai pas à lui donner le change. Je me présentai au contraire comme l'ami fidèle d'Antoine, ayant tout donné pour l'aider — argent, vivres, troupes, mais surtout conseils, bons conseils : abandonner Cléopâtre qui le menait à sa ruine, et même la faire assassiner. Hélas, Antoine, aveuglé par sa passion, n'avait pas voulu m'entendre ! Puis je déposai mon diadème royal aux pieds d'Octave, et je lui dis qu'il pouvait certes me traiter en ennemi, me déposer, me faire périr, ce serait justice, j'accepterais toutes ses décisions sans murmurer. Mais il pouvait au contraire accepter mon amitié, laquelle serait aussi fidèle, lucide et efficace qu'elle l'avait été pour Antoine.

Jamais je n'ai joué aussi gros. Pendant un instant, devant le futur Auguste, stupéfait de mon audace et encore indécis, j'ai oscillé entre la mort ignominieuse et le triomphe. Octave prit mon diadème et le posa sur ma tête en disant : « Reste roi, et deviens mon ami, puisque tu attaches un si haut prix à l'amitié. Et pour sceller notre alliance, je te donne la garde personnelle de quatre cents Gaulois de Cléopâtre. » Peu de temps après nous apprenions qu'Antoine et la reine d'Egypte s'étaient donné la mort afin de ne pas figurer dans le triomphe d'Octave.

Je pouvais croire l'avenir assuré après un retour de fortune aussi éclatant. Hélas, j'allais le payer au contraire par les pires malheurs domestiques !

A l'origine de ces malheurs, il faut bien placer au premier chef mon amour pour Mariamme. C'est le noir soleil qui éclaire toute cette tragédie et permet seul de la comprendre. En me rendant auprès d'Octave, je savais que je jouais ma liberté et ma vie avec fort peu de chances d'en réchapper. Je laissais quatre femmes derrière moi : ma mère Cypros, et ma sœur Salomé, la reine Mariamme et sa mère Alexandra. Il s'agissait en vérité de deux clans opposés qui s'exécraient, le clan iduméen, dont je suis issu, et les survivants de la dynastie asmonéenne. Il fallait empêcher ces quatre femmes de s'entredéchirer en mon absence. Avant de m'embarquer pour Rhodes, j'expédiai donc Mariamme dans la forteresse d'Alexandrion avec sa mère, cependant que j'enfermai ma mère, Salomé, mes trois fils et mes deux filles dans celle de Massada. Puis je donnai au gouverneur militaire d'Alexandrion, Soème, l'ordre secret de mettre à mort Mariamme, s'il venait à recevoir la nouvelle de ma propre disparition. Mon cœur et ma raison s'accordaient pour me dicter cette mesure extrême. En effet, je ne pouvais supporter l'idée que ma chère Mariamme puisse me survivre et, éventuellement, épouser un autre homme. D'autre part, moi disparu, plus rien n'empêcherait le clan asmonéen, avec Mariamme à sa tête, de reprendre le pouvoir, et de le garder quoi qu'il en coûte.

Retour de Rhodes, auréolé de mon succès, je rassemblai tout ce joli monde à Jérusalem, convaincu que mon bonheur politique emporterait une réconciliation générale. Il s'agissait bien de cela ! Dès le premier instant, je me heurtai à des visages grimaçants de haine. Ma sœur Salomé promenait un orage noir de sous-entendus et de révélations dévastatrices qu'elle se promettait de faire crever le moment venu sur la tête de Mariamme. Celle-ci me traitait de haut, se refusait à tout contact avec moi, alors que notre séparation et les menaces auxquelles j'avais échappé avaient exaspéré mon amour pour elle. Elle faisait même sans cesse des allusions mesquines à une vieille affaire, la mort de son grand-père Hyrcan que j'avais dû jadis susciter. Peu à peu le mystère se dissipa, et je compris ce qui s'était passé en mon absence. La vérité, c'est que toutes ces femmes avaient échafaudé des combinaisons en fonction de ma disparition qui leur avait paru probable.

Elles n'étaient pas les seules. Soème, le gouverneur
d'Alexandrion, pour s'assurer la faveur de Mariamme,
future régente du royaume de Judée, lui avait révélé
l'ordre qu'il avait reçu d'avoir à l'exécuter s'il m'arrivait malheur. Il fallut tout remettre en ordre. La tête
de Soème fut la première qui roula dans la sciure. Ce
n'était qu'un petit commencement. Mon grand échanson demanda une audience secrète. Il se présenta avec
un flacon de vin aromatisé. Mariamme le lui avait
confié en l'assurant qu'il s'agissait d'un philtre
d'amour, et en lui commandant, avec une forte récompense, de me le faire boire à mon insu. Ne sachant que
décider, il s'était ouvert de cette affaire à ma sœur
Salomé qui lui avait conseillé de tout me révéler. On fit
venir un esclave gaulois, et on lui ordonna d'absorber
ce breuvage. Il tomba foudroyé. Mariamme, immédiatement convoquée, jura qu'elle n'avait jamais entendu
parler de ce philtre, et qu'il s'agissait d'une machina-
tion de Salomé pour la perdre. Ce n'était pas invrai-
semblable, et, désireux comme je l'étais d'épargner
Mariamme, je me demandais contre laquelle des deux
femmes j'allais diriger mes coups. Au demeurant,
j'avais la ressource de faire convenablement torturer
l'échanson pour qu'il crache enfin toute la vérité. C'est
alors qu'eut lieu un coup de théâtre qui bouleversa la
situation. Ma belle-mère Alexandra, sortant brusquement de sa réserve, se répandit en accusations publi-
ques contre sa propre fille. Non seulement elle confir-
mait la tentative d'empoisonnement contre moi, mais
elle ouvrit une seconde affaire en affirmant que
Mariamme avait été la maîtresse de Soème, auquel elle
se promettait de faire jouer un rôle politique de
premier plan après ma mort. Peut-être me serais-je
résolu pour sauver Mariamme à faire taire définitivement cette furie. Malheureusement le scandale était

retentissant. On ne parlait que de cela dans tout
Jérusalem. Le procès ne pouvait plus être évité. Je
réunis un jury de douze sages devant lequel Mariamme
comparut. Sa conduite fut admirable de courage et de
dignité. Elle refusa jusqu'au bout de se défendre. Le
verdict tomba : c'était la mort, à l'unanimité.
Mariamme s'y attendait. Elle mourut sans un mot.

Je fis noyer son corps dans un sarcophage ouvert,
rempli de miel transparent. Je l'ai gardé sept ans dans
mes appartements, observant de jour en jour sa chair
bien-aimée se dissoudre dans l'or translucide. Mon
chagrin ne connut pas de mesure. Jamais je ne l'avais
autant aimée, et je puis dire que je l'aime toujours
autant après trente années, des remariages, des sépara-
tions, des vicissitudes innommables. C'est pour toi,
Gaspard, que j'évoque ce drame qui a dévasté ma vie.
Ecoute ces hurlements dont l'écho continue de retentir
sous les voûtes de ce palais jusqu'à toi : c'est moi,
Hérode le Grand, criant le nom de Mariamme aux
murs de ma chambre. Ma douleur était si farouche que
mes serviteurs, mes ministres, mes courtisans avaient
fui épouvantés. Quand je réussissais à me saisir de l'un
d'eux, je l'obligeais à appeler Mariamme avec moi,
comme si deux voix eussent eu deux fois plus de
chances de la faire revenir. Je fus presque soulagé
quand à cette même époque éclata une épidémie de
choléra dans le peuple et la bourgeoisie de Jérusalem.
Il me sembla que cette épreuve obligeait les Juifs à
partager mon malheur. Enfin les hommes commençant à tomber comme des mouches autour de moi, je
dus me résoudre à m'éloigner de Jérusalem. Plutôt que
de me retirer dans l'un de mes palais d'Idumée ou de
Samarie, je fis dresser un camp en plein désert, dans la
grande dépression de Ghor, une terre basse, âpre et
stérile, empestant le soufre et l'asphalte, bien à l'image

de mon cœur ravagé. Je vécus là des semaines de prostration dont je n'étais tiré que par des maux de tête torturants. Pourtant mon instinct m'avait bien inspiré : le mal combat le mal. Contre mon chagrin et le choléra, l'enfer du Ghor agit comme un fer rouge sur une plaie purulente. Je remontai à la surface. Il n'était que temps. C'était en effet pour apprendre que ma belle-mère Alexandra, que j'avais imprudemment laissée à Jérusalem, complotait pour s'assurer le contrôle des deux forteresses qui dominent la ville, l'Antonia, près du temple, et la tour orientale qui se dresse au milieu des quartiers d'habitation. Je laissai cette furie, gravement responsable de la mort de Mariamme, s'enferrer dans ses entreprises, puis, surgissant soudain, je la confondis. Son cadavre alla rejoindre ceux de sa dynastie.

Je n'en avais pas fini hélas avec la race des Asmonéens. De mon union avec Mariamme, il me restait deux fils, Alexandre et Aristobule. Après la mort de leur mère, je les avais envoyés s'instruire à la cour impériale afin de les soustraire aux miasmes de Jérusalem. Ils avaient dix-sept et dix-huit ans quand me parvinrent des rapports alarmants sur leur conduite à Rome. On m'avertit qu'ils prétendaient venger leur mère d'une mort injuste — dont ils me tenaient pour seul responsable — et intriguaient dans ce sens auprès d'Auguste. Ainsi, des années plus tard, le malheur continuait à me poursuivre. J'avais près de soixante ans, et derrière moi, une longue suite d'épreuves, des succès politiques brillants, certes, mais que j'avais payés par des retours de fortune terribles. J'envisageai sérieusement d'abdiquer, et de me retirer définitivement dans mon Idumée d'origine. Puis le sens de la couronne l'emporta une fois encore. Je fis le voyage de Rome pour aller chercher mes fils. Je les ramène à

Jérusalem, je les installe près de moi, et je prends soin de les marier. A Alexandre, je donne Glaphyra, fille d'Archelaüs, roi de Cappadoce. A Aristobule, Bérénice, fille de ma sœur Salomé. Aussitôt une véritable frénésie d'intrigue s'empare de mes familiers. Glaphyra et Bérénice se déclarent la guerre. La première agit auprès de son père, le roi Archélaüs, pour qu'il intervienne contre moi à Rome. Bérénice s'allie à sa mère Salomé qui s'acharne à compromettre Alexandre à mes yeux. Quant à Aristobule, par fidélité à la mémoire de sa mère, il se veut solidaire de son frère. Pour mettre le comble à la confusion, j'ai l'idée de faire venir à Jérusalem ma première femme, Doris, et son fils Antipater, qui vivaient en exil depuis mon mariage avec Mariamme. Aussitôt ils se jettent au plus épais de la mêlée, et n'ont de cesse que Doris ait retrouvé son ancienne place dans mon lit.

Dans l'immense dégoût qui m'envahit, je ne sais plus à quoi me résoudre. Je voudrais pour une fois échapper aux bains de sang qui ont toujours résolu jusqu'à présent toutes mes histoires domestiques. Mon désarroi me fait chercher une autorité tutélaire à qui je soumettrais mon imbroglio familial, mais surtout le différend qui m'oppose à mes fils. Puisque tout paraît se tramer à Rome, pourquoi ne pas recourir à Auguste dont le rayonnement ne cesse de grandir ?

Je frète une galère et j'embarque en compagnie d'Alexandre et d'Aristobule, à destination de Rome. Nous devions y retrouver Antipater qui y faisait des études. L'Empereur en revanche n'y était pas, et on nous donne les informations les plus vagues sur son séjour. Commence avec mes trois fils une recherche hagarde d'île en île et de port en port. Nous échouons finalement à Aquilée, au nord de l'Adriatique. Je mentirais en disant qu'Auguste se réjouit de voir troubler son repos dans cette résidence de rêve par le débarquement en force d'une famille dont il n'entendait que trop parler. L'explication se déroula au cours d'une journée orageuse, dans une confusion passionnée. Plus d'une fois, nous nous prîmes à parler tous les quatre en même temps et avec tant de véhémence qu'il y avait lieu de craindre que nous en vinssions aux mains. Auguste savait à merveille masquer son indifférence et son ennui sous une immobilité sculpturale qu'on pouvait prendre pour de l'attention. Pourtant l'incroyable déballage domestique auquel il assista malgré lui finit visiblement par l'étonner, par l'intéresser même, comme un combat de serpents ou une mêlée de cloportes. Au bout de plusieurs heures, comme nos voix commençaient à s'enrouer, il sortit de son silence, nous ordonna de nous taire, et nous avertit qu'après avoir soigneusement pesé nos arguments, il allait rendre son arrêt.

— Moi Auguste, empereur, je vous ordonne de vous réconcilier et de vivre désormais en bonne intelligence, prononça-t-il.

Telle fut la décision impériale dont nous aurions à nous satisfaire. C'était un peu mince, en regard de l'expédition que nous venions de nous imposer ! Mais aussi quelle idée de vouloir m'en remettre à un arbitre pour trancher nos conflits familiaux ! Pourtant je ne pouvais me résoudre à m'en aller avec un aussi maigre bénéfice. Je fis mine de vouloir m'attarder. Auguste excédé cherchait désespérément le moyen de se débarrasser de nous. Je mesurai attentivement son exaspération croissante. Le moment venu, je changeai brusquement de sujet et je fis allusion aux carrières de cuivre qu'il possédait dans l'île de Chypre. N'avait-il pas été question jadis qu'il m'en confie l'exploitation ? C'était une pure invention de ma part, mais Auguste saisit avidement l'occasion, que je lui offrais, de nous voir disparaître. Oui, d'accord, je pouvais exploiter ces mines, mais l'audience était levée. Nous prîmes congé. Du moins je ne partais pas les mains vides...

Il faut quand on gouverne savoir faire feu de tout bois. De la brindille que m'avait donnée Auguste, je fis à Jérusalem un grand feu de joie. Devant tout le peuple réuni en liesse, j'annonçai que ma succession était désormais réglée. Mes trois fils que je présentai à la foule — Alexandre, Aristobule et Antipater — se la partageraient, l'aîné, Antipater, devant occuper dans cette sorte de triumvirat une position prééminente. J'ajoutai que pour ma part, je me sentais la force, avec l'aide de Dieu, de conserver encore longtemps toute la réalité du pouvoir, tout en accordant à mes fils le privilège de la pompe royale et d'une cour personnelle.

La force peut-être... mais le goût ? Jamais le désir d'évasion n'avait été plus fort en moi. Ayant donc jeté un manteau de pourpre sur le grouillement familial, je partis me retremper et me laver dans les splendeurs de ma Grèce bien-aimée. Les Jeux Olympiques, en pleine décadence, menaçaient de disparaître purement et simplement. Je les réorganisai, créant des fondations et des bourses qui assuraient leur avenir. Et pour cette année-là, j'assumai le rôle de président du jury. Je me grisai du spectacle de cette jeunesse épanouie au soleil. Avoir seize ans, le ventre plat et les cuisses longues, et pour seul souci le lancer du disque ou la course de fond... Nul doute pour moi : si le paradis existe, il est grec, et affecte la forme ovale d'un stade olympique.

Puis cette parenthèse radieuse se referma, et mon métier de roi reprit possession de moi avec sa grandeur et son immondice. C'est à cette époque qu'eut lieu dans un déploiement de pompe inoubliable la consécration du nouveau temple. Ensuite je fus à Césarée achever les travaux en cours et présider à l'inauguration du nouveau port. Il n'y avait à l'origine qu'un médiocre mouillage, indispensable pourtant parce que situé à mi-distance de Dora et de Joppé. Tout navire longeant la côte phénicienne devait jeter l'ancre au large quand le vent du sud-ouest sévissait. J'ai établi en ce lieu un port artificiel en faisant immerger par vingt brasses de fond des blocs de pierre de cinquante pieds de long sur neuf de haut et dix de large. Quand cet amoncellement atteignit la surface de l'eau, je fis dresser sur cette fondation une digue de deux cents pieds de large, coupée de tours dont la plus belle fut appelée Drusium, du nom du beau-fils de César. L'entrée du port faisait face au nord, car ici le borée est le vent du beau temps. De part et d'autre du goulet, des colosses se dressaient comme des dieux tutélaires, et sur la colline qui domine la ville un temple dédié à César abritait une statue de l'Empereur inspirée du Zeus d'Olympie. Qu'elle était belle ma Césarée, toute de pierres blanches, avec ses escaliers, ses places, ses fontaines! Je procédais au parachèvement des magasins portuaires, quand me parvinrent de Jérusalem les cris d'indignation d'Alexandre et d'Aristobule parce que ma dernière favorite s'habillait avec les robes de leur mère Mariamme, puis les injures de ma sœur Salomé qui se querellait avec Glaphyra, la femme d'Alexandre. Salomé m'inquiétait de surcroît en s'alliant avec notre frère Phéroras, un instable, un malade, auquel j'avais donné la lointaine Transjordanie, mais qui ne manquait pas une occasion de me défier, par exemple en prétendant épouser une esclave de son choix de préférence à la princesse du sang que je lui destinais.

L'approvisionnement de Jérusalem en eau devenait critique chaque année au plus sec de l'été. Je fis doubler les conduites qui, le long de la route d'Hébron et de Bethléem, amènent à Jérusalem l'eau des étangs de Salomon. Dans la ville même, un ensemble de bassins et de citernes assurèrent une meilleure conservation des eaux de pluie. Cependant une prospérité sans précédent trouvait son expression dans notre monnaie d'argent dont le taux de plomb passait de vingt-sept à treize pour cent, à coup sûr le meilleur alliage monétaire de tout le monde méditerranéen.

Non, ce n'était pas les sujets de satisfaction qui me manquaient, mais ils balançaient difficilement les motifs d'irritation que m'apportaient journellement les rapports de ma police sur les fermentations de la cour. Un moment le bruit se répandit que j'avais pris pour maîtresse Glaphyra, la jeune femme de mon fils Alexandre. Puis ce même Alexandre prétendit que sa tante Salomé — laquelle avait dépassé la soixantaine — venait se glisser la nuit dans son lit, et le forçait à un commerce incestueux. Ensuite vint l'affaire des eunuques. Ils étaient trois, assuraient respectivement le service de mes boissons, de ma nourriture et de ma toilette, et partageaient la nuit mon antichambre. La présence auprès de moi de ces Orientaux avait toujours été un sujet de scandale pour les pharisiens qui laissaient entendre que leurs services dépassaient ceux de la table et de la toilette. Or on me rapporta qu'Alexandre les avait achetés en les persuadant que mon règne ne durerait plus, et, qu'à l'encontre de mes dispositions, lui seul me succéderait sur le trône. La gravité de l'affaire tenait à l'intimité dans laquelle ces serviteurs étaient admis auprès de moi, et à la confiance que je devais leur accorder. Quiconque tentait de les corrompre ne pouvait nourrir que les desseins les plus noirs. Ma police se déchaîna, et c'est l'une des fatalités des tyrans qu'ils sont souvent impuissants à tempérer le zèle des hommes qu'ils ont commis à leur propre sécurité. Pendant des semaines, Alexandre fut mis au secret, et le palais retentit des gémissements de ses familiers que mes bourreaux questionnaient. Une fois de plus pourtant, je parvins à rétablir une paix précaire dans ma maison. J'y fus aidé par Archélaüs, roi de Cappadoce, qui accourut, inquiet du sort qui menaçait sa fille et son gendre. Avec beaucoup d'habileté, il commença par les accabler de malédictions, réclamant contre eux un châtiment exemplaire. Je le laissai dire, heureux de le voir assumer le rôle indispensable de justicier, en me réservant celui, si rare pour moi, d'avocat de la défense et de la clémence. Les aveux d'Alexandre nous vinrent en aide : le jeune homme rendait responsable de toute l'affaire sa tante Salomé, et surtout son oncle Phéroras. Ce dernier choisit de plaider coupable, ce qu'il fit incontinent avec toute l'extravagance de sa nature : vêtu de loques noires, la tête couverte de cendres, il vint se jeter en larmes à nos pieds, et s'accusa de tous les péchés du monde. Du coup, Alexandre se trouvait largement disculpé. Il ne me restait qu'à dissuader Archélaüs qui prétendait ramener sa fille avec lui en Cappadoce, disant qu'elle était devenue indigne de demeurer ma belle-fille, mais en vérité pour la tirer d'un guêpier qui s'avérait redoutable. Je lui fis escorte jusqu'à Antioche, et le laissai poursuivre sa route couvert de présents : une bourse de soixante-dix talents, un trône d'or incrusté de pierres précieuses, une concubine nommée Pannychis, et les trois eunuques qui étaient à l'origine de tout, et que je ne pouvais guère, malgré que j'en eus, conserver à mon service intime.

S'agissant de justifier la conduite des princes, on fait assez couramment appel à une sorte de logique supérieure — sans rapport ou en contradiction flagrante avec celle du commun des mortels — et que l'on appelle la *raison d'Etat*. Va pour la raison d'Etat, mais sans doute ne suis-je pas encore assez intégralement homme d'Etat moi-même, car je ne puis associer ces deux mots sans ricaner dans ma barbe clairsemée. Raison d'Etat ! Il est bien vrai cependant qu'on appelle *Euménides* — c'est-à-dire *Bienveillantes* — les Erinnyes ou Furies, filles de la terre aux cheveux entrelacés de serpents, qui poursuivent le crime en brandissant un poignard d'une main et une torche ardente de l'autre. C'est une figure de style qu'on appelle une *antiphrase*. C'est aussi sans doute par antiphrase qu'on parle de raison d'Etat, quand il s'agit aussi évidemment de *folie* d'Etat. La sanglante frénésie qui agite ma malheureuse famille depuis un demi-siècle illustre assez bien cette sorte de déraison venue d'en haut.

J'eus un répit que je mis à profit pour tenter de résoudre l'irritante question de la Trachonitide et de la Batanée. Ces provinces, situées au nord-est du royaume, entre le Liban et l'Antiliban, servaient de refuge à des contrebandiers et à des bandes armées dont les habitants de Damas ne cessaient de se plaindre. J'en étais arrivé à la conclusion que des expéditions militaires resteraient sans lendemain aussi longtemps que cette région ne serait pas colonisée par une population sédentaire et laborieuse. Je fis venir en Batanée des juifs de Babylone. En Trachonitide, j'installai trois mille Iduméens. Pour protéger ces colons, je dressai une série de citadelles et de villages fortifiés. Une franchise d'impôts garantie aux nouveaux venus provoqua un flot d'immigration continu. Bientôt ces terres en friche se transformèrent en campagnes verdoyantes. Les voies de communication entre l'Arabie et Damas, Babylone et la Palestine s'animèrent avec tout le profit qui découle pour la Couronne des droits de péage et de douane.

C'est alors qu'un visiteur inattendu et indésirable vint réveiller tous les vieux démons de la cour. Euryclès, tyran de Sparte, comme son père, devait sa fortune à l'aide décisive qu'il avait apportée à Octave dans la bataille d'Actium. En reconnaissance, l'Empereur lui avait accordé la citoyenneté romaine, et l'avait confirmé comme souverain de Sparte. Il débarqua un soir à Jérusalem souriant, affable, les mains ruisselantes de somptueux cadeaux, visiblement décidé à être l'ami et le confident de tous les clans. Dès lors les foyers mal éteints de nos querelles se rallumèrent, car Euryclès s'employait à rapporter aux uns ce qu'il avait entendu des autres, non sans le grossir et le déformer. Auprès d'Alexandre, il rappelait qu'il était l'ami de toujours du roi Archélaüs, et donc l'équivalent d'un père pour lui, et il s'étonnait qu'Alexandre, gendre d'un roi et asmonéen par sa mère, acceptât la tutelle de son demi-frère Antipater, né d'une roturière. Ensuite, il mettait en garde Antipater contre la haine inexpiable que ses demi-frères nourrissaient à son égard. Enfin il me rapporta un plan qu'aurait conçu Alexandre : me faire assassiner, puis s'enfuir d'abord chez son beau-père en Cappadoce, puis à Rome afin d'incliner Auguste en sa faveur. Quand le tyran spartiate reprit le bateau pour Lacédémone, couvert de caresses et de présents, toute ma maison bouillait comme un chaudron de sorcière.

Je dus me résoudre à faire interroger Alexandre et ses familiers. Hélas, les résultats de l'enquête furent accablants ! Deux officiers de ma cavalerie avouèrent être en possession d'une somme importante que leur aurait donnée Alexandre pour me tuer. On trouva en outre une lettre d'Alexandre au commandant de la forteresse d'Alexandrion d'où il ressort qu'il avait l'intention de venir s'y cacher avec son frère après son forfait. Il est vrai qu'interrogés séparément, les deux frères reconnurent leur projet de fuite à Rome en passant par la Cappadoce, mais nièrent constamment avoir eu l'intention de me tuer auparavant. Sans doute s'étaient-ils mis d'accord sur cette version avant l'interrogatoire. Ma sœur Salomé acheva de ruiner ses neveux en me livrant une lettre qu'elle tenait d'Aristobule. Il l'avertissait d'avoir à craindre le pire de ma part, car je l'accusais de trahir les secrets de la cour à mon ennemi personnel, le roi arabe Syllaeus qu'elle brûlait d'épouser.

Un procès en haute trahison ne pouvait plus être évité. Je dépêchai d'abord deux messagers à Rome. Ils s'arrêtèrent en route en Cappadoce, et recueillirent le témoignage d'Archélaüs. Ce dernier reconnut qu'il attendait l'arrivée de son gendre et d'Aristobule, mais qu'il ne savait rien d'un voyage ultérieur à Rome, et moins encore d'un attentat contre moi. Quant à Auguste, il me manda par écrit qu'il était en principe hostile à une condamnation à mort, mais qu'il me donnait toute liberté pour faire juger et condamner les coupables. Il me recommandait toutefois de transporter le procès hors de mon royaume, à Bérytos par exemple où se trouvait une importante colonie romaine, et d'y faire témoigner Archélaüs. Bérytos ? Pourquoi pas ? L'idée d'éloigner l'affaire de Jérusalem me parut judicieuse en raison des sympathies dont les rejetons asmonéens y jouissaient encore. En revanche, je ne pouvais citer comme témoin le roi de Cappadoce, gravement impliqué dans le complot.

Le tribunal était présidé par les gouverneurs Saturninus et Pédanius, auxquels je savais qu'Auguste avait envoyé des instructions. Venaient ensuite le procurateur Volumnius, mon frère Phéroras, ma sœur Salomé, enfin des aristocrates syriens, en lieu et place d'Archélaüs. Pour éviter le scandale, j'avais exclu la présence des deux accusés que je faisais garder à Platané, un bourg du territoire de Sidon.

Je pris la parole le premier, exposant ma misère de roi trahi et de père bafoué, mes efforts incessants pour assagir une famille diabolique, les faveurs dont j'avais couvert les Asmonéens, les outrages dont ils n'avaient cessé de m'abreuver en échange. Tout le mal venait de leur naissance qu'ils jugeaient — non sans une apparence de raison — supérieure à la mienne. Fallait-il donc pour cela que j'endurasse tous leurs affronts ? Fallait-il que je les laissasse conspirer contre la sécurité du royaume et contre ma vie ? Je conclus en disant que, selon moi et en toute conscience, Alexandre et Aristobule avaient mérité la mort, que je ne doutais pas que le tribunal juge comme moi, mais que ce serait pour moi une bien amère victoire que cette condamnation qui me frappait dans ma descendance.

Saturninus se prononça ensuite. Il condamnait les jeunes gens, mais pas à mort, car il était père de trois enfants — lesquels se trouvaient dans l'assistance — et il ne pouvait se résoudre à faire mourir ceux d'un autre. On n'imagine pas un plaidoyer plus maladroit ! N'importe, les autres Romains, dûment chapitrés par l'Empereur, se prononcèrent avec lui contre la mort. Ils furent les seuls. Comme à la fin d'un combat de gladiateurs, je vis ensuite tous les pouces se tourner vers le sol. Le procurateur Volumnius, les princes syriens, les courtisans de Jérusalem, et bien entendu Phéroras et Salomé, tous par bêtise, haine ou calcul — ceci n'excluant pas cela —, votèrent la mort.

Le cœur crevé de dégoût et de tristesse, je fis mener mes fils à Tyr d'où je m'embarquai avec eux pour

Césarée. Ils étaient condamnés. Je pouvais les gracier.
En vérité, il y avait deux hommes en moi, et ils y sont
encore à l'heure où je vous parle : un souverain
inexorable qui n'obéit qu'à la loi du pouvoir... Conquérir le pouvoir, le garder, l'exercer, c'est un seul et
même acte, et cela ne se fait pas innocemment. Et puis
il y a l'homme faible, crédule, émotif, peureux. Celui-ci
espérait encore, contre toute raison, que ses enfants
seraient sauvés. Il faisait semblant d'ignorer la présence redoutable de son double, son âpre volonté de
puissance, sa rigueur impitoyable. Le navire nous
isolait du monde et de ses vicissitudes, au large du
golfe qui limite la Syrie et la Judée, et que domine la
colline verdoyante du Carmel. Je me décidai à les faire
monter sur le pont C'était le père qui les appelait. Dès
que je les vis se présenter, je compris que ce serait le
roi qui les recevrait. En effet, je les reconnus à peine
sous la chlamyde noire des condamnés, le crâne rasé,
portant les stigmates des interrogatoires qu'ils avaient
subis. La machine judiciaire avait accompli son œuvre.
La métamorphose était irréversible : deux jeunes aristocrates brillants et insouciants avaient définitivement
disparu pour faire place à deux conspirateurs parrici-
des qui avaient manqué leur coup. La grâce de la
jeunesse et du bonheur s'était effacée devant le masque
patibulaire du crime. Je n'ai pu leur dire un seul mot.
Nous nous sommes regardés, cependant qu'un mur de
silence de plus en plus épais s'édifiait entre eux et moi.
Finalement j'ai ordonné au centurion qui en avait la
charge : « Emmène-les ! » Il les a redescendus dans la
cale, et je ne les ai plus revus.

De Césarée, je les ai fait mener à Sébasté où les
attendait le bourreau. Ils ont été étranglés, et leurs
corps reposent dans la citadelle d'Alexandrion, à côté
de celui d'Alexandre, leur grand-père maternel. Leur

oraison funèbre fut atroce et dérisoire comme leur vie et leur mort, et ce fut l'empereur Auguste qui la prononça, disant en apprenant leur exécution : « A la cour d'Hérode, il vaut mieux être un cochon que les princes héritiers, car on y respecte au moins l'interdiction de manger du porc. »

La disparition de ses deux demi-frères laissait le champ libre à Antipater. J'attendais qu'il se transformât dans le sens d'un apaisement, d'un épanouissement. Il ne pouvait plus douter qu'il serait roi. Il l'était déjà en partie, à mes côtés. C'était après moi l'homme le plus puissant du royaume. Est-ce qu'une fois de plus la proximité du pouvoir a exercé son action corruptrice ? Avec horreur, j'ai assisté à la décomposition d'un homme sur lequel j'avais placé tous mes espoirs.

La première alerte concerna mes petits-enfants. Toute la dureté dont j'avais dû faire preuve contre Alexandre et Aristobule s'était changée dans mon cœur en tendresse pour leurs orphelins. Alexandre avait eu deux fils de Glaphyra : Tigrane et Alexandre. Aristobule avait de Bérénice trois fils : Hérode, Agrippa et Aristobule, et deux filles, Hérodiade et Mariamme. Cela me faisait sept petits-enfants, dont cinq garçons, tous évidemment de sang asmonéen. Or quelle ne fut pas mon horreur, lorsque ma police me mit en garde contre les sentiments de peur et de haine qu'Antipater nourrissait à l'égard de la progéniture de Mariamme ! Il parlait de « couvée de serpents » à leur propos, et affirmait à qui voulait l'entendre qu'il ne pourrait régner à l'ombre de cette menace. Ainsi l'épouvantable malédiction qui pèse depuis un demi-siècle sur l'alliance des Iduméens et des Asmonéens allait se perpétuer après moi !

Ce n'est pas tout. Lorsqu'il parlait de « faire place nette », il va de soi qu'il songeait d'abord à moi-même.

On me rapporta cette plainte qu'il avait exhalée devant témoin : « Jamais je ne régnerai ! Regardez, j'ai déjà des cheveux gris, et lui fait teindre les siens ! » Mes maladies elles-mêmes contribuaient à l'irriter, car il s'exaspérait de me voir me relever toujours quand elles m'avaient terrassé. En vérité, depuis la mort de ses frères, il feignait avec moins de soin, il se laissait aller à une imprudente franchise, et moi, je le découvrais de jour en jour dans toute sa noirceur. Alors que l'orage s'accumulait sur la tête d'Alexandre et d'Aristobule, Antipater se tenait toujours à distance, observant apparemment une neutralité teintée de bienveillance pour ses demi-frères. C'était la diplomatie même. Or je découvrais maintenant que sous cette réserve, il n'avait rien négligé pour les perdre. Depuis le premier jour, c'était lui qui tirait les ficelles et tendait les pièges où ils devaient périr. Bientôt mon ressentiment contre lui ne connut plus de bornes.

On me rapporta qu'il avait formé avec mon frère Phéroras et une quantité de femmes — sa mère Doris, sa femme, celle de Phéroras — une sorte de coterie que réunissaient en secret des banquets nocturnes. Ma sœur Salomé me rendait compte de tout. J'entrepris de disperser tout ce joli monde. A Phéroras, j'assignai de résider à Pérée, capitale de sa tétrarchie. Il eut la bêtise, dans sa colère, de jurer avant de partir qu'il ne remettrait pas les pieds à Jérusalem, moi vivant. Quant à Antipater, je l'envoyai en mission à Rome pour m'y représenter au procès que César faisait au ministre arabe Syllaeus — celui-là même que Salomé avait voulu épouser — accusé d'avoir trempé dans l'assassinat de son roi Arétas IV. La délégation qui accompagnait Antipater était truffée d'hommes à ma solde, chargés de me rapporter ses faits et ses propos. Peu de temps après son arrivée à Pérée, Phéroras

devait tomber malade, tellement qu'on me persuada
de me rendre à son chevet si je voulais le revoir vivant.
J'y fus, moins par piété fraternelle, on s'en doute, que
pour éclaircir une situation qui me paraissait obscure.
Le fait est que Phéroras mourut dans mes bras en
jurant qu'on l'avait empoisonné. Cela paraît peu probable. Qui aurait eu intérêt à le faire disparaître ?
Assurément pas sa femme, ancienne esclave qui per-
dait tout en le perdant. Ce fut elle au demeurant qui
vendit la mèche. Au cours des réunions nocturnes
organisées à mon insu par Antipater et Phéroras, on
avait décidé de faire venir une empoisonneuse d'Arabie
avec tout ce qu'il fallait pour se débarrasser de moi et
des enfants d'Alexandre et d'Aristobule. Quand Antipater et Phéroras s'étaient séparés, ce dernier avait
conservé la fiole de poison avec l'intention d'en user,
cependant qu'Antipater serait à Rome à l'abri de tout
soupçon. J'ordonnai à la femme de Phéroras d'aller
quérir le poison. Elle feignit d'obéir, mais alla se jeter
du haut d'une terrasse pour s'ôter la vie. Elle ne
mourut pas cependant, et on me la ramena grièvement
blessée. Cependant on retrouvait la fiole de poison :
elle était presque vide. La malheureuse m'expliqua
qu'elle-même l'avait vidée dans le feu sur ordre de
Phéroras que ma visite avait ému et qui renonçait ainsi
à me faire périr. Ce n'est pas à Hérode qu'on fait croire
ce genre de conte édifiant. Seule la culpabilité majeure
d'Antipater se dégageait à l'évidence de ce fatras. Elle
fut définitivement établie quand j'interceptai une lettre de lui envoyée de Rome à Phéroras. Il lui demandait si « l'affaire était conclue », et joignait une dose
de poison « en cas de besoin ». Je fis en sorte que rien
ne lui parvînt de la mort de Phéroras et de ma présence
à Pérée.

Il revint sans méfiance à Jérusalem que j'avais

regagnée, et aussitôt me couvrit de caresses en me racontant l'heureuse issue du procès de Syllaeus, confondu et condamné. Aussitôt je le repoussai en lui jetant à la face la mort de son oncle, et la découverte de tout le complot. Il tomba à mes pieds en me jurant qu'il était innocent de tout. Je le fis conduire en prison. Puis, comme toujours lorsque l'amertume de la trahison de mes proches me submerge, je fus terrassé par la maladie. Je ne saurais dire combien de temps dura ma prostration. J'étais hors d'état de prêter la moindre attention aux résultats de l'enquête que poursuivait à ma demande Quintilius Varus, gouverneur romain de Syrie. Un jour on m'apporta une corbeille de fruits. Je ne vis que le couteau d'argent destiné à fendre les mangues et à peler les ananas. Je le manipulai un moment, jouissant de la lame effilée, du manche qui épousait parfaitement la paume de la main, de l'équilibre heureux établi entre l'un et l'autre. Un bel objet en vérité, racé, élégant, parfaitement adapté à sa fonction. Quelle fonction ? Celle d'éplucher les pommes ? Allons donc ! Celle plutôt de faire mourir les rois désespérés. D'un seul coup j'enfonçai la lame dans ma poitrine, du côté gauche. Le sang jaillit. Un voile tomba sur mes yeux.

Quand je repris connaissance, je vis d'abord le visage de mon cousin Achiab penché sur moi. Je compris que je m'étais manqué. Mais ma brève absence avait suffi à faire des ravages. Du fond de sa prison Antipater avait commencé à corrompre ses gardiens avec son héritage. Il était dit que je ne mourrais pas sans avoir encore fait tomber des têtes. La première qui roula fut celle d'Antipater, mon fils aîné, celui auquel je destinais ma couronne.

C'était la veille de votre arrivée. Si je n'avais plus d'héritier, du moins m'annonçait-on un étrange et solennel cortège de visiteurs. C'eût été peu encore, si mon nécromancien Manahem n'avait attiré mon attention sur un astre nouveau et capricieux qui sillonnait notre ciel, celui même qui vous a conduits ici, toi Gaspard et toi Balthazar. Gaspard a reconnu la tête blonde aux cheveux d'or de son esclave phénicienne, Balthazar le papillon portenseigne de son enfance. Souffrez que je donne moi aussi à cette planète la figure qui me ressemble. Le conte que nous a fait Sangali est assez instructif. L'étoile errante ne saurait être à mes yeux que l'oiseau blanc aux œufs d'or que poursuit le vieux roi Nabounassar en quête d'une progéniture. Le vieux roi des Juifs se meurt. Le roi est mort. Le petit roi des Juifs est né. Vive notre petit roi !

Gaspard, Melchior, Balthazar, écoutez-moi ! Je vous nomme tous trois plénipotentiaires du royaume de Judée. Je suis trop faible, trop fragile pour me lancer à la poursuite de l'oiseau de feu qui détient le secret de ma succession. Même porté en civière, je ne survivrais pas à une expédition aventureuse. Manahem a attiré mon attention sur une prophétie de Michée qui situe à Bethléem — village natal de David — la naissance du sauveur du peuple juif.

Allez ! Assurez-vous de l'identité et du lieu exact de la naissance de l'Héritier. Prosternez-vous en mon nom devant lui. Et ensuite revenez me rendre compte. Ne manquez surtout pas de reparaître ici même...

Le vieux roi s'interrompit, et cacha son visage dans ses mains. Quand il le découvrit, une expression hideuse le défigurait.

— Ne vous avisez pas de me trahir, vous m'entendez bien ! Je crois avoir été assez clair ce soir en évoquant pour vous quelques épisodes de ma vie. Oui, c'est vrai, j'ai l'habitude d'être trahi, je l'ai toujours été. Mais vous le savez maintenant : quand on me manque, je

frappe, je frappe fort, vite, sans pitié. Je vous ordonne...
non, je vous conjure, je vous supplie : faites en sorte
qu'au seuil de ma mort, une fois, une seule fois, on ne
me trahisse pas. Faites-moi cette ultime obole : un acte
de fidélité et de bonne foi, grâce auquel je n'entrerai
pas dans l'au-delà avec un cœur totalement désespéré.

Ils sont partis. Ils s'enfoncent dans la profonde vallée de Gihon, et gravissent les flancs abrupts de la montagne du Mauvais Conseil. Ils saluent au passage le tombeau de Rachel. Ils marchent vers l'étoile qui se hérisse d'aiguilles de lumière dans l'air glacé. Ils avancent d'un pas sidéral, et chacun possède un secret et une démarche. Il y a celui qui se laisse bercer par l'amble paisible de son chameau, et qui ne voit dans le ciel noir que le visage et les cheveux de la femme qu'il aime. Il y a celui qui inscrit dans le sable la trace diagonale du trot de sa jument, et qui ne voit à l'horizon que le papillonnement d'un grand insecte scintillant. Il y a celui qui va à pied parce qu'il a tout perdu, et qui rêve à un impossible royaume céleste. Et tous les trois ont encore les oreilles qui tintent d'une histoire pleine de cris et d'horreurs, celle que leur a contée le grand roi Hérode, et qui est son histoire, l'histoire d'un règne heureux et prospère, béni par le petit peuple des paysans et des artisans.

Est-ce donc cela, le pouvoir ? se demande Melchior. Cet infect magma de tortures et d'incestes, est-ce le prix qu'il faut payer pour être un grand souverain dont la place se trouve marquée à tout jamais dans l'histoire ?

Est-ce donc cela, l'amour ? songe Gaspard. Hérode n'a jamais aimé qu'une seule femme, Mariamme, d'un attachement total, absolu, indestructible, mais hélas non partagé ! Parce que Mariamme l'Asmonéenne n'était pas de la race d'Hérode l'Iduméen, le malheur n'a cessé de frapper ce couple maudit, un malheur qui se répète avec une férocité monotone à chacune des générations qui en sont issues. Et le nègre Gaspard mesure en frémissant l'abîme rempli de menaces qui le sépare de Biltine, la blonde Phénicienne.

Est-ce cela, l'amour de l'art ? s'interroge Balthazar, les yeux fixés sur le Portenseigne céleste, battant de ses ailes de feu. Dans son esprit deux émeutes se confondent, celle de Nippur qui détruisit son Balthazareum, et celle de Jérusalem qui abattit l'aigle d'or du temple. Mais tandis qu'Hérode a répondu aux insurgés à sa manière, par un massacre, lui, Balthazar, a cédé. Le Balthazareum n'a été ni vengé, ni reconstruit. C'est que le vieux roi de Nippur est la proie d'un doute. La beauté de la statuaire grecque, de la peinture romaine, des mosaïques puniques ou des miniatures étrusques, si toute une tradition religieuse la condamne, n'est-ce pas qu'il y a réellement quelque chose de maudit en elle ? Il songe à son jeune ami, Assour le Babylonien, qui oriente ses recherches vers une célébration des humbles réalités humaines. Mais comment exalter ce qui est par nature voué au dérisoire, à l'éphémère ?

Et tous trois, ils essaient d'imaginer, chacun à sa manière, le petit roi des Juifs vers lequel Hérode les a délégués à la suite de son oiseau blanc. Mais alors tout devient confus dans leur esprit, car cet Héritier du Royaume mêle des attributs incompatibles, la grandeur et la petitesse, la puissance et l'innocence, la plénitude et la pauvreté.

Il faut marcher. Aller voir. Ouvrir ses yeux et son

cœur à des vérités inconnues, tendre l'oreille à des paroles inouïes. Ils marchent, pressentant avec une tendre jubilation que peut-être une ère nouvelle va s'ouvrir sous leurs pas.

L'Âne et le Bœuf

LE BŒUF

L'âne est un poète, un littéraire, un bavard. Le bœuf,
lui, ne dit rien. C'est un ruminant, un méditatif, un
taciturne. Il ne dit rien, mais il n'en pense pas moins. Il
réfléchit et il se souvient. Des images immémoriales
flottent dans sa tête, lourde et massive comme un
rocher. La plus vénérable vient de l'ancienne Egypte.
C'est celle du Bœuf Apis. Il est né d'une génisse vierge
que féconda un coup de tonnerre. Il porte un croissant
au front et un vautour sur son dos. Un scarabée est
caché sous sa langue. On le nourrit dans un temple.
Après cela, n'est-ce pas, un petit dieu né dans une
étable d'une jeune fille et du Saint-Esprit, cela n'a rien
pour surprendre un bœuf !

Il se souvient. Il se revoit jeune taureau. Au centre du
cortège formé pour la fête des moissons en l'honneur
de la déesse Cybèle, il s'avance, couronné de grappes
de raisin, escorté de jeunes vendangeuses et de vieux
Silènes ventrus et enluminés.

Il se souvient. Les labours noirs d'automne. Le lent
travail de la terre fendue par le soc. Son frère de labour
attaché au même joug que lui. L'étable chaude et
fumante.

Il rêve à la vache. L'animal-mère par excellence. La
douceur de son ventre. Les tendres coups de tête du

petit veau dans cette corne d'abondance vivante et généreuse. Les pis roses en grappe d'où jaillit le lait.

Il sait qu'il est tout cela, le bœuf, et que sa masse rassurante et inébranlable se doit de veiller sur le travail de la Vierge et la naissance de l'Enfant.

LE DIT DE L'ÂNE

Que mon poil blanc ne vous fasse pas illusion, dit l'âne. J'étais jadis noir comme jais, avec seulement une étoile claire sur le chanfrein, une étoile, signe évident de ma prédestination. Aujourd'hui, elle est toujours là, mon étoile, mais on ne la voit plus, parce que toute ma robe a blanchi. C'est comme les astres du ciel nocturne qui s'effacent dans la pâleur de l'aube. Ainsi le grand âge m'a donné tout entier la couleur de mon étoile frontale, et là aussi je veux voir un signe, la marque évidente d'une sorte de bénédiction.

Car je suis vieux, très vieux, je dois avoir près de quarante ans, ce qui pour un âne est fantastique. Peut-être même suis-je le doyen des ânes ? Ce serait là un autre signe.

On m'appelle Kadi Chouïa. Et cela mérite explication. Dès mon plus jeune âge, mes maîtres n'ont pas pu demeurer insensibles à l'air de sagesse qui me distinguait des autres ânes. Il y avait dans mon regard quelque chose de grave et de subtil qui impressionnait. De là ce nom de Kadi qu'ils me donnèrent, et chacun sait qu'un kadi est chez nous un juge et un religieux à la fois, c'est-à-dire un homme qui se recommande doublement par sa sagesse. Mais bien sûr je n'étais cependant qu'un âne, le plus humble et le plus mal-

traité des animaux, et l'on ne pouvait me donner ce
nom vénérable de Kadi sans le diminuer par un autre
nom, ridicule celui-là. Ce fut Chouïa, ce qui veut dire
petit, mesquin, méprisable. Kadichouïa, le sage-de-
rien-du-tout, appelé par ses maîtres tantôt Kadi, plus
fréquemment Chouïa, selon l'humeur du moment *...

Je suis un âne de pauvres. J'ai longtemps affecté de
m'en féliciter. C'est que j'avais pour voisin et confident
un âne de riches. Mon maître était un modeste cultivateur. Une belle propriété jouxte son champ. Un com-
merçant de Jérusalem y venait avec les siens passer au
frais les semaines les plus chaudes de l'été. Yaoul,
s'appelait son âne, une bête superbe, presque deux fois
grosse comme moi, la robe d'un gris parfaitement uni,
très clair, fin comme de la soie. Il fallait le voir sortir,
harnaché de cuir rouge et de velours vert avec sa selle
de tapisserie, ses larges étriers de cuivre, tout remuant
de pompons, tout tintinnabulant de grelots. Je faisais
mine de juger ridicule cet arroi de carnaval. Surtout je
me souvenais des souffrances qu'on lui avait infligées
dans son enfance pour faire de lui une monture de luxe.
Je l'avais vu ruisselant de sang, parce qu'on venait de
lui sculpter au rasoir en pleine chair les initiales et la
devise de son maître. J'ai vu ses oreilles cruellement
cousues ensemble par leur extrémité, pour qu'elles se
tinssent ensuite bien droites, comme des cornes, alors
que les miennes tombent lamentablement à droite et à
gauche de ma tête, et ses jambes durement serrées
dans des bandelettes afin qu'elles fussent plus fines et
plus droites que celles des ânes ordinaires. Les hommes sont ainsi faits qu'ils trouvent moyen de faire

---

* L'un de ses lointains descendants publiera sous le nom francisé
de *Cadichon* ses mémoires recueillis par la Comtesse de Ségur, née
Rostopchine.

souffrir plus encore ceux qu'ils aiment et dont ils sont fiers que ceux qu'ils détestent ou méprisent.

Mais Yaoul jouissait de sérieuses compensations, et il y avait une secrète envie dans la commisération que je croyais pouvoir manifester à son endroit. D'abord il mangeait chaque jour de l'orge et de l'avoine dans une crèche bien propre. Et surtout il y avait les juments. Pour bien comprendre, il faut d'abord mesurer la morgue insupportable des chevaux à l'égard des ânes. C'est trop peu dire qu'ils nous regardent de haut. En vérité, ils ne nous regardent pas, nous n'existons à leurs yeux pas plus que des souris ou des cloportes. Quant à la jument, eh bien pour l'âne, c'est le fin du fin, c'est la grande dame, hautaine et inaccessible. Oui, la jument, c'est la grande et sublime revanche de l'âne sur ce grand dadais de cheval. Mais comment un âne pourrait-il rivaliser avec le cheval sur son propre terrain, au point de lui souffler sa femelle ? C'est que le destin a plus d'un tour dans son sac, et il a inventé le privilège le plus surprenant et le plus drolatique du peuple des ânes, et la clef de ce privilège s'appelle : le mulet. Qu'est-ce qu'un mulet ? C'est une monture sobre, sûre et solide (emporté par les qualificatifs en s, je pourrais ajouter silencieux, scrupuleux, studieux, mais je sais que je dois surveiller mon goût excessif pour les mots). Le mulet, c'est le roi des sentiers sablonneux, des pentes scabreuses, des passages à gué. Calme, imperturbable, infatigable, il va...

Or quel est le secret de tant de vertus ? C'est qu'il ignore les désordres de l'amour et les troubles de la procréation. Le mulet n'a jamais de muleton. Pour faire un petit mulet, il faut un papa âne et une maman jument. Voici pourquoi certains ânes — et Yaoul était de ceux-là — choisis comme pères-de-mulet (c'est le

titre le plus prestigieux de notre communauté) se
voient offrir des juments pour épouses.

Je ne suis pas excessivement porté sur le sexe, et si
j'ai des ambitions, elles se situent ailleurs. Mais je dois
avouer que certains matins, le spectacle de Yaoul
revenant de ses prouesses équestres, épuisé et saoulé
de plaisir, me faisait douter de la justice de la vie. Il est
vrai qu'elle ne me gâtait pas, la vie. Toujours battu,
insulté, écrasé de fardeaux plus lourds que moi, nourri
de chardons — ah cette idée d'hommes que les ânes
aiment les chardons ! Mais qu'on nous donne donc une
fois, une seule fois du trèfle et des céréales pour que
nous puissions faire la différence ! —, et quand vient la
fin, la hantise des corbeaux, lorsque, tombés d'épuise-
ment, nous attendrons au revers d'un fossé que la mort
miséricordieuse vienne mettre un terme à nos souffrances ! La hantise des corbeaux, oui, parce que nous
voyons une grande différence entre les vautours et les
corbeaux, quand nous sommes à l'heure ultime. C'est
que les vautours, voyez-vous, ne s'attaquent qu'aux
cadavres. Rien à craindre d'eux aussi longtemps qu'il
vous reste un souffle de vie : mystérieusement avertis,
ils attendent à distance respectueuse. Tandis que les
corbeaux, ces démons, se précipitent sur un mourant,
et le lacèrent tout vif, en commençant par les yeux...

Ce sont des choses qu'il faut savoir pour comprendre
dans quel esprit, en ce début d'hiver, je me trouvai
avec mon maître à Bethléem, un gros village de Judée.
Toute la province était en grand branle-bas parce
qu'un recensement de la population avait été ordonné
par l'Empereur, et chacun devait se faire inscrire avec
les siens aux lieux de ses origines. Bethléem n'est
qu'une bourgade posée sur le dos d'une colline dont les
flancs sont agrémentés de terrasses et de petits jardins
soutenus par des murettes de pierres sèches. Au prin-

temps et en période ordinaire, il doit faire bon y vivre, mais au début de l'hiver et dans la cohue du recensement, je regrettais amèrement mon étable de Djéla, le village d'où nous venons. Mon maître avait été assez heureux pour trouver une place avec ma maîtresse et les deux enfants dans une grosse auberge qui bourdonnait comme une ruche. A côté du bâtiment principal, il y avait une sorte de grange où l'on devait serrer les provisions. Entre les deux maisons, un étroit passage, qui ne menait nulle part, avait été couvert par des poutres sur lesquelles on avait jeté des brassées de joncs, formant une sorte de toit de chaume. Sous cet abri précaire, on avait dressé une mangeoire et étalé une litière pour les bêtes des clients de l'auberge. C'est là qu'on m'attacha à côté d'un bœuf qu'on venait de dételer d'une charrette. Il faut vous dire que j'ai toujours eu les bœufs en horreur. Certes ces bêtes sont sans malice, mais le malheur veut que le beau-frère de mon maître en possède un, et quand vient le temps des labours, les deux hommes s'entraident et nous attellent ensemble à la charrue, malgré l'interdiction formelle de la loi[8]. Or la loi décide fort judicieusement, car, croyez-moi, rien n'est plus affreux que de travailler en pareil équipage. Le bœuf a son allure — qui est lente —, son rythme qui est continu. Il tire avec son encolure. L'âne — comme le cheval — tire avec sa croupe. Il précipite son effort, et travaille par à-coups vigoureux. L'astreindre à s'associer à un bœuf, c'est lui attacher un boulet au pied, et briser toute son énergie, lui qui n'en est déjà pas si riche !

Mais il ne s'agissait pas ce soir-là de labourer. Les voyageurs refoulés par l'aubergiste avaient envahi la grange. Je me doutais bien qu'on ne nous laisserait pas longtemps en paix. Bientôt en effet un homme et une femme se glissèrent dans notre étable improvisée.

L'homme, une sorte d'artisan, était assez âgé. Il avait mené grand bruit, racontant à tout venant que, s'il devait se faire recenser à Bethléem, c'est qu'il apparte- nait à la descendance du roi bethléemitain David par une chaîne de vingt-sept générations. On lui riait au nez. Il aurait mieux fait, pour trouver un gîte, d'invo- quer l'état de sa très jeune femme qui paraissait épuisée et de surcroît enceinte. Il rassembla la paille des litières et le foin des râteliers pour confectionner entre le bœuf et moi une couche de fortune où il fit étendre la jeune femme.

Peu à peu chacun avait trouvé sa place et les bruits s'éteignaient. Parfois la jeune femme gémissait douce- ment, et nous sûmes ainsi que son mari s'appelait Joseph. Il la consolait de son mieux, et nous sûmes ainsi qu'elle s'appelait Marie. Je ne sais combien d'heures se sont écoulées, car j'ai dû dormir. Quand je me suis réveillé, j'ai senti qu'un grand changement avait eu lieu, non seulement dans notre réduit, mais partout, et même, aurait-on dit, dans le ciel, dont notre misérable toiture laissait paraître de scintillants lam- beaux. Le grand silence de la nuit la plus longue de l'année était tombé sur la terre, et on aurait dit qu'elle retenait ses sources et le ciel ses souffles pour ne pas le troubler. Dans les arbres, pas un oiseau. Pas un renard aux champs. Dans l'herbe, pas un mulot. Les aigles et les loups, tout ce qui a bec et croc, faisait trève et veillait, la faim au ventre et l'œil fixe dans l'obscurité. Les lucioles et les vers luisants eux-mêmes masquaient leur lumignon. Le temps s'était effacé dans une éter- nité sacrée.

Et brusquement, en un instant, un événement formi- dable s'est produit. Un tressaillement de joie irrépres- sible a parcouru le ciel et la terre. Un froissement d'ailes innombrables a attesté que des nuées d'anges messagers s'élançaient dans toutes les directions. Le chaume qui nous couvrait a été illuminé par l'éblouissante coulée d'une comète. On a entendu le rire cristallin des ruisseaux et celui majestueux des fleuves. Dans le désert de Juda, un friselis de sable a chatouillé les flancs des dunes. Une ovation montant des forêts de térébinthes s'est mêlée aux applaudissements ouatés des hiboux. La nature tout entière a exulté.

Que s'était-il passé ? Presque rien. On avait entendu, sortant de l'ombre chaude de la paille, un cri léger, et ce cri ne venait à coup sûr ni de l'homme ni de la femme. C'était le doux vagissement d'un tout petit enfant. En même temps une colonne de lumière s'est posée au milieu de l'étable, l'archange Gabriel, l'ange gardien de Jésus, était là désormais, et prenait en quelque sorte la direction des opérations. D'ailleurs la porte s'est ouverte aussitôt, et on a vu entrer l'une des servantes de l'auberge voisine, portant appuyé sur sa hanche un bassinet d'eau tiède. Sans hésiter, elle s'est agenouillée et a baigné l'enfant. Puis elle l'a frotté de sel afin d'affermir sa peau, et elle l'a tendu, langé, à Joseph qui l'a posé sur ses genoux, signe de reconnaissance paternelle.

On ne pouvait que saluer l'efficacité de Gabriel. Ah, sauf le respect que l'on doit à un archange, on peut dire que depuis un an il n'est pas resté les deux pieds dans le même sabot, Gabriel ! C'est lui qui a annoncé à Marie qu'elle serait mère du Messie. C'est lui qui a calmé les soupçons du brave Joseph. Plus tard, il va détourner les Rois Mages d'aller faire leur rapport à Hérode, et il organisera la fuite en Egypte de la petite famille. Mais n'anticipons pas. Pour l'heure, il joue les majordomes, les ordonnateurs des pompes joyeuses dans ces lieux sordides qu'il transfigure, comme le soleil transforme la pluie en arc-en-ciel. Il est allé en

personne réveiller les bergers de la campagne environ-
nante, auxquels, il faut l'avouer, il a commencé par
faire une belle frayeur. Mais en riant pour les rassurer,
il leur a annoncé la belle, la grande nouvelle, et il les a
convoqués dans l'étable. Dans une étable ? Voilà qui
était bien surprenant, mais bien réconfortant aussi
pour ces simples !

Quand ils commencèrent à affluer, Gabriel les
groupa en demi-cercle, et il les aida à venir l'un après
l'autre exprimer leurs compliments et formuler leurs
vœux, un genou à terre. Et ce n'était pas rien que ces
quelques phrases à prononcer pour ces silencieux qui
ne parlent habituellement qu'à leur chien ou à la lune.
Ils déposaient devant la crèche des produits de leur
travail, lait caillé, petits fromages de chèvre, beurre de
brebis, et aussi des olives de Galgala, des baies de
sycomores, des dattes de Jéricho, mais ni viande ni
poisson. Ils parlaient de leurs humbles misères, épidé-
mies, vermine, bêtes puantes, et Gabriel les bénissait
au nom de l'Enfant, et leur promettait aide et protection.

Ni viande ni poisson, avons-nous dit. Pourtant l'un
des derniers bergers se présenta avec un petit bélier de
quatre mois qu'il portait couché en travers de la
nuque. Il s'agenouilla, déposa son fardeau dans la
paille, puis se releva de toute sa haute taille. Les gens
du pays reconnurent Silas le Samaritain, un pâtre
certes, mais en même temps une sorte d'anachorète
jouissant d'une réputation de sagesse auprès des humbles. Il vivait absolument seul avec ses chiens et ses
bêtes dans une caverne de la montagne d'Hébron. On
savait qu'il n'était pas descendu en vain de ses hauteurs désolées, et lorsque l'archange lui fit signe de
prendre la parole, tout le monde prêta l'oreille.

— Seigneur, commença-t-il, certains disent de moi

que je vis retiré dans la montagne par haine des
hommes. Ce n'est pas vrai. Ce n'est pas la haine des
hommes, c'est l'amour des bêtes qui a fait de moi un
solitaire. Mais qui aime ses bêtes doit les tenir à l'abri
de la méchanceté et de l'avidité des hommes. Je ne suis
pas, il est vrai, un éleveur ordinaire qui vend son bétail
au marché. Je ne vends ni ne tue mes bêtes. Elles me
donnent leur lait. J'en fais de la crème, du beurre et des
fromages. Je ne vends rien. J'use de ces dons à
proportion de mes besoins. Je donne le reste — la
majeure partie — aux indigents. Si j'ai obéi ce soir à
l'ange qui m'a réveillé et m'a montré l'étoile, c'est
parce que je souffre en mon cœur d'une grande révolte,
non seulement contre les usages de ma société, mais, ce
qui est plus grave, contre les rites de ma religion.
Hélas, les choses remontent très loin en arrière, presque à l'origine des temps, et il faudrait pour que cela
changeât une bien profonde révolution. Est-ce pour
cette nuit? C'est ce que je suis venu te demander.

— C'est pour cette nuit, l'assura Gabriel.

— Remontons donc en premier au sacrifice d'Abraham. Pour l'éprouver, Dieu lui ordonne de sacrifier en
holocauste son fils unique Isaac. Abraham obéit. Il
monte avec l'enfant sur l'une des montagnes du pays
Moria. L'enfant s'étonne : ils emportent le bois du
bûcher, le feu et le couteau, mais où est donc l'animal
qui sera sacrifié? Le bois, le feu, le couteau... Voilà
bien, Seigneur, les attributs maudits du destin de
l'homme!

— Il y en aura d'autres, dit sombrement Gabriel qui
songeait aux clous, au marteau, à la couronne d'épines.

— Puis Abraham édifia un bûcher, lia Isaac et le
coucha sur une pierre plate qui tenait lieu d'autel. Et il
leva son couteau sur la gorge blanche de l'enfant.

— Alors, l'interrompit Gabriel, un ange survint et arrêta son bras. C'était moi !

— Sans doute, bon ange, reprit Silas, mais Isaac ne s'est jamais remis de la frayeur qu'il éprouva en voyant son propre père lever un couteau sur lui. Et l'éclat bleuté de la lame le blessa aux yeux, si bien qu'il eut toute sa vie une mauvaise vue, et même, il devint tout à fait aveugle à la fin, ce qui permit à son fils Jacob de le tromper et de se faire passer pour son frère Esaü. Mais ce n'est pas ce qui me préoccupe. Pourquoi ne pouviez-vous en rester à cet infanticide évité ? Fallait-il nécessairement que le sang coulât ? Toi, Gabriel, tu procuras à Abraham un jeune bélier qui fut sacrifié et brûlé en holocauste. Dieu ne pouvait-il pas se passer de mort ce matin-là ?

— J'admets que le sacrifice d'Abraham fut une révolution manquée, dit Gabriel. Nous la referons.

— D'ailleurs, reprit Silas, on peut remonter plus loin dans l'Histoire Sainte, et surprendre comme à sa source la secrète passion de Jéhovah. Rappelle-toi Caïn et Abel. Les deux frères faisaient leurs dévotions, et chacun offrait en oblation des produits de ses travaux. Caïn, étant cultivateur, sacrifiait des fruits et des céréales, tandis que le pasteur Abel offrait des agneaux et leur graisse. Or Jéhovah se détournait des offrandes de Caïn et agréait celles d'Abel. Pourquoi ? Pour quelle raison ? Je n'en vois qu'une : c'est parce que Jéhovah déteste les légumes et adore la viande ! Oui, le Dieu que nous adorons est résolument carnivore !

Et c'est bien comme tel que nous l'honorons. Le Temple de Jérusalem dans sa splendeur et sa majesté, ce haut lieu de la Puissance divine rayonnante... sais-tu que certains jours, il ruisselle et fume de sang frais comme un abattoir ? L'autel des sacrifices est un bloc colossal de pierres non polies, relevé aux angles par des sortes de cornes, creusé de rigoles pour évacuer le sang des bêtes. Lors de certaines cérémonies, les prêtres, transformés en équarrisseurs, les massacrent par troupeaux entiers. Bœufs, béliers, boucs, et même des nuées entières de colombes sont secoués en ces lieux par les convulsions de l'agonie. On les dépèce sur des tables de marbre, cependant que les entrailles sont jetées dans un brasier dont les fumées empoisonnent toute la ville. Te dirai-je que certains jours, quand le vent souffle du nord, ces puanteurs parviennent jusque sur ma montagne et sèment la panique dans mon troupeau ?

— Tu as bien fait de venir cette nuit veiller et adorer l'Enfant, Silas le Samaritain, lui dit Gabriel. Les plaintes de ton cœur ami des bêtes seront entendues. Je t'ai dit que le sacrifice d'Abraham avait été une révolution manquée. Le Fils va être bientôt à nouveau offert en holocauste par le Père lui-même. Et je te jure que cette fois sa main ne sera pas arrêtée par un ange. Désormais partout, et jusque sur le moindre îlot de terre émergée, et à chaque heure du jour jusqu'à la fin des temps, le sang du Fils coulera sur les autels pour le salut des hommes. Ce petit enfant que tu vois dormir dans la paille, le bœuf et l'âne peuvent bien le réchauffer de leur souffle, car c'est en vérité un agneau, ce sera désormais l'unique agneau sacrificiel, l'Agneau de Dieu qui sera seul immolé dans les siècles des siècles.

Tu peux aller en paix, Silas, tu peux remporter en symbole de vie le jeune bélier que tu as déposé ici. Plus heureux que celui d'Abraham, il pourra témoigner dans ton troupeau que désormais le sang des bêtes ne sera plus versé sur les autels de Dieu.

Il y eut après ce discours angélique une pause recueillie qui sembla faire le vide devant le terrible et magnifique bouleversement qu'il annonçait. Chacun à sa façon et selon ses forces essayait d'imaginer ce que seraient les temps nouveaux. C'est alors qu'éclata un formidable grincement de chaînes et de poulies rouillées, un rire sanglotant, gauche et grotesque : c'était moi, c'était le hihan tonitruant de l'âne de la crèche. Eh oui que voulez-vous, ma patience était à bout, cela ne pouvait plus durer. Une fois de plus, c'était évident, on nous oubliait, car j'avais bien écouté tout ce qui s'était dit, et je n'avais rien entendu qui concernât les ânes.

Tout le monde rit, Joseph, Marie, Gabriel, les bergers, et le sage Silas, et le bœuf qui n'avait rien compris, jusqu'à l'Enfant qui trépigna gaiement de ses quatre petits membres dans son berceau de paille.

— Bien sûr, dit Gabriel, les ânes ne seront pas oubliés. Certes les sacrifices sacrés ne les concernent pas. De mémoire de prêtre, on n'a jamais vu immoler un âne sur un autel. Ce serait encore trop d'honneur pour vous, humbles bourricots ! Pourtant quel n'est pas votre mérite, écrasés de fardeaux, battus, blessés, affamés ! Ne croyez pas cependant que votre misère échappe à l'œil d'un archange. Par exemple, Kadi Chouïa, je vois distinctement cette petite plaie profonde et purulente ouverte derrière ton oreille gauche, et je souffre avec toi, pauvre martyr, quand ton maître la fouille jour après jour avec son aiguillon pour que la douleur ranime tes forces défaillantes...

L'archange tendit alors un doigt lumineux vers mon oreille gauche, et aussitôt cette petite plaie profonde et purulente qui ne lui avait pas échappé se ferma, et même elle se couvrit d'un cal dur et épais qu'aucun aiguillon ne parviendrait jamais à entamer. Du coup, je secouai ma crinière avec enthousiasme en lançant un *hihan* victorieux.

— Oui, gentils et modestes compagnons des travaux

des hommes, poursuivit Gabriel, vous aurez votre
récompense dans la grande histoire qui commence
cette nuit, et elle sera triomphale.

Un jour, un dimanche — qu'on appellera Dimanche
des Rameaux ou Pâques Fleuries —, le Seigneur déta-
chera au village de Béthanie, près du mont des Oliviers, une ânesse accompagnée par son ânon. Les
apôtres jetteront un manteau sur le dos de l'ânon
— que personne encore n'aura monté — et Jésus se
placera sur son dos. Et le Seigneur fera une entrée
solennelle dans Jérusalem, par la Porte Dorée, la plus
belle porte de la ville. Un peuple en liesse acclamera le
prophète de Nazareth aux cris de *Hosanna au Fils de
David !* et le petit âne foulera un tapis de palmes et de
fleurs disposé par les gens sur les pavés. La mère
trottera derrière le cortège en faisant *hihan, hihan*,
pour dire à tous : « C'est mon petit ! C'est mon petit ! »
car jamais une ânesse n'aura connu une pareille fierté.

Ainsi pour la première fois quelqu'un avait pensé à
nous, les ânes, quelqu'un s'était préoccupé de nos
souffrances d'aujourd'hui et de nos joies de demain.
Mais il n'avait pas fallu moins pour en arriver là qu'un
archange descendu tout droit du ciel. Je me sentais
pour le coup entouré, adopté par la grande famille de
Noël. Je n'étais plus le solitaire incompris. Quelle belle
nuit nous aurions pu passer ainsi tous ensemble dans
la chaleur de notre commune et sainte pauvreté ! Et
quel bon petit déjeuner nous aurions pris après une
grasse matinée !

Hélas ! Il faut toujours que les riches se mêlent de
tout. Les riches sont vraiment insatiables, ils veulent
tout posséder, même la pauvreté ! Qui aurait pu imaginer que cette famille misérable, campée entre un bœuf
et un âne, attirerait un roi ? Un roi, que dis-je ! Trois
rois, d'authentiques souverains venus d'Orient de sur-

croît, dans un luxe tapageur de serviteurs, de montures et de baldaquins !

Les bergers s'étaient retirés, et le silence se reformait sur cette nuit incomparable. Et soudain un grand tumulte emplit les ruelles du village. Tout un cliquetis de mors, d'étriers, d'armes, la pourpre et l'or brillant dans la lumière des torches, des ordres et des appels dans des langues sauvages, et surtout la silhouette insolite d'animaux venus du bout du monde, faucons du Nil, lévriers de chasse, perroquets verts, chevaux divins, chameaux du grand sud. Et pourquoi pas des éléphants à ce train ?

On s'attroupe d'abord par curiosité. Un pareil déploiement, cela ne s'est jamais vu dans un village de Palestine. On peut dire que les riches ont mis le prix pour nous voler notre Noël ! Et puis à la fin trop, c'est trop. On se retire, on se barricade, ou bien on prend le large à travers champs et collines. C'est que, voyez-vous, les petits que nous sommes n'ont rien de bon à attendre des grands. Il vaut mieux pour eux qu'ils ne s'y frottent pas. Pour une aumône tombée par-ci, par-là, combien de coups de cravache n'attrape pas un manant ou un âne se trouvant sur le passage d'un prince ?

C'est bien ainsi que l'entendait mon maître. Réveillé par le raffut, il a rassemblé ses frusques, et je l'ai vu se frayer un passage dans notre étable improvisée. Mon maître a de la décision, mais peu de mots pour s'expliquer. Sans ouvrir la bouche, il m'a détaché, et nous avons quitté ce village, décidément bien agité, avant l'entrée des rois.

Taor, prince de Mangalore

L'AGE DU SUCRE

Siri Akbar avait son sourire ambigu — où jouaient l'enjôlement et l'ironie — en présentant au prince Taor une cassette de santal incrustée d'ivoire.

— Voici, Seigneur, le dernier don que te fait l'Occident. Il a voyagé trois mois pour venir jusqu'à toi.

Taor prit la cassette, la soupesa, l'observa et la porta à ses narines.

— C'est léger, mais ça sent bon, prononça-t-il.

Puis il la fit tourner entre ses mains, constata qu'un gros cachet de cire en tenait fermé le couvercle.

— Ouvre-la, dit-il en la tendant à Siri.

De la poignée de son glaive, le jeune homme frappa à petits coups le cachet qui se morcela et tomba en poussière. Le couvercle fut soulevé sans difficulté. La petite boîte retourna entre les mains du prince. A l'intérieur, il n'y avait presque rien : dans un logement carré, un cube d'une substance molle et glauque, couvert d'une poudre blanche. Taor le prit délicatement entre le pouce et l'index, l'éleva vers la lumière, puis l'approcha de son nez.

— Evidemment, l'odeur est celle de la cassette, le santal ; la poudre, c'est du sucre farine ; cette couleur verte rappelle la pistache. Si je goûtais ?

— Ce n'est pas prudent, objecta Siri. Tu devrais faire essayer par un esclave.

Taor haussa les épaules.

— Il n'en resterait rien.

Puis il ouvrit la bouche et y glissa la petite friandise. Les yeux fermés, il attendit. Enfin sa mâchoire remua doucement. Il ne pouvait parler, mais ses mains s'agitaient pour exprimer sa surprise et son plaisir.

— C'est bien de la pistache, finit-il par articuler.

— Ils appellent cela un *rahat-loukoum*, précisa Siri. Ce qui veut dire dans leur langue « félicité de la gorge ». Ce serait donc un rahat-loukoum à la pistache.

Or le prince Taor Malek ne mettait rien au-dessus de l'art de la pâtisserie, et de tous les ingrédients utilisés par ses chefs, c'était aux graines de pistache qu'allait sa préférence. Il avait même fait planter dans ses jardins un bois de pistachiers, auquel il accordait tous ses soins.

La pistache était là, indiscutablement, incorporée à l'épaisseur molle et d'un vert trouble du petit cube fardé de sucre farine. Incorporée ? Exaltée plutôt, magnifiée ! Ce mystérieux rahat-loukoum — puisque tel était son nom — venu des confins du couchant, c'était l'ultime étape du culte de la pistache, une pistache portée au-delà d'elle-même, bref un suprême de pistache...

Le visage naïf de Taor trahissait la plus vive émotion.

— J'aurais dû montrer ça à mon chef confiseur ! Peut-être aurait-il su...

— Je ne pense pas, dit Siri, toujours souriant. C'est une sorte de friandise qui ne ressemble à rien de ce qu'ils font ici, totalement nouvelle.

— Tu as raison, admit le prince accablé. Mais pourquoi n'en avoir envoyé qu'un seul exemplaire ? Ils veulent m'exaspérer ? demanda-t-il avec une moue d'enfant prêt à fondre en larmes.

— Il ne faut pas désespérer, dit Siri devenu soudain sérieux. Nous pourrions rassembler le peu que nous savons sur cette cassette et son contenu, et dépêcher un messager vers l'Occident avec mission de rapporter la recette du rahat loukoum à la pistache.

— Oui, très bien, faisons cela ! approuva Taor avec empressement. Mais qu'ils ne rapportent pas qu'une recette. Qu'ils reviennent avec un plein chargement de... comment dis-tu ?

— Rahat-loukoum à la pistache.

— Précisément. Trouve donc un homme sûr. Non, deux hommes sûrs. Donne-leur de l'argent, de l'or, des lettres de recommandation, tout ce qu'il faut. Mais combien de temps cela va-t-il prendre ?

— Il faut attendre la mousson d'hiver pour l'aller, et profiter de la mousson d'été pour revenir. Si tout va bien, nous les reverrons dans quatorze mois.

— Quatorze mois ! s'exclama Taor avec horreur. Nous ferions mieux d'y aller nous-mêmes.

*

Taor avait vingt ans, mais la principauté de Mangalore, située sur la côte de Malabar — partie sud-occidentale de la péninsule du Deccan —, était gouvernée par sa mère depuis la mort du Maharaja Taor Malar. Or on aurait dit que le goût du pouvoir grandissait chez la Maharani Taor Mamoré à mesure que s'effaçait sa beauté jadis éclatante, et que son principal souci était de tenir le prince héritier à l'écart des affaires du royaume dont elle entendait assumer seule la direction. Pour y parvenir plus sûrement, elle avait choisi à son fils un compagnon dont les parents

étaient ses créatures, et qui remplissait avec zèle la
mission qu'elle lui avait assignée. Sous couleur d'accéder aux moindres désirs de l'adolescent et de travailler
à son bonheur, il l'entretenait dans des préoccupations
d'une totale frivolité, toutes propres à cultiver sa
paresse, sa sensualité et surtout le goût immodéré pour
les sucreries qu'il avait manifesté dès son plus jeune
âge. Esclave ambitieux n'agissant que dans l'espoir
d'un affranchissement et d'une ascension éclatante à la
cour, Siri Akbar était un jeune homme froid et intelli-
gent, mais on lui aurait fait injure en exagérant la part
de la duplicité qu'il y avait dans sa docilité à l'égard de
la Maharani et son dévouement corrupteur envers
Taor. Il n'était pas dénué de sincérité, voire d'une
certaine naïveté, et il aimait à sa manière la souveraine
et son fils, car son esprit ne distinguait pas la volonté
de pouvoir de la première, la gourmandise du second,
et sa propre ambition, laquelle lui commandait de se
plier à l'une comme à l'autre. En vérité l'âme des
habitants de Mangalore était extrêmement simplifiée
par l'isolement dans lequel les confinaient la mer et les
déserts qui formaient les frontières de la principauté.
C'est ainsi qu'au moment où commence cette histoire,
le prince Taor, non seulement n'avait jamais quitté son
royaume, mais ne s'était que rarement aventuré hors
des limites des jardins du palais.

Siri s'employait en revanche à entretenir un commerce avec de lointains comptoirs pour satisfaire la
curiosité et la gourmandise de son maître. C'était lui
qui avait acheté à des navigateurs arabes cette cassette
contenant un unique rahat-loukoum, et il ne les laissa
pas reprendre la mer sans leur avoir confié deux
enquêteurs chargés d'éclaircir le mystère de cette
petite confiserie levantine.

Les mois passèrent. La mousson de nord-est qui

avait emporté les voyageurs fit place à la mousson de
sud-ouest qui les ramena. Ils se présentèrent aussitôt
au palais. Hélas, ils ne rapportaient ni rahat-loukoum,
ni recette. Ils avaient sillonné en vain la Chaldée,
l'Assyrie et la Mésopotamie. Peut-être aurait-il fallu
pousser à l'ouest jusqu'en Phrygie, remonter au nord
vers la Bithynie, ou au contraire s'orienter plein sud
vers l'Egypte ? La sujétion qui les liait au régime des
moussons les avait contraints à un choix difficile.
Prolonger leur enquête leur aurait fait manquer la
seule saison où les vents sont favorables à un retour à
la côte de Malabar. C'était prendre une année de
retard. Peut-être eussent-ils imposé ce délai au prince
Taor s'ils se fussent trouvés les mains vides. Or tel
n'était pas le cas, tant s'en faut. Car ils avaient fait
d'étranges rencontres dans les terres arides de Judée et
les monts désolés de Nephtali. Ces confins autrefois
vides d'habitants s'étaient mis depuis peu à pulluler
d'anachorètes, de stylites et de prophètes solitaires,
vêtus de poil de chameau et armés de houlettes. On les
voyait sortir de leurs cavernes, le regard flambant au
milieu de leur crinière de cheveux et de barbe, et
haranguer les voyageurs, annonçant la fin du monde,
et s'offrant au bord des lacs et des fleuves à les baigner
pour les laver de leurs péchés.

Taor, qui n'avait écouté que d'une oreille ce rapport
pour lui inintelligible, commençait à s'impatienter. En
quoi ces sauvages du désert intéressaient-ils le rahat-
loukoum et sa recette ?

Justement, affirmèrent les messagers, il s'en trouvait
parmi eux qui prophétisaient l'invention imminente
d'une nourriture transcendante, si bonne qu'elle rassa-
sierait pour toujours, si savoureuse que celui qui en
goûterait une seule fois ne voudrait plus rien manger
d'autre jusqu'à la fin de ses jours. S'agissait-il du

rahat-loukoum à la pistache ? Non, sans doute, puisque le Divin Confiseur qui devait inventer ce mets sublime était encore à naître. On l'attendait incessamment dans le peuple de Judée, et d'aucuns pensaient, en raison de certains textes sacrés, qu'il naîtrait à Bethléem, un village situé à deux jours de marche au sud de la capitale, où le roi David déjà avait vu le jour.

Taor avait le sentiment que ses informateurs étaient en train de s'égarer dans les sables de la spéculation religieuse. C'était trop de discours et de conjectures, il exigeait des preuves concrètes, des pièces à conviction, quelque chose enfin qui se voit, se touche, ou de préférence se mange.

Alors les deux hommes, s'étant consultés du regard, tirèrent de leur sac un pot de terre de belle dimension, mais de facture assez rustique.

— Ces anachorètes vêtus comme des ours, expliqua l'un d'eux, qui se veulent les précurseurs du Divin Confiseur, ont pour aliment de base une mixture originale et fort savoureuse, qui est peut-être elle-même comme le pressentiment du mets sublime annoncé et attendu.

Taor s'empara du pot, le soupesa et le porta à ses narines.

— C'est lourd, mais ça sent mauvais, conclut-il en le tendant à Siri. Ouvre-le.

Le grossier disque de bois qui obstruait l'orifice du pot bascula sous la poussée de la pointe du glaive de Siri.

— Qu'on m'apporte une cuiller, commanda le prince.

Il la retira du pot enduite d'une masse visqueuse et dorée dans laquelle étaient prises des bestioles angu-leuses.

— Du miel, constata-t-il.

— Oui, approuva l'un des voyageurs, du miel sauvage. On le trouve en plein désert dans certains creux de rochers ou dans des souches desséchées. Les abeilles butinent des forêts d'acacias qui ne sont pour de brèves périodes printanières qu'une masse de fleurs blanches très parfumées.

— Des crevettes, dit encore Taor.

— Des crevettes si tu veux, concéda le voyageur, mais des crevettes de sable. Ce sont de gros insectes qui volent en nuages compacts, et détruisent tout sur leur passage. Pour les cultivateurs, c'est un terrible fléau, mais les nomades s'en régalent et saluent leur arrivée comme une manne céleste. On les appelle sauterelles.

— Donc des sauterelles confites dans du miel sauvage, conclut le prince avant d'enfoncer la cuiller dans sa bouche.

Il y eut un silence général, fait d'expectative et de dégustation. Puis le prince Taor rendit son verdict.

— C'est plus original que savoureux, plus étonnant que succulent. Ce miel marie curieusement une sorte d'âpreté à sa douceur originelle. Quant aux crevettes — ou aux sauterelles — elles apportent avec leur croustillant une nuance salée tout à fait surprenante dans le miel.

Il y eut un nouveau silence pendant qu'il goûtait une seconde cuiller.

— Moi qui déteste le sel, la sincérité m'oblige à proférer cette vérité stupéfiante : le sucre salé est plus sucré que le sucré sucré. Quel paradoxe ! Il faut que j'entende cela de la bouche d'autrui. Répétez la phrase, je vous prie.

Ses familiers connaissaient les petites marottes du prince, et savaient s'y plier. Ils répétèrent en chœur avec un ensemble parfait :

— Le sucré salé est plus sucré que le sucré sucré.

— Quel paradoxe! dit encore Taor. Voilà des merveilles qu'on ne trouve qu'en Occident! Siri, que penserais-tu d'une expédition dans ces régions lointaines et barbares pour rapporter le secret du rahatloukoum, et quelques autres par la même occasion?

— Seigneur, je suis votre esclave! répondit Siri avec toute l'ironie qu'il savait mettre dans ses protestations de dévouement les plus inconditionnées.

Il ne fut pas peu surpris néanmoins d'apprendre quelques jours plus tard que le prince avait demandé une audience à sa mère — il ne la voyait qu'à cette condition — pour l'entretenir d'un projet de voyage, et il se sentit complètement dépassé — joué, trahi, bafoué, pourrait-on même dire — lorsque son maître lui fit savoir, aussitôt après l'entrevue, que la Maharani Mamoré approuvait l'entreprise, et mettait à la disposition de son fils pour la mener à bien cinq navires avec leur équipage, cinq éléphants avec leur cornac, et, avec un trésorier-comptable nommé Draoma, un trésor de talents, sicles, békas, mines et guéras, monnaies en usage dans toute l'Asie Antérieure. C'était tout son univers, et dix ans d'intrigues patientes, qui croulaient autour de lui. Pouvait-il prévoir que le rahat-loukoum à la pistache, qu'il avait fait goûter au Prince, s'ajoutant au désir de la Maharani de se débarrasser de son fils — quoi qu'il en coûtât — et aux impulsions imprévisibles qu'ont les êtres faibles, naïfs et soumis, que toutes ces circonstances hétéroclites se conjugueraient pour aboutir à ce résultat catastrophique? Catastrophique en effet, car il était convaincu qu'il ne pouvait y avoir de salut pour un intrigant de son espèce qu'à proximité de la source du pouvoir, mais il allait de soi, pour la Maharani comme pour le Prince, qu'il devrait s'embarquer avec celui-ci dans cette extravagante équipée. Les semaines

qui suivirent furent à coup sûr parmi les plus amères
que Siri Akbar eût jamais vécues.

Il en allait tout autrement du prince Taor. Brusquement tiré de sa passivité par les préparatifs du voyage,
il était devenu un autre homme. Ses familiers avaient
peine à le reconnaître, lorsqu'il fixait avec une compétence et une autorité surprenantes la liste des hommes
qui l'accompagneraient, le dénombrement du matériel
qu'il fallait prévoir, le choix des éléphants qui seraient
embarqués. En revanche, on le retrouva tout entier
lorsqu'il décida de la cargaison de provisions qui serait
arrimée dans les cales des navires. Car la véritable
signification du voyage se retrouvait dans ces couffins,
ces sacs et ces ballots qui regorgeaient de goyaves,
jujube, sésame, cannelle, raisins de Golconde, fleurs
d'oranger, farine de sorgho, clous de girofle, sans
compter bien entendu le sucre, la vanille, le gingembre
et l'anis. Tout un navire était consacré aux fruits —
séchés ou confits —, mangues, bananes, ananas, man-
darines, noix de coco et de cajou, citrons verts, figues et
grenades. Certes l'expédition avait des perspectives
pâtissières, et aucune autre. D'ailleurs un personnel
hautement qualifié avait été trié sur le volet, et on
voyait s'affairer, dans d'enivrantes odeurs de caramel,
des confiseurs népalais, des nougatiers cinghalais, des
confituriers bengalis, et même des crémiers descendus
des hauteurs du Cachemire avec des outres contenant
de la caséine liquide, des décoctions d'orge, des émul-
sions d'amande et des résines balsamiques.

Ses amis reconnurent également Taor quand ils le
virent insister contre tout bon sens pour que Yasmina
comptât parmi les éléphants qui partaient. Contre tout
bon sens en effet, car Yasmina était une jeune éléphante blanche aux yeux bleus, douce, fragile et
délicate, la dernière à pouvoir supporter les fatigues

d'une traversée aussi longue et des marches dans le désert qui suivaient. Mais Taor aimait Yasmina, et elle le lui rendait bien, la petite pachyderme au regard languide, qui avait une façon de passer sa trompe autour de son cou quand il lui avait donné un chou à la crème de coco, à vous tirer des larmes d'attendrissement. Taor décida qu'elle voyagerait dans le même navire que lui, et qu'on lui affecterait tout le chargement des pétales de roses.

Les navires étaient parés dans la rade de Mangalore, et une lourde passerelle en pente douce avait été mise en place pour l'embarquement des éléphants. Mais l'heure du départ dépendait du caprice des vents, car la mousson d'été ayant cessé depuis longtemps de faire sentir son influence, on se trouvait en cette période de troubles et de perturbations qui précède l'inversion du vent et de la houle. Il y eut des orages et des pluies torrentielles, et, les esprits s'assombrissant, certains se demandèrent s'ils ne devaient pas interpréter cette colère du ciel comme un mauvais augure pour le voyage. On enregistra des défections. Enfin l'embellie, annonçant l'installation définitive de la mousson d'hiver, nettoya le ciel sous un vent d'est frais et sec. C'était le signal attendu. On procéda à l'embarquement des éléphants. Tout aurait été plus facile si on avait pu les pousser tous ensemble sur la passerelle, car l'instinct grégaire aurait aidé la manœuvre. Mais il contrariait tous les efforts, dès lors que chaque bête devait s'embarquer isolément, et il fallait user de ruse, de violence et de séduction pour les séparer et les faire monter à bord. La situation parut désespérée quand vint le tour de Yasmina. Prise de panique, elle poussait des barrissements affreux, et jetait par terre les hommes qui se cramponnaient à elle. Il fallut aller chercher Taor. Il lui parla longuement, doucement, en grattant de ses ongles son front excavé. Puis il lui noua un foulard de soie sur les yeux pour l'aveugler, et, sa trompe posée sur son épaule, il s'engagea avec elle sur la passerelle.

Comme il y avait un éléphant par navire, on avait donné à chaque navire le nom de l'éléphant qu'il transportait, et ces cinq noms étaient : Bohdi, Jina, Vahana, Asura, et bien entendu Yasmina. Un bel après-midi d'automne, les cinq bâtiments sortirent successivement de la rade toutes voiles dehors. De tous ceux qui partaient — hommes et bêtes — le prince Taor paraissait être celui qui manifestait le plus de joie à se lancer dans cette aventure, le moins de regret pour ce qu'il laissait. En vérité il n'eut pas un regard pour la cité de Mangalore, tandis que ses maisons de briques roses étagées sur la colline s'éloignaient et paraissaient se détourner de la petite flottille à mesure que celle-ci s'orientait vers l'ouest.

La navigation était simple et facile. On cinglait tribord amures, à l'allure du grand largue, sous un vent vif et parfaitement régulier, qui fournissait en outre la bonne direction. Comme on s'était dès le départ éloigné des côtes, il n'y avait ni récif, ni banc de sable à redouter, et même les pirates, qui ne s'attaquaient qu'au trafic de cabotage, avaient cessé de constituer une menace après quelques heures de navigation. La traversée de la mer d'Oman aurait peut-être été sans histoire, si les éléphants ne s'étaient pas révoltés dès le premier soir. Il faut savoir en effet que ces bêtes, laissées en liberté dans une forêt royale aussi longtemps qu'on n'en avait pas besoin, avaient accoutumé de passer la journée assoupies sous les frondaisons, et s'ébranlaient dès le coucher du soleil pour se rendre en troupeau compact au bord du fleuve. Aussi commencèrent-ils à s'agiter dès que le crépuscule

tomba, et comme les bateaux naviguaient en formation serrée, le premier barrissement que lança le vieux
Bohdi déclencha un énorme charivari dans les autres
navires. Le vacarme n'aurait rien été si les bêtes ne
s'étaient en même temps balancées de droite et de
gauche en envoyant leur trompe frapper lourdement
les flancs du navire. On entendait ainsi un bruit de
tam-tam, cependant que les navires marquaient un
roulis qui s'accentuait jusqu'à devenir inquiétant.

Taor et Siri qui voyageaient sur le navire amiral
Yasmina, pouvaient se rendre sur les autres navires
soit grâce à des canots à rames, soit, lorsque les navires
étaient rapprochés, par des passerelles jetées d'un bord
sur l'autre. Mais ils communiquaient également avec
le commandement des autres navires par des signaux
convenus qu'ils transmettaient en brandissant des
bouquets de plumes d'autruche. C'est ce dernier
moyen qu'ils employèrent pour donner un ordre général de dispersion. Il importait en effet que les bêtes
cessassent de s'exciter mutuellement par le bruit
qu'elles faisaient. Seule Yasmina s'était tenue tranquille, mais l'agitation de ses oreilles disait assez son
émotion, et qu'elle devait sans doute considérer tout ce
raffut comme une sorte d'hommage qui s'adressait à
elle. Le lendemain soir l'excitation reprit, mais elle fut
limitée grâce à la distance que les cinq voiliers avaient
mise entre eux.

Une nouvelle épreuve attendait les voyageurs au
dixième jour. Le vent soufflait toujours très régulièrement et dans la même direction, mais il apparut
bientôt qu'il augmentait peu à peu de force, au point
que le commandement du *Yasmina* donna l'ordre en
plumes de réduire les voiles. Il devint évident le soir
qu'on allait au-devant d'une tempête d'une rare violence, à en juger par la noirceur zébrée d'éclairs de

l'horizon vers lequel on se dirigeait. Une heure plus tard, une nuit d'encre tomba soudain sur les cinq navires et les isola totalement les uns des autres. Les heures qui suivirent furent affreuses. On n'avait laissé que le minimum de voile pour que le navire n'allât pas se mettre en travers des lames. Il fuyait sous les rafales, basculant parfois au sommet d'une vague, et filant alors à une vitesse effrayante avant de glisser enfin dans un gouffre glauque. Taor, qui s'était imprudemment exposé sur le gaillard d'avant, fut à moitié assommé et noyé par un paquet de mer. Pour la deuxième fois, ce jeune homme, voué au sucre depuis son enfance, fit ainsi connaissance avec l'élément salé dans un baptême d'une inoubliable brutalité. Son destin lui réservait une troisième épreuve salée, combien plus douloureuse et plus longue que celle-ci !

Pour l'heure, c'était surtout Yasmina qui l'inquiétait. La petite éléphante albinos qui avait crié de peur au début de la tempête, jetée en avant, en arrière, à droite, à gauche, avait finalement renoncé à se tenir debout. Elle gisait sur le flanc dans une saumure nauséabonde, ses paupières abaissées sur ses doux yeux bleus, et un faible gémissement s'échappait de ses lèvres. Taor était plusieurs fois descendu auprès d'elle, mais il avait dû renoncer à ses visites après qu'un soubresaut du navire l'eut roulé dans les déjections qui souillaient le sol, et que la masse de son amie eut failli l'écraser. Cette première épreuve ne lui faisait pourtant pas regretter d'être parti, car, en s'éloignant de Mangalore dans l'espace et le temps, il commençait à mesurer l'insignifiance de la vie où sa mère l'avait confiné entre ses jujubiers et ses pistachiers. En revanche, il avait des remords à l'égard de Yasmina, si visiblement désarmée en face des épreuves d'un grand voyage.

Siri Akbar au contraire paraissait transfiguré par la tempête. Lui qui s'était enfermé jusque-là dans une réserve boudeuse, semblait maintenant revenir à la vie. Il donnait les ordres et distribuait les tâches avec un sang-froid qui n'excluait pas une sorte de jubilation. Taor constatait que son compagnon et premier esclave qui se dépensait au palais pour assurer sa fortune par des intrigues tortueuses, se trouvait grandi et comme purifié par l'assaut des éléments bruts, tant il est vrai que nous sommes toujours plus ou moins le reflet de nos entreprises et de nos achoppements. En découvrant son visage un bref instant dans la lumière d'un éclair, Taor fut surpris de son étrange beauté faite de courage, de lucidité et de juvénile ardeur.

La tempête cessa aussi rapidement qu'elle avait éclaté, mais il ne fallut pas moins de deux jours de navigation circulaire pour retrouver trois navires. Il s'agissait du *Bodhi*, du *Jina* et de l'*Asura*. Le quatrième, le *Vahana*, demeura introuvable, et il fallut se résoudre à reprendre la route de l'ouest en le considérant, provisoirement au moins, comme perdu.

On devait être à moins d'une semaine de l'île de Dioscoride qui annonce le golfe d'Aden, quand les hommes du *Bohdi* firent en plumes les signaux convenus de détresse. Taor et Siri se rendirent immédiatement à son bord. Avait-il été piqué par des insectes, empoisonné par une nourriture avariée, ou simplement ne pouvait-il plus supporter le roulis et le tangage de sa prison ? Le vieil éléphant paraissait pris de folie agressive. Il se démenait comme un forcené, chargeait furieusement quiconque se risquait dans la cale, et à défaut se ruait sur les bat-flanc de la coque. La situation devenait critique, car le poids, la force et les redoutables défenses de l'animal pouvaient faire craindre qu'il infligeât une avarie grave au navire. Le ligoter ou l'abattre paraissaient des entreprises hors de question, et, comme il ne mangeait plus rien, on ne pouvait pas davantage l'endormir ou l'empoisonner. C'était d'ailleurs ce qui donnait un lointain espoir, car il finirait bien par épuiser ses forces. Mais le navire tiendrait-il jusque-là ? Au risque d'affoler Yasmina par le bruit que faisait le vieux mâle, on décida que le *Bohdi* resterait à proximité du navire amiral.

Le lendemain, l'éléphant qui s'était blessé sur une ferrure de la cale commençait à perdre son sang en abondance. Le surlendemain, il était mort.

— Il faut au plus vite découper cette charogne et jeter les morceaux par-dessus bord, car nous approchons de la terre et nous risquons d'avoir des visiteurs indésirables, dit Siri.

— Quels visiteurs ? demanda Taor.

Siri inspectait les profondeurs du ciel bleu. Il leva la main vers une minuscule croix noire suspendue, immobile, à une hauteur infinie.

— Les voilà ! dit-il. J'ai peur que tous nos efforts soient vains.

En effet, deux heures plus tard un premier gypaète se posait sur le mât de hune du navire, et tournait de tous côtés sa tête blanche à barbiche noire. Il était bientôt rejoint par une douzaine de ses semblables. Après avoir longuement observé les lieux, les hommes au travail et le cadavre béant de l'éléphant, ils se laissèrent lourdement tomber dans la cale. Les matelots qui redoutaient ces oiseaux sacrés demandèrent qu'on leur permît de se réfugier sur le *Yasmina*. Le *Bohdi* fut abandonné à son sort. Lorsque le *Yasmina* le perdit de vue, des milliers de gypaètes se bousculaient sur ses mâts, sur ses vergues, sur ses ponts, et un tourbillon de vols et d'envols remplissait la cale.

Le *Yasmina*, le *Jina* et l'*Asura* abordèrent le détroit

7

de Bab-el-Mandeb — la Porte des Pleurs — qui fait communiquer la mer Rouge avec l'océan Indien, quarante-cinq jours après avoir quitté Mangalore. L'allure avait été plus qu'honorable, mais deux navires sur cinq étaient perdus. Il fallait maintenant compter trente jours pour remonter la mer Rouge jusqu'au port d'Elath. On décida de relâcher dans l'île de Dioscoride, qui veille en sentinelle à l'entrée du détroit, pour une escale dont les hommes, les bêtes et les bâtiments avaient le plus grand besoin.

C'était la première terre étrangère que foulait Taor. Il éprouvait comme une ivresse légère et heureuse en gravissant les pentes pelées, semées de genêts et de chardons du mont Hadjar, suivi par les trois éléphants qui gambadaient gaiement derrière lui pour se dégourdir les jambes. Tout semblait nouveau aux voyageurs, cette chaleur sèche et tonique, cette végétation épineuse et odorante — myrtes, lentisques, acanthes, hysopes — et même les troupeaux de chèvres à poil long qui fuyaient en désordre à la vue des éléphants. Mais bien plus grand encore était l'effarement des pauvres bédouins de l'île en voyant ce débarquement de seigneurs qu'accompagnaient des monstres inconnus. Ils passèrent devant des tentes hermétiquement closes, où les chiens eux-mêmes s'étaient réfugiés, dans un village apparemment désert, mais il était clair que des centaines d'yeux les observaient par les fentes de la toile, des portes et des volets. Ils approchaient du sommet de la montagne, balayé par une brise si fraîche qu'ils frissonnèrent malgré l'effort de la marche, quand ils furent arrêtés par un bel enfant vêtu de noir qui se tenait intrépide au milieu du chemin.

— Mon père, le Rabbi Rizza, vous attend, dit-il simplement.

Et faisant demi-tour, il prit d'autorité la tête de la

colonne. Dans un cirque rocheux, émaillé d'asphodè-
les, les tentes basses des nomades formaient une seule
carapace violette et bosselée que le vent, en s'y engouf-
frant, soulevait par moments comme une poitrine.

Le Rabbi Rizza, vêtu de voiles bleus et chaussé de
sandales à courroies, accueillit les voyageurs près d'un
feu d'eucalyptus. On s'accroupit autour du foyer après
des salutations. Taor savait qu'il avait affaire à un
chef, un seigneur, son égal en somme. Mais en même
temps, il n'en revenait pas de tant de pauvreté. C'est
que dans son esprit, dénuement et esclavage, richesse
et aristocratie ne faisaient qu'une seule idée, et il
s'efforçait péniblement de les démêler. Rizza se gardait de poser des questions sur la provenance et la
destination de ses hôtes. Les propos échangés se
bornaient à des vœux et à des paroles de politesse.
L'étonnement de Taor fut à son comble quand il vit un
enfant apporter à Rizza une jatte de grossière farine de
blé, avec un cruchon d'eau et un petit pot de sel. Le
chef pétrit de ses mains une pâte, et, sur une pierre
plate, donna à la miche la forme d'une galette ronde et
assez épaisse. Il creusa un faible trou dans le sable
devant lui et, à l'aide d'une pelle, y jeta un fond de
cendres et de braises provenant du foyer sur lequel il
posa la galette. Puis il recouvrit celle-ci d'un amas de
brindilles auxquelles il mit le feu. Quand cette première flambée fut éteinte, il retourna la galette et la
couvrit à nouveau de brindilles. Enfin il la retira du
trou et la balaya avec un rameau de genêt pour la
débarrasser de la cendre qui la souillait. Ensuite il la
rompit en trois, et en offrit une part à Taor, une autre à
Siri. Habitué aux fastes d'une cuisine savante, préparée par une foule de chefs et de marmitons, le prince de
Mangalore, assis par terre, se régala alors d'un pain

brûlant et gris, qui lui faisait craquer des grains de sable sous les dents.

Un thé vert à la menthe, saturé de sucre, versé de très haut dans des tasses minuscules, le ramena à des usages plus familiers. Mais après un silence prolongé, Rizza commença à parler. Le vague sourire qui accompagnait son discours et les choses simples et immédiates dont il était question — le voyage, la nourriture, la boisson — pouvaient faire croire qu'il reprenait le fil des banalités débitées jusque-là. Mais Taor comprit bientôt qu'il s'agissait de tout autre chose. Le Rabbi racontait une histoire, une fable, un apologue que Taor perçait à moitié, comme s'il distinguait mal dans son épaisseur glauque un enseignement qui s'appliquait très précisément à son cas, alors même que le narrateur ignorait presque tout de lui.

— Nos ancêtres, les premiers bédouins, commença-t-il, n'étaient pas nomades comme nous le sommes aujourd'hui. Et comment l'auraient-ils été ? Comment auraient-ils quitté le somptueux et succulent verger où Dieu les avait placés ? Ils n'avaient qu'à tendre la main pour cueillir les fruits les plus savoureux qui faisaient ployer les branches d'arbres d'une infinie diversité. Car il n'y avait dans ce verger sans fin pas deux arbres identiques qui eussent donné des fruits semblables.

Tu me diras peut-être : il existe encore dans certaines villes ou oasis des jardins de délices, comme celui dont je parle. Pourquoi, au lieu de les prendre et de nous y installer, pourquoi préférons-nous courir sans cesse le désert derrière nos troupeaux ? Oui, pourquoi ? C'est l'immense question dont la réponse contient toute sagesse. Or cette réponse la voici : c'est que les fruits de ces jardins d'aujourd'hui ne ressemblent guère à ceux dont se nourrissaient nos ancêtres. Ces fruits d'aujourd'hui sont obscurs et pesants. Ceux des premiers bédouins étaient lumineux et sans poids. Qu'est-ce à dire ? Il nous est bien difficile de concevoir ce que pouvait être la vie de nos ancêtres, déchus et dégénérés que nous sommes ! Pense donc, nous en sommes arrivés à admettre comme allant de soi cet horrible dicton : « Ventre affamé n'a pas d'oreilles. » Eh bien, du temps dont je parle, ventre affamé de nourriture et oreilles affamées de savoir, c'était une seule et même chose, car les mêmes fruits satisfaisaient ensemble ces deux sortes de faim. En effet ces fruits n'étaient pas seulement divers par la forme, la couleur et le goût. Ils se distinguaient aussi par la science qu'ils conféraient. Certains apportaient la connaissance des plantes et des animaux, d'autres celle des mathématiques, il y avait le fruit de la géographie, celui des arts musicaux, celui de l'architecture, de la danse, de l'astronomie, et bien d'autres encore. Et avec ces connaissances, ils donnaient à ceux qui les mangeaient les vertus correspondantes, le courage aux navigateurs, la douceur aux barbiers-chirurgiens, la probité aux historiens, la foi aux théologiens, le dévouement aux médecins, la patience aux pédagogues. En ce temps-là, l'homme participait de la simplicité divine. Le corps et l'âme étaient coulés d'un seul bloc. La bouche servait de temple vivant — drapé de pourpre, avec son double demi-cercle d'escabeaux d'émail, ses fontaines de salive et ses cheminées nasales — à la parole qui nourrit et à la nourriture qui enseigne, à la vérité qui se mange et se boit, et aux fruits qui fondent en idées, préceptes et évidences...

La chute de l'homme a cassé la vérité en deux morceaux : une parole vide, creuse, mensongère, sans valeur nutritive. Et une nourriture compacte, pesante, opaque et grasse qui obscurcit l'esprit et tourne en bajoues et en bedaines !

Alors que faire ? Nous autres, nomades du désert, nous avons choisi la frugalité la plus extrême, jointe à la plus spirituelle des activités physiques : la marche à pied. Nous mangeons du pain, des figues, des dattes, des produits de nos troupeaux, lait, beurre clarifié, fromages très rarement, viande encore plus rarement. Et nous marchons. Nous pensons avec nos jambes. Le rythme de nos pas entraîne notre méditation. Nos pieds miment la progression d'un esprit en quête de vérité, une vérité certes modeste, aussi frugale que notre alimentation. Nous remédions à la cassure entre nourriture et connaissance en nous efforçant de les maintenir l'une et l'autre dans leur plus extrême simplicité, convaincus qu'on ne fait qu'aggraver leur divorce en les élaborant toutes deux. Certes nous n'espérons pas les réconcilier par nos seules forces. Non. Il faudrait pour cette régénération un pouvoir plus qu'humain, divin en vérité. Mais justement, nous attendons cette révolution, et nous nous plaçons par notre frugalité et nos longues marches à travers le désert, dans la disposition la plus propre, croyons-nous, à la comprendre, à l'accueillir et à la faire nôtre, si elle se produit demain ou dans vingt siècles.

Taor ne comprit pas tout ce discours, tant s'en faut. C'était pour lui comme un amoncellement de nuages noirs, menaçants et impénétrables, mais labourés d'éclairs qui révélaient un bref instant des fragments de paysages, des perspectives abyssales. Il ne comprit pas l'essentiel de ce discours, mais il le conserva tout entier dans son cœur, soupçonnant qu'il prendrait pour lui un sens prophétique à mesure que son voyage se déroulerait. En tout cas, il ne pouvait plus douter que la recette du rahat-loukoum à la pistache — pour laquelle il avait en principe quitté son palais de Mangalore — s'estompait, prenait des allures de leurre

— qui l'avait arraché à son paradis puéril — ou devenait une sorte de symbole dont la signification restait à déchiffrer.

L'ambitieux Siri Akbar de son côté, tout à fait étranger aux préoccupations alimentaires de son maître, n'avait retenu de sa rencontre avec le Rabbi Rizza qu'une seule leçon, mais elle ébranlait tout son édifice mental. Il avait découvert la possibilité de réunir la mobilité — avec la légèreté et le dénuement qu'elle exige — et une volonté de puissance et de prédation acharnée. Rizza il est vrai n'avait pas dit mot à ce sujet. Mais Siri avait scruté passionnément la rigueur ascétique de son visage, la mine farouche de ses compagnons, la maigreur de leurs corps — qu'on devinait infatigables et durs à la souffrance —, il avait entrevu dans l'obscurité des tentes la silhouette voilée des femmes et l'éclat sourd des armes. Tout ici disait la force, la vitesse, une avidité d'autant plus redoutable qu'elle s'accompagnait d'un absolu mépris pour les richesses et leurs douceurs.

Aussi bien Taor et Siri furent-ils surpris, lorsqu'ils échangèrent leurs réflexions à bord du *Yasmina,* de s'apercevoir qu'ils emportaient de l'île de Dioscoride — où ils ne s'étaient pas quittés un instant — des idées, des images et des impressions tout à fait différentes. Faisant apparemment le même voyage, ils s'écartaient l'un de l'autre de jour en jour.

L'observation était encore plus vraie naturellement pour Yasmina, la petite éléphante albinos aux yeux bleus. Enfermée quarante jours dans la cale mouvante du navire qui portait son nom, elle avait pensé mourir plus d'une fois, notamment lors de la grande tempête. Puis on avait glissé sous ses pattes la passerelle qui lui permettait de sortir, et elle s'était retrouvée tout éberluée aux côté de Jina et d'Asura, ses compagnons

de toujours. Mais où étaient donc les deux autres,
Bodhi et Vahana ? Et comme cette terre était étrange,
sèche, sablonneuse, escarpée, plantée d'une maigre
végétation épineuse ! Plus étranges encore, les habitants qu'elle avait rencontrés, non seulement par leurs
vêtements, leur corps ou leur visage, mais par le regard
étonné, craintif, admiratif qu'ils posaient sur les éléphants, animaux inconnus dans l'île de Dioscoride. Les
trois pachydermes avaient fait sensation dans chacun
des villages qu'ils avaient traversés. Les femmes
avaient fui précipitamment et s'étaient barricadées
dans les maisons avec les petits enfants. Les hommes
étaient demeurés impassibles. Mais une escorte d'ado-
lescents avait accompagné le lourd cortège, parfois
avec des instruments de musique. Et comme elle était
fine mouche, Yasmina avait bien vite remarqué que,
pour être plus petite que ses compagnons, elle n'en
suscitait pas moins de curiosité qu'eux, même une
curiosité plus respectueuse, plus spirituelle, éveillée
par la blancheur neigeuse de son poil, attendrie par
l'iris azuré de ses yeux, approfondie par le rubis ardent
de leur prunelle. Moins massive, plus légère, mais
blanche, bleue et rouge, elle recueillait les hommages
d'une clientèle d'élite. C'est alors que naquit dans son
cœur naïf un sentiment nouveau et grisant, l'orgueil,
qui devait la mener loin, très loin, plus loin que de
raison.

Ainsi voguaient-ils sur le même navire, le prince,
l'esclave et l'éléphante, habités chacun par des rêves
bien différents, mais tout aussi indistincts et infinis.

*

La traversée dura vingt-neuf jours, et aucun événement remarquable ne vint troubler le lent défilé des

côtes ocres et figées sous un soleil torride que l'on apercevait parfois — à tribord l'Arabie, à bâbord l'Afrique —, et qu'égayaient des hauteurs volcaniques, des baies profondes ou l'embouchure de cours d'eau desséchés.

Ils approchèrent enfin d'Elath, port iduméen situé au fond du golfe d'Akaba, où les attendait une surprise vraiment sensationnelle. Ce fut le mousse de la *Jina,* perché sur la hune du grand mât, qui crut le premier reconnaître une silhouette familière parmi les navires ancrés dans le port. On se rassembla en groupes fiévreux à la proue des trois bateaux. Peu à peu l'évidence dissipa tous les doutes : c'était bien le *Vahana,* perdu de vue depuis la grande tempête, qui attendait là, intact et sage, l'arrivée de ses compagnons. Les retrouvailles furent joyeuses. Les hommes du *Vahana,* persuadés que le reste de la flotte les précédait, avaient brûlé les étapes pour essayer de la rattraper. En réalité, c'était eux qui étaient en avance ; ils attendaient depuis trois jours à Elath, et ils commençaient à se demander si par malheur les quatre autres navires n'avaient pas succombé à la tempête.

Il fallut mettre un terme aux embrassades et aux récits pour débarquer les éléphants et les marchandises. A nouveau, ce cortège inhabituel provoqua un vaste rassemblement de badauds, et ce fut encore Yasmina — réservée, mais secrètement radieuse — qui recueillit les éloges les plus choisis. On établit un camp à la porte de la ville pour séjourner le temps nécessaire à un indispensable repos. C'est au cours de ce bref séjour qu'un premier différend s'élevant entre le prince Taor et Siri Akbar révéla au prince à quel point son esclave — mais ne fallait-il pas dire déjà : son ancien esclave ? — avait changé depuis leur départ de Mangalore. Sans doute les urgences de la navigation et la

dispersion des bateaux avaient-elles justifié certaines
libertés qu'il avait prises, et que chaque jour il eût
donné des ordres sans consulter, ni même informer
Taor. Mais le rassemblement à terre des hommes et des
bêtes, leur formation en caravane, leur marche régu-
lière vers le nord — il fallait compter vingt jours
jusqu'à Bethléem, le village mentionné par les prophètes du désert — impliquaient au contraire que toute
l'autorité revînt à un seul, le prince Taor évidemment.
C'était bien ce que chacun pensait, et Siri Akbar en
premier, mais sans doute en était-il vivement contra-
rié. Aussi se présenta-t-il à Taor, dès le surlendemain
de leur arrivée, et lui tint-il un discours qui plongea le
prince dans des abîmes de perplexité. Les quatre
navires allaient attendre plusieurs semaines — voire
plusieurs mois — que revînt la caravane. Leur importance était vitale pour assurer le retour de l'expédition
à Mangalore, dès les premiers souffles de la mousson
d'été. Il fallait qu'une petite troupe demeurât à bord
pour les garder. Jusque-là Taor n'entendait rien qu'il
ne connût et eût lui-même prévu. Mais il sursauta
quand Siri lui proposa de prendre lui-même le commandement de ces hommes, et donc de rester à Elath.
Il s'agissait d'une mission de confiance certes, mais ne
demandant aucune initiative, aucune qualité particulière d'autorité ou d'intelligence, une simple mission
de surveillance. Tandis que le voyage vers le nord
serait nécessairement jalonné de risques et de surprises. Comment Siri, le fidèle serviteur attaché à la
personne de son prince, pouvait-il envisager de ne pas
le suivre ?

La surprise et la peine de Taor furent si évidentes
que Siri dut battre en retraite. Il fit valoir faiblement
que le pire de tous les risques, ce serait pour le prince
et ses compagnons de ne plus retrouver à Elath les

navires du retour, qu'on ne saurait trop se prémunir contre ce danger. Taor lui représenta que la fidélité et le courage des gardes qu'il laisserait au port suffisaient à son assurance, et qu'il n'accepterait jamais que Siri se séparât de lui.

Lorsque son esclave s'éloigna, la contrariété éclatait sur son visage au point de le défigurer.

Cet incident fit réfléchir Taor, qui décidément se départissait de plus en plus de sa naïveté depuis qu'il avait quitté la cour. Il s'exerçait de jour en jour à une opération qui ne lui serait jamais venue à l'esprit à Mangalore, et qui est au demeurant tout à fait étrangère aux grands de ce monde : se mettre à la place des autres, et deviner ainsi ce qu'ils sentent, pensent et projettent. Or cette épreuve appliquée au cas de Siri avait dévoilé des abîmes aux yeux de Taor. Il s'était avisé que l'abnégation et la fidélité absolues de Siri envers lui ne découlaient pas nécessairement de sa nature — comme il l'avait admis au moins implicitement jusque-là — mais qu'il pouvait y avoir aussi en lui des calculs, des hésitations, voire de la traîtrise. En exprimant son projet de rester à Elath avec les navires, Siri acheva de déniaiser son maître. Devenu méfiant et imaginatif, Taor se demanda si Siri n'avait pas voulu demeurer maître des navires pour les réarmer à son compte, et les exploiter comme caboteurs en attendant le retour de la caravane. Peut-être même avait-il eu en vue de se lancer dans la piraterie, extraordinairement fructueuse en mer Rouge ? Et qui pouvait affirmer que Taor, retour de Bethléem, retrouverait sa belle flottille fidèlement amarrée dans le port d'Elath ?

On partit enfin. Mais Taor, bercé par le rythme doux du pas des éléphants, continuait à remuer dans sa tête ces sinistres suppositions. Ses relations avec Siri s'en trouvaient changées, moins altérées sans doute que mûries, plus adultes, plus clairvoyantes, mêlées de rancune et d'indulgence, menacées par la part faite désormais à la liberté et au mystère qui sont en chaque être, de vraies relations d'homme à homme.

Les premiers jours de leur lente progression vers le nord ne furent marqués par aucun incident notable. Il n'y avait âme qui vive ni trace de végétation sur la terre rougeâtre, sculptée par des eaux évanouies depuis des millénaires, que les éléphants écrasaient sous leurs larges pieds. Puis cette terre tourna peu à peu au vert, cependant que des reliefs plus tourmentés obligeaient la colonne à serpenter, à s'engager dans des gorges ou à suivre le lit asséché d'un oued. Ce qu'il y avait de plus impressionnant, c'était les figures monumentales et suggestives qu'affectaient les falaises, les pics, les aplombs rocheux. Au début, les hommes se montraient en riant des chevaux cabrés, des autruches aux ailes déployées, des crocodiles. Puis le soir tombant, ils se turent accablés d'angoisse, en passant sous des dragons, des sphinx, des sarcophages géants. Le lendemain, ils s'éveillèrent dans une vallée de malachite du plus beau vert, mat et profond, qui n'était autre que la fameuse « vallée des forgerons » où, selon l'Ecriture, quatre vingt mille hommes avaient extrait le minerai destiné à la construction du temple de Jérusalem. Cette vallée aboutissait à un cirque fermé, les célèbres mines de cuivre du Roi Salomon. Elles étaient désertes, et les compagnons de Taor purent s'enfoncer dans le dédale des galeries, courir dans des escaliers taillés en plein roc, plonger grâce à des échelles vermoulues dans des puits sans fond, et se retrouver enfin à force de cris dans d'immenses salles dont les voûtes éclairées fantasquement par les torches retentissaient d'échos.

Taor ne comprit pas pourquoi cette visite d'un

monde souterrain où des générations d'hommes avaient travaillé et souffert emplissait son coeur de sombres pressentiments.

Ils reprirent leur marche vers le nord. Les reliefs s'effaçaient à mesure que la terre retrouvait sa teinte grise. Des roches plates comme des dalles se multiplièrent au point que le sol se trouva bientôt uniformément couvert de pierraille lisse et plane. Enfin la silhouette d'un arbre se dessina à l'horizon. Taor et ses compagnons n'en avaient jamais vu de semblables. Le tronc, grossièrement raviné, paraissait énorme par rapport à la hauteur médiocre de l'arbre. Ils le mesurèrent par curiosité, et trouvèrent qu'il avait cent pieds de circonférence. Avec cela son écorce, couleur de cendre, profondément ridée, s'avérait étrangement molle et tendre à l'épreuve d'une lame qui y pénétrait sans résistance. Les branches, nues en cette saison, se hérissaient, courtes et rabougries, vers le ciel, comme des moignons suppliants. L'ensemble avait quelque chose de sympathique et de laid, un monstre doux et disgracieux qui gagne à être connu. Ils apprirent plus tard qu'il s'agissait d'un baobab, arbre africain dont le nom signifie « mille ans », car sa longévité est fabuleuse.

Or ce baobab était la sentinelle avancée d'une forêt de même essence dans laquelle la caravane s'enfonça les jours suivants, forêt clairsemée, sans taillis ni sousbois, et dont le seul mystère consistait en inscriptions énigmatiques portées sur le tronc de certains arbres, généralement les plus imposants par le volume et l'âge. L'écorce molle avait été entaillée, chaque trait renforcé par une teinture noire, ocre ou jaune, des petits cailloux multicolores incrustés dans le bois figuraient des mosaïques qui tournaient autour du tronc ou s'élevaient en spirales jusqu'au sommet. On

ne pouvait reconnaître nulle part ni visage ni silhouette humaine ou animale. C'était un graphisme
purement abstrait, mais si recherché, si parfait qu'on
pouvait se demander s'il avait un autre sens que sa
beauté.

Un arbre vraiment imposant qui se dressa soudain
sur leur route les obligea par sa seule splendeur à
stationner. Sa décoration toute fraîche était faite de
feuillages, de lianes, de fleurs savamment entrelacés
qui habillaient richement le tronc et se prolongeaient
dans les branches. La signification religieuse de ces
ornements paraissait évidente, car il y avait du temple,
du reposoir, du catafalque dans cet arbre géant, paré
comme une idole, qui dressait vers le ciel ses branches
aux mille doigts, comme autant de bras affolés.

— Je crois comprendre, murmura Siri.

— Qu'est-ce que tu as compris ? lui demanda le
prince.

— Ce n'est qu'une hypothèse, mais nous allons la
vérifier.

Il fit venir un jeune cornac, mince et agile comme un
singe, et lui parla à voix basse en désignant le sommet
de l'arbre. Le jeune homme acquiesça et s'élança
aussitôt vers le tronc qu'il entreprit d'escalader en
s'aidant de tous les reliefs de l'écorce. C'est ainsi
qu'une analogie frappa en même temps tous les hommes de la caravane qui assistaient silencieux à l'opération : le cornac se hissait sur l'arbre tout comme il se
hissait sur son éléphant, car en vérité rien ne ressemblait autant à un éléphant que ce baobab avec son
tronc gris énorme, et ses branches minces et dressées
comme des trompes, un éléphant végétal, tout de
même que l'éléphant n'était qu'un baobab animal.

L'homme était parvenu au sommet du tronc d'où
partaient toutes les branches. Il parut disparaître dans

une excavation. Il en ressortit aussitôt, et commença à descendre visiblement pressé de fuir ce qu'il avait pu y découvrir. Il sauta à terre, courut vers Siri, et lui parla à l'oreille. Siri approuvait de la tête.

— C'est comme je le supposais, dit-il à Taor. Le tronc est creux comme une cheminée, et il sert de tombeau aux hommes de ce pays. Si cet arbre est ainsi décoré, c'est qu'un cadavre y a été récemment glissé, comme une lame dans son fourreau. Du haut du tronc, on voit son visage tourné vers le ciel. Les baobabs décorés que nous avons rencontrés sont autant de tombeaux vivants d'une tribu dont on m'avait parlé à Elath, les Baobalis, ce qui veut dire « les enfants ou les fils du baobab ». Ils rendent un culte à cet arbre qu'ils considèrent comme leur ancêtre, et au sein duquel ils entendent retourner après leur mort. Le fait est que le cœur de l'arbre dans sa lente croissance s'incorpore la chair et les os du mort, lequel continue ainsi à vivre sur le mode végétal.

Ce jour-là, on n'alla pas plus loin, et le camp fut dressé au pied même du géant nécrophore. Et toute la nuit, cette étrange forêt de tombeaux vivants et debout environna les dormeurs d'une paix noire, lourde, sépulcrale, dont ils sortirent aux premières lueurs de l'aube hagards et tremblants comme des ressuscités. Aussitôt la nouvelle d'un malheur se répandit et plongea Taor dans la consternation : Yasmina avait disparu !

On crut d'abord qu'elle s'était enfuie, car, sur l'ordre de Taor, elle passait chaque nuit libre de toute entrave, retenue auprès des autres éléphants par le seul attachement grégaire. D'autre part, on imaginait mal la jeune éléphante entraînée de force et sans bruit par des étrangers. Indiscutablement, elle avait dû y mettre du sien. Mais il fallut bien admettre que des ravisseurs étaient intervenus, puisque les deux énormes couffins de pétales de roses, qu'elle transportait le jour et dont on la délestait la nuit, avaient disparu avec elle. Une conclusion s'imposait : Yasmina avait été emmenée complice et consentante.

Des recherches furent entreprises selon des cercles concentriques autour du lieu de rassemblement des éléphants, mais le sol dur et pierreux ne portait aucune trace. Ce fut, comme il se devait, le prince lui-même qui découvrit pourtant le premier indice. On l'entendit soudain s'exclamer en courant, puis il se baissa et recueillit entre le pouce et l'index quelque chose de léger et de fragile comme un papillon : un pétale de rose. Il l'éleva au-dessus de sa tête pour que tout le monde le vît.

— Yasmina la douce, dit-il, nous a laissé pour la retrouver la piste la plus fine et la plus parfumée qui soit. Cherchez, cherchez, mes amis, des pétales de rose ! Ce sont autant de messages de ma petite éléphante blanche aux yeux bleus. J'offre une récompense pour chaque pétale ramassé.

Dès lors la petite troupe s'égailla le nez au sol, et on entendait de loin en loin le cri de triomphe de l'un ou de l'autre qui accourait aussitôt vers le prince afin de lui remettre sa trouvaille en échange d'une piécette. Néanmoins on progressait avec une extrême lenteur, et quand la nuit tomba, on était certainement à moins de deux heures du camp où stationnait le gros de la troupe avec les bagages et les éléphants.

Comme il se baissait pour ramasser le second pétale trouvé par lui, Taor entendit siffler au-dessus de sa tête une flèche qui alla se planter en vibrant dans le tronc d'un figuier. Il donna l'ordre de s'arrêter et de se rassembler. Peu après les herbes et les arbres s'animèrent autour des voyageurs, et ils se virent cernés par une multitude d'hommes aux corps peints en vert, vêtus de feuilles, chapeautés de fleurs et de fruits. « Les Baobalis ! » murmura Siri. Ils devaient être près de cinq cents, et tous, ils dirigeaient leur arc et leurs flèches en direction des intrus. Toute résistance était vaine. Taor leva la main droite, geste universel qui signifie paix et pourparlers. Puis Siri, accompagné d'un des guides recrutés à Elath, s'avança vers les archers dont les rangs s'ouvrirent devant eux. Ils disparurent pour ne revenir que deux longues heures plus tard.

— C'est extraordinaire, raconta Siri. J'ai vu l'un de leurs chefs qui doit être aussi grand prêtre. L'organisation de leur tribu m'a paru assez lâche. Nous ne sommes pas trop mal accueillis, parce que notre survenue coïncide providentiellement avec la résurrection de la déesse Baobama, mère des baobabs et grand-mère des Baobalis. Peut-être s'agit-il d'une coïncidence. A moins que la disparition de notre Yasmina ne soit pour quelque chose dans cette prétendue résurrection. Nous n'allons pas tarder à le savoir. J'ai demandé que nous soyons admis à rendre hommage à Baobama. Son temple se trouve à deux heures de marche.

— Mais Yasmina ? s'inquiéta le prince Taor.

— Justement, répondit mystérieusement Siri, je ne serais pas surpris de la retrouver avant peu.

Quand la petite troupe se mit en marche, entourée, suivie et précédée par une armée d'hommes verts aux arcs toujours menaçants, elle ressemblait tristement à une poignée de prisonniers emmenés de force par des vainqueurs, et c'est bien ainsi que Taor et ses compagnons ressentaient la situation.

Le temple de Baobama occupait l'espace délimité par quatre baobabs disposés en parfait rectangle et constituant les piliers de l'édifice. C'était au demeurant une assez vaste case abondamment décorée de motifs semblables à ceux que Taor et ses compagnons avaient vus précédemment sur les arbres-cercueils. L'épaisse toiture de chaume et les cloisons de lattes légères, sans fenêtre, le fouillis de plantes grimpantes qui les recouvrait — jasmins, ipomées, aristoloches, passiflores —, tout conspirait visiblement à créer et maintenir à l'intérieur une ombre d'une exquise fraîcheur. Les hommes armés se tenaient à distance, afin que les abords du temple ne fussent occupés que par des musiciens, souffleurs de pipeaux en roseau, tambourinaires qui frappaient de leurs doigts secs comme des baguettes une peau d'antilope tendue sur une calebasse, ou hommes-orchestres qui agitaient furieusement leurs bras et leurs jambes chargés de grelots, leur tête casquée de disques de cuivre, leurs mains crépitantes de crotales. Taor et son escorte s'avancèrent sous un baldaquin de bambou habillé de bougainvillées qui précédait l'entrée du temple. A l'intérieur, on se trouvait d'abord dans une sorte de vestibule qui servait de trésor et de garde-robe sacrée. On y voyait accrochés aux murs ou posés sur des chevalets d'immenses colliers, des tapis de selle brodés, des cloches d'or, des baldaquins à franges, des têtières d'argent, tout un harnachement somptueux et gigantesque qui devait faire de la déesse en grand arroi une châsse vivante. Mais pour l'heure, elle était toute nue, Baobama, et les visiteurs, ayant gravi trois marches pour atteindre un plancher surélevé, ne furent pas peu suffoqués de découvrir Yasmina en personne, vautrée sur une litière de roses, l'œil chaviré de volupté. On aurait dit qu'elle les attendait, car il y avait dans son regard bleu comme une nuance de défi et d'ironie. Seuls mouvants dans l'ombre dorée du peuple, deux grands panneaux de sparterie, actionnés du dehors, se balançaient lentement au plafond pour animer l'atmosphère. Il y eut un long silence recueilli. Puis Yasmina déroula sa trompe, et, de son extrémité fine et précise comme une petite main, elle alla cueillir dans une corbeille une datte fourrée au miel qu'elle déposa ensuite sur sa langue frétillante. Alors le prince s'approcha, ouvrit un sac de soie et déversa sur la litière une poignée de pétales de rose, ceux que ses compagnons et lui-même avaient ramassés et qui les avaient guidés jusque-là. C'était un acte d'hommage et de soumission. Yasmina l'entendit bien ainsi. Comme Taor se trouvait à sa portée, elle tendit sa trompe vers lui et lui effleura la joue de son extrémité, geste tendre et désinvolte à la fois, où il y avait de l'affection, de l'adieu, un très doux abandon au destin. Taor comprit que son éléphante favorite, déifiée en raison de l'affinité des pachydermes et des baobabs, promue à une dignité surhumaine, adorée par tout un peuple comme la mère des arbres sacrés et la grand-mère des hommes, bref il comprit que Yasmina était définitivement perdue pour lui et les siens.

Le lendemain, ils reprirent la route de Bethléem avec les trois éléphants mâles.

*

La rencontre était fatidique, nécessaire, inscrite de tout temps dans les étoiles et au fond des choses . elle se produisit à Etam, un pays étrange, murmurant de sources, crevé de grottes, hérissé de ruines, un pays où l'Histoire est passée, bouleversant tout sur son passage, mais ne laissant aucun signe intelligible, comme ces blessés de la face, horriblement défigurés, mais qui ne peuvent rien raconter. Entre les trois qui revenaient de Bethléem — à pied, à cheval et à dos de chameau —

et celui qui montait vers le village inspiré avec ses éléphants, l'entrevue baigna pourtant dans une lumière paisible et pénétrante. Ils se retrouvèrent tout naturellement au bord des trois étangs artificiels, connus sous le nom de *vasques de Salomon*, comme ils s'apprêtaient après une journée chaude et poussiéreuse à descendre dans les eaux grâce aux escaliers taillés à même la pierre. Et aussitôt, par la force de l'affinité secrète des quatre voyages, ils se reconnurent. Ils se saluèrent, puis s'aidèrent dans leurs ablutions, comme ils se seraient mutuellement baptisés. Ensuite ils se séparèrent pour se retrouver la nuit, d'un commun accord, autour d'un feu d'acacia.

— Vous l'avez vu ? fut la première question de Taor.

— Nous l'avons vu, prononcèrent ensemble Gaspard, Melchior et Balthazar.

— C'est un prince, un roi, un empereur entouré d'une suite magnifique ? voulut encore savoir Taor.

— C'est un petit enfant né dans la paille d'une étable entre un bœuf et un âne, répondirent les trois.

Le prince de Mangalore se tut, pétrifié d'étonnement. Il devait y avoir un malentendu. Celui qu'il était venu chercher, lui, c'était le Divin Confiseur, dispensateur de pâtisseries si exquises qu'elles vous ôtaient le goût de toute autre nourriture.

— Cessez de parler tous à la fois, reprit-il, sinon je ne m'y retrouverai jamais.

Puis il se tourna vers le plus vieux et le pria de s'expliquer en premier.

— Mon histoire est longue, et je ne sais par quel bout la prendre, dit Balthazar, en caressant sa barbe blanche d'un air perplexe. Je pourrais te raconter un certain papillon de mon enfance que j'ai cru reconnaître dans le ciel, à l'autre extrémité de ma vie. Les prêtres l'avaient détruit, mais il faut croire qu'il a ressuscité. Il y a aussi Adam, deux Adam, si tu me suis bien, le blanc d'après la chute dont la peau vierge ressemble à un parchemin lavé, et l'Adam noir d'avant la chute, couvert de signes et de dessins comme un livre enluminé. Il y a encore l'art grec entièrement consacré aux dieux, aux déesses et aux héros, et un art plus humain, plus familier que nous attendons tous, et dont mon jeune ami, le peintre babylonien Assour, sera sans doute le précurseur...

Tout cela doit te paraître bien embrouillé, à toi qui viens de si loin avec tes éléphants chargés de friandises. Aussi vais-je me limiter à l'essentiel. Sache donc que, passionné de dessin, peinture et sculpture depuis mon enfance, je me suis toujours heurté à l'hostilité irréductible des hommes de religion qui haïssent toute image ou figuration artistique. Je ne suis pas le seul. Nous fûmes chez Hérode le Grand. Il venait tout justement de noyer dans le sang une émeute fomentée par ses prêtres à propos d'un aigle d'or qu'il avait fait poser au-dessus de la grande porte du temple de Jérusalem. L'aigle avait péri. Les prêtres aussi. Telle est la terrible logique de la tyrannie. J'ai toujours nourri l'espoir de lui échapper. Je suis remonté aux sources de ce drame, à la source unique qui se trouve dans les premières lignes de la Bible. Lorsqu'il est écrit que Dieu fit l'homme à son image et à sa ressemblance, j'ai bien compris qu'il ne s'agissait pas d'une vaine redondance verbale, mais que ces deux mots indiquaient — comme en pointillé — la ligne d'une déchirure possible, menaçante, fatale, qui se produisit en effet après le péché. Adam et Eve ayant désobéi, leur ressemblance profonde avec Dieu fut abolie, mais ils n'en conservèrent pas moins comme un vestige, un visage et une chair qui demeuraient le reflet indélébile de la réalité divine. Dès lors une malédiction pesa sur cette image menteuse que l'homme déchu promène avec lui, tel un roi détrôné qui continuerait à jouer avec son sceptre devenu un hochet dérisoire. Oui, c'est cette image sans ressemblance que condamne la deuxième loi du Décalogue, et contre laquelle s'acharne mon clergé, comme celui d'Hérode. Mais je ne pense pas avec Hérode que les bains de sang résolvent toutes les difficultés. Mon amour des arts ne m'aveugle pas au point d'oblitérer la religion où je suis né et où j'ai grandi. Les textes sacrés sont là, ils m'ont nourri, je ne peux les ignorer. C'est vrai que l'image peut être menteuse et l'art imposteur, et la guerre acharnée que se font les idolâtres et les iconoclastes se poursuit jusque dans mon cœur.

Je suis donc arrivé à Bethléem partagé entre le déchirement et l'espérance.

— Et qu'as-tu trouvé à Bethléem ?

— Un petit enfant dans la paille d'une étable, nous te l'avons dit, et mes compagnons, et tous les témoins de cette nuit — la plus longue de l'année — ne cesseront pas de répéter ce témoignage. Mais cette étable était aussi un temple, le charpentier, père de l'enfant, un patriarche, sa mère, une vierge, l'enfant lui-même, un dieu incarné au plus épais de la pauvre humanité, et une colonne de lumière traversait la toiture de chaume de ce misérable abri. Tout cela avait un sens profond pour moi, c'était la réponse à la question de toute ma vie, et cette réponse consistait dans l'impossible mariage de contraires inconciliables. « Celui qui sonde trop avant les secrets de la divine Majesté sera accablé de sa gloire », a dit le Prophète[9]. C'est pourquoi sur le Sinaï, Yaweh s'est dérobé aux yeux de Moïse dans une nuée. Or cette nuée venait de se dissiper, et Dieu, incarné dans un petit enfant, était devenu visible. Il me suffisait de regarder Assour pour voir se refléter sur le visage d'un artiste l'aurore d'un art nouveau. Il était transfiguré, mon petit peintre babylonien, par la révolution qui s'accomplissait sous ses yeux : le simple geste d'une mère jeune et pauvre, penchée sur son nouveau-né, élevé soudain à la puissance divine. La vie quotidienne la plus humble — ces bêtes, ces outils, ce fenil — baignée d'éternité par un rayon tombé du ciel...

Tu me demandes ce que j'ai trouvé à Bethléem : j'y ai trouvé la réconciliation de l'image et de la ressemblance, la régénération de l'image grâce à la renaissance d'une ressemblance sous-jacente.

— Dès lors, qu'as-tu fait ?

— Je me suis agenouillé parmi les autres, artisans, paysans, ravis, filles d'auberge. Mais la merveille, vois-tu, c'est que chacun de ces agenouillements avait un sens différent. Mon adoration s'adressait à la chair — visible, tangible, bruissante, odorante — transfigurée par l'esprit. Car il n'y a d'art que de chair. Il n'y a de beauté que pour l'œil, l'oreille ou la main. Et aussi longtemps que la chair était maudite, les artistes l'étaient avec elle.

Enfin j'ai déposé aux pieds de la Vierge ce bloc de myrrhe que Maalek, le sage aux mille papillons, avait remis à l'enfant que j'étais il y a un demi-siècle, comme le symbole de l'accession de la chair à l'éternité.

— Et que comptes-tu faire à présent ?

— Assour et moi, nous allons retourner à Nippur afin d'y apporter la bonne nouvelle. Nous saurons convaincre le peuple, mais aussi les prêtres, et au premier chef ce vieux Cheddâd, tout racorni qu'il soit dans ses dogmes rigides : l'image est sauvée, le visage et le corps de l'homme peuvent être célébrés sans idolâtrie.

Je vais reconstruire le Balthazareum, mais non plus

pour y collectionner des vestiges du passé gréco-latin. Non, ce seront des œuvres modernes, celles que je commanderai en roi Mécène à mes artistes, les premiers chefs-d'œuvre de l'art chrétien...

— L'art chrétien, répéta pensivement le prince Taor. Quel étrange assemblage de mots, et comme il est difficile d'imaginer la création future !

— Rien de surprenant à cela, vois-tu. Imaginer une œuvre, c'est déjà commencer à la créer. Et comme toi, je n'imagine rien, car la suite des siècles vierges s'ouvre comme un abîme à mes pieds. Sauf peut-être la toute première de ces œuvres, la première peinture chrétienne, celle qui nous touche et nous concerne tous ici...

— Et que sera-t-elle, cette toute première peinture chrétienne ?

— L'Adoration des Mages, trois personnages chargés d'or et de pourpre, venus d'un Orient fabuleux, se prosterner dans une étable misérable devant un petit enfant.

Il y eut un silence pendant lequel Gaspard et Melchior s'associèrent à la vision de Balthazar. Les siècles à venir leur apparaissaient comme une immense galerie de miroirs où ils se reflétaient tous les trois, chaque fois dans l'interprétation d'une époque au génie différent, mais toujours reconnaissables, un jeune homme, un vieillard et un noir d'Afrique.

Puis la vision s'effaça, et Taor se tourna vers le plus jeune.

— Prince Melchior, lui dit-il, je te sens proche de moi par l'âge. En outre ton oncle t'a dépossédé de ton royaume, et, de mon côté, je ne suis pas sûr que ma mère me laisse jamais régner. Aussi est-ce avec une attention fraternelle que j'écoute ton récit sur la nuit de Bethléem.

— Celle de Bethléem, corrigea aussitôt Melchior avec la fougue de son âge, mais d'abord la nuit de Jérusalem, car ces deux étapes de mon exil sont inséparables.

J'avais quitté Palmyre avec des idées simples sur la justice et le pouvoir. Il y avait selon moi deux sortes de souverains, les bons et les mauvais. Mon père, Théodème, illustrait le type du bon roi. Mon oncle, Atmar, qui avait tenté de me faire assassiner et s'était emparé de mon royaume, c'était le tyran. Ma ligne de conduite s'inscrivait toute droite devant moi : chercher des appuis, des alliés, rassembler une armée, reconquérir l'épée à la main le royaume de mon père, et naturellement châtier l'usurpateur. En une seule nuit — celle du banquet d'Hérode — tout ce beau programme a été bouleversé. A tous les princes qui se préparent à gouverner, je voudrais qu'on fasse lire la vie d'Hérode ! Quel exemple ! Quelle leçon ! Quelle image contradictoire il donne, ce souverain juste, pacifique et avisé, béni par les paysans, les artisans, tous les petits de son royaume, grand bâtisseur, fin diplomate, et qui est derrière les murs de son palais un despote assassin, tortionnaire, infanticide, un fou sanglant. Et ce n'est pas un hasard ou quelque coïncidence historique qui réunit sur la même tête les deux faces de ce Janus Bifrons. C'est une fatalité qui veut que chaque bénédiction descendue sur le peuple soit payée par une abomination perpétrée au sein de la cour. J'ai appris auprès d'Hérode que la violence et la peur sont les ingrédients inexorables du royaume terrestre. Et pas seulement la violence et la peur, mais une lèpre du caractère redoutablement contagieuse qui s'appelle bassesse, duplicité et trahison. Te dirai-je, prince Taor, que pour avoir partagé un seul banquet avec le roi

Hérode et sa cour, nous nous sommes trouvés ensuite infectés, Gaspard, Balthazar et moi-même ?

— Vous trois, infectés de bassesse, de duplicité et de trahison ? Parle, prince Melchior, je veux entendre cela, et que tes compagnons ici présents te contredisent, si tu mens !

— C'est un secret affreux, et je le porterai toute ma vie saignant et suppurant dans mon cœur, car je n'imagine pas ce qui pourrait le guérir. Le voici donc, et en effet, que mes compagnons me crachent au visage si je mens !

Lorsque nous avons parlé de l'étoile et de notre quête en arrivant à la cour, le roi Hérode, ayant consulté ses prêtres, nous a assigné Bethléem comme but de notre voyage en vertu d'un verset du prophète Michée qui dit : « Et toi, Bethléem, terre de Juda, tu n'es pas la plus petite parmi les principales villes de Juda, car de toi sortira le chef qui doit régir Israël, mon peuple [10]. » Aux trois questions dont nous sommes respectivement porteurs, il a ajouté celle de sa propre succession qui le torture au seuil de sa mort. A celle-là aussi, nous dit-il, Bethléem doit répondre. Et il nous a chargés, comme ses plénipotentiaires, de reconnaître ce successeur, de l'honorer, puis de revenir à Jérusalem afin de lui rendre compte. Notre intention était bien de déférer à sa demande en toute loyauté, afin qu'on ne puisse pas dire que ce tyran constamment trompé et bafoué, dont chacun des crimes peut s'expliquer — sinon se justifier — par une félonie, aura été trahi encore sur son lit de mort, par des rois étrangers qu'il avait magnifiquement traités. Or voici que l'archange Gabriel, qui jouait les grands majordomes de la Crèche, nous a recommandé de repartir sans passer par Jérusalem, car, nous a-t-il dit, Hérode nourrissait des projets criminels à l'égard de l'Enfant. Nous avons longtemps

discuté sur la conduite à tenir. J'étais partisan de
rester fidèles à notre promesse. Non seulement c'était
l'honneur, mais nous savions assez à quelles extrémités
se porte le roi des Juifs quand il se voit bafoué. En
repassant par Jérusalem, nous pouvions calmer sa
méfiance, et prévenir de grands malheurs. Mais Gaspard et Balthazar insistaient pour que nous nous
conformions aux ordres de Gabriel. Pour une fois qu'un
archange éclaire notre route ! s'exclamaient-ils. J'étais
seul contre deux, le plus jeune, le plus pauvre, je finis
par me plier à leurs vues. Mais je le regrette, et je crois
bien que je ne me le pardonnerai jamais. Et voici
comment, prince Taor, pour avoir frôlé le pouvoir, je
me trouve souillé à tout jamais.

— Mais tu fus ensuite à Bethléem. Quel enseignement y as-tu trouvé touchant justement le pouvoir ?

— L'archange Gabriel qui veillait au chevet de
l'Enfant m'a appris par la Crèche la force de la
faiblesse, la douceur irrésistible des non-violents, la loi
du pardon qui n'abolit pas celle du talion, mais la
transcende infiniment. Car le talion prescrit à la
vengeance de ne pas dépasser l'offense. Elle apparaît
comme une transition entre la colère naturelle et la
concorde parfaite. Le royaume de Dieu ne sera jamais
donné une fois pour toutes ici ou là. Il faut en forger
lentement la clef, et cette clef, c'est nous-mêmes. J'ai
donc déposé aux pieds de l'Enfant la pièce d'or frappée
à l'effigie de mon père, le roi Théodème. C'était mon
seul trésor, le seul document attestant ma qualité
d'héritier légal du trône de Palmyre. En l'abandonnant, j'ai renoncé à ce royaume pour partir à la
recherche de celui que m'a promis le Sauveur. Je vais
me retirer dans le désert avec mon fidèle Baktiar. Nous
fonderons une communauté avec tous ceux qui voudront se joindre à nous. Ce sera la première cité de

Dieu, tout entière recueillie dans l'attente de l'Avènement. Une communauté d'hommes libres dont la seule
loi commune sera la loi d'amour...

Il se tourna alors vers Gaspard qui était assis à sa
gauche.

— Je viens de prononcer le mot amour. Et je mesure
aussitôt à quel point mon frère l'Africain a meilleure,
plus pure et plus forte vocation que moi pour évoquer
ce sentiment si grand et si mystérieux. Car n'est-ce pas,
roi Gaspard, c'est par amour que tu as quitté ta
capitale et que tu as voyagé si loin vers le nord ?

— C'est par amour, pour l'amour, oui, sous le coup
d'un chagrin d'amour que j'ai traversé des déserts, dit
Gaspard, roi de Méroé. Mais n'allez pas croire que j'ai
fui une femme qui ne m'aimait pas, ni que j'ai cherché
à oublier un amour malheureux. Au demeurant,
Bethléem m'aurait convaincu du contraire si je l'avais
cru. Il faut pour comprendre revenir à... l'encens, à
l'usage que j'avais fait de l'encens une certaine nuit où
nous nous donrions un spectacle de farce, la femme
que j'aimais, son amant et moi-même. Nous nous
étions grotesquement grimés, et des cassolettes nous
enveloppaient de fumées d'encens. Il est certain que la
rencontre de ces fumées d'adoration et de cette scène
dégradante a contribué à m'ouvrir les yeux. J'ai compris... Qu'ai-je compris ? Qu'il fallait partir, cela c'est
certain. Le sens profond de ce départ ne m'est vraiment apparu qu'auprès de l'Enfant. En vérité j'avais
au cœur un grand amour, lequel s'accordait aux
cassolettes et à l'encens, parce qu'il aspirait à s'épanouir en adoration. J'ai souffert aussi longtemps que je
n'ai pas pu adorer. « Satan pleure devant la beauté du
monde », m'avait dit le sage à la fleur de lys. En vérité,
c'était moi qui pleurais d'amour inassouvi. Biltine se
dévoilant à moi de jour en jour plus faible, paresseuse,

bornée, fourbe, frivole, il m'aurait fallu un cœur immense et d'une inépuisable générosité pour la laver de toute cette pauvre humanité. Du moins ne l'ai-je jamais accusée. J'ai toujours su que c'était à moi, à mon manque d'âme qu'il fallait imputer l'indigence de notre aventure. Je n'ai pas eu assez d'amour pour nous deux, voilà tout! Je n'ai pas pu irriguer de lumineuse tendresse son cœur froid, sec et calculateur. Ce que m'a appris l'Enfant — mais je le pressentais, ou du moins j'étais tout entier dans l'attente de cette leçon — c'est qu'un amour d'adoration est *toujours* partagé, parce que sa force de rayonnement le rend irrésistiblement communicatif. En approchant de la Crèche, j'ai déposé d'abord le coffret d'encens aux pieds de l'Enfant, seul être en vérité qui mérite cet hommage sacré. Je me suis agenouillé. J'ai touché de mes lèvres mes doigts, et j'ai fait le geste d'envoyer ce baiser à l'Enfant. Il a souri. Il m'a tendu les bras. J'ai connu alors ce qu'était la rencontre totale de l'amant et de l'aimé, cette vénération tremblante, cet hymne jubilant, cette fascination émerveillée.

Et il y avait quelque chose de plus, qui pour moi, Gaspard de Méroé, surpassait tout le reste en beauté, une surprise miraculeuse que la Sainte Famille avait évidemment préparée dans la seule attente de ma venue.

— Quelle surprise, roi Gaspard? Tu me fais sécher de perplexité et d'impatience!

— Eh bien, voilà! Balthazar t'a dit tout à l'heure qu'il croyait à l'existence d'un Adam noir, l'Adam d'avant la Chute, l'autre Adam, celui du péché étant seul blanc.

— J'ai entendu en effet dans sa bouche une fugitive allusion à l'Adam noir.

— J'ai d'abord cru que Balthazar parlait ainsi pour

me faire plaisir. Il est si bon ! Mais en me penchant sur la crèche pour adorer l'Enfant, que vois-je ? Un bébé tout noir aux cheveux crépus, avec un mignon petit nez épaté, bref un bébé tout pareil aux enfants africains de mon pays !

— Après un Adam noir, un Jésus nègre !

— N'est-ce pas logique ? Si Adam n'a blanchi qu'en commettant le péché, Jésus ne doit-il pas être noir comme notre ancêtre dans son état originel ?

— Mais les parents, Marie et Joseph ?

— Blancs ! Je suis formel, des blancs, comme Melchior et Balthazar !

— Et qu'ont dit les autres, en voyant ce miracle, un enfant noir né de parents blancs ?

— Eh bien vois-tu, ils n'ont rien dit, et moi, par discrétion, pour ne pas les humilier, je n'ai fait ensuite aucune allusion à l'enfant noir que j'avais vu dans la Crèche. Au fond je me demande s'ils ont bien regardé. C'est qu'il faisait un peu sombre dans cette étable. Peut-être suis-je le seul à avoir remarqué que Jésus est un nègre...

Il se tut, attendri par cette vision rétrospective.

— Que comptes-tu faire à présent ? demanda Taor.

— Je vais faire partager à tous ceux qui voudront m'écouter la merveilleuse leçon d'amour de Bethléem.

— Eh bien, commence par le prince Taor, et donne-moi cette première leçon d'amour chrétien.

— L'enfant de la Crèche devenu noir pour mieux accueillir Gaspard, le roi mage africain. Il y a là plus que dans tous les contes d'amour que je sache. Cette image exemplaire nous recommande de nous faire semblable à ceux que nous aimons, de voir avec leurs yeux, de parler leur langue maternelle, de les *respecter*, mot qui signifie originellement *regarder deux fois*. C'est ainsi qu'a lieu l'élévation du plaisir, de la joie et du bonheur à cette puissance supérieure qui a nom : amour.

Si tu attends d'un autre qu'il te donne du plaisir ou de la joie, l'aimes-tu ? Non. Tu n'aimes que toi-même. Tu lui demandes de se mettre au service de ton amour de toi-même. L'amour vrai, c'est le plaisir que nous donne le plaisir de l'autre, la joie qui naît en moi du spectacle de sa joie, le bonheur que j'éprouve à le savoir heureux. Plaisir du plaisir, joie de la joie, bonheur du bonheur, c'est cela l'amour, rien de plus.

— Et Biltine ?

— J'ai déjà dépêché à Méroé un courrier avec l'ordre qu'on libère immédiatement mes deux esclaves phéniciens. Ils feront comme bon leur semblera, et je serai pour ma part assez comblé du bonheur que j'aurai pu apporter à Biltine.

— Seigneur Gaspard, je ne voudrais pas te paraître contrariant, mais il me semble que tu t'es beaucoup détaché de cette femme depuis ta visite à Bethléem...

— Je ne l'aime pas moins, mais d'un amour différent. Ce nouvel amour peut nous illuminer l'un et l'autre de bonheur, mais il ne peut nous diminuer ni l'un, ni l'autre, elle, par exemple en entravant sa liberté, moi en me faisant ronger par la jalousie. Biltine peut me préférer Galeka. Elle s'éloignera alors de moi, après m'avoir donné cependant le bonheur de son bonheur. Je n'en éprouverai aucune aigreur, car je ne prétendrai plus la réduire à l'état d'objet, et exercer mon droit de propriétaire sur cet objet.

— Amis Balthazar, Melchior et Gaspard, dit Taor, je vous avoue très humblement que j'ai fort peu retenu de vos déclarations. L'art, la politique et l'amour, tels que vous entendez les pratiquer désormais, m'apparaissent comme des clefs sans serrures aussi bien que comme des serrures sans clefs. Il est vrai que je ne trouve pas en moi un intérêt bien vif pour ces choses. En vérité nous avons chacun nos préoccupations, l'Enfant sait y répondre avec une très exacte divination de notre intime personnalité. Il en résulte que ce qu'il dit à l'un dans le secret de son cœur est inintelligible aux autres. Je suis passionnément curieux quant à moi de la langue qu'il va me parler ! Car, voyez-vous, pour moi, ce n'est ni un musée, ni un peuple, ni une femme qui m'a fait partir, c'est... Non, je n'essaierai pas de vous expliquer, vous croiriez que je me moque de vous, et vous ririez de moi, ou bien vous vous fâcheriez. Toi seul peut-être, roi Balthazar, tu posséderais assez d'indulgence, de générosité et de liberté d'esprit pour me comprendre et pour admettre que le destin peut emprunter l'apparence d'une infime friandise. L'Enfant, lui, m'attend avec sa réponse toute prête au prince des choses sucrées, accouru vers lui de la côte de Malabar.

— Prince Taor, dit Balthazar, je suis touché de ta confiance, et il y a en toi une naïveté que j'admire, mais qui me fait peur. Lorsque tu dis « l'Enfant m'attend », je comprends surtout que c'est toi, l'enfant qui attend. Quant à l'Autre, celui de la Crèche, prends garde qu'il ne t'attende plus très longtemps. Bethléem n'est qu'un lieu de rassemblement provisoire. Ce n'est qu'une suite d'arrivées et de départs. Tu es le dernier, parce que tu viens de plus loin que les autres. J'aimerais être sûr que tu ne vas pas arriver trop tard.

*

Ces sages paroles du plus sage des rois eurent un effet salutaire sur Taor. Dès le lendemain aux premières lueurs de l'aube sa caravane se mit en route pour

Bethléem, et elle aurait dû y parvenir dans la journée, si un incident grave ne l'avait pas retardée.

Il y eut d'abord un orage qui creva sur les monts de Juda, transformant les oueds desséchés et les ravines caillouteuses en torrents furieux. Les hommes et les éléphants auraient pris leur parti de cette douche rafraîchissante, si le sol transformé en fondrière n'avait rendu leur progression difficile. Ensuite le soleil avait fait une réapparition soudaine, et une épaisse vapeur s'était élevée de la terre détrempée. Chacun s'ébrouait sous les rayons du midi, quand un barrissement désespéré glaça les os des voyageurs. C'est qu'ils connaissaient le sens de tous les cris des éléphants, et ils savaient, sans nul doute possible, que celui qui venait de retentir signifiait angoisse et mort. Un instant après, l'éléphant Jina, qui fermait la marche, se ruait en avant au grand galop, la trompe dressée, les oreilles en éventail, bousculant et écrasant tout sur son passage. Il y eut des morts, des blessés, l'éléphant Asura fut jeté par terre avec son chargement. Il fallut de longs efforts pour maîtriser le désordre qui suivit. Ensuite une colonne partit sur les traces du pauvre Jina qu'il était facile de repérer dans ce pays sablonneux, semé d'arbustes et d'épineux. Il avait beaucoup galopé, l'éléphant pris de soudaine folie, et la nuit tombait quand les hommes parvinrent au terme de sa course. Ils entendirent d'abord un bourdonnement intense provenant d'un ravin profond de cent coudées, comme si une douzaine de ruches s'y trouvaient cachées. Ils approchèrent. Il ne s'agissait pas d'abeilles, mais de guêpes, et en fait de ruche, ils découvrirent le corps du malheureux Jina habillé d'une épaisse couche de guêpes qui lui faisait un caparaçon noir et or, frémissant comme de l'huile bouillante. Il était facile d'imaginer ce qui s'était passé. Jina portait un chargement de sucre, lequel avait fondu sous l'averse et avait recouvert sa peau d'un épais sirop. La proximité d'une colonie de guêpiers avait fait le reste. Sans doute les piqûres ne pouvaient pas percer le cuir d'un éléphant, mais il y avait les yeux, la bouche, les oreilles, l'extrémité de la trompe, sans parler des organes tendres et sensibles situés sous la queue et ses alentours. Les hommes n'osèrent pas approcher le corps de la malheureuse bête. Il leur suffisait de s'assurer de sa mort et de la perte de sa charge de sucre. Le lendemain, Taor, sa suite et les deux éléphants restants firent leur entrée à Bethléem.

Le grand remue-ménage, provoqué dans tout le pays par le recensement officiel, qui avait obligé les familles à aller s'inscrire dans leur commune d'origine, n'avait duré que quelques jours. Après un chassé-croisé général, chacun avait regagné ses foyers. La population de Bethléem retrouvait ses habitudes, mais les rues et les places restaient souillées de tous les vestiges des lendemains de fêtes ou de foires — paille hachée, crottin, couffins crevés, fruits pourris, et jusqu'à des voitures brisées et des animaux malades. Les éléphants et la suite de Taor ne soulevèrent qu'un intérêt médiocre de la part des adultes fatigués et blasés, mais là, comme partout, une nuée d'enfants loqueteux s'agglutina autour d'eux, mendiant et admirant d'un seul élan. L'aubergiste, que leur avaient indiqué les trois rois, leur apprit que l'homme et la femme étaient repartis avec l'enfant après avoir rempli leurs obligations légales. Dans quelle direction? Il ne pouvait le dire. Vers le nord sans doute pour regagner Nazareth d'où ils étaient venus.

Taor tint conseil avec Siri. Celui-ci n'avait qu'une hâte : retourner à Elath où la flottille était mouillée, et attendre paisiblement le temps du changement de mousson pour cingler vers Mangalore. Il faisait valoir le triste état de la caravane, trois éléphants perdus sur cinq, des hommes tués, d'autres malades, disparus — enfuis ou enlevés —, un capital d'argent et de provisions terriblement réduit, le comptable Draoma pouvait en témoigner. Taor l'écoutait avec surprise. Ce langage était celui du bon sens qu'il reconnaissait pour l'avoir tenu lui-même, il y avait très peu de temps encore. Mais un grand changement avait eu lieu en lui. Quand exactement ? Il ne pouvait le dire — et il entendait les arguments de Siri comme une comptine puérile et surannée, complètement étrangère à la situation réelle et à ses impérieuses exigences. Quelles exigences ? Retrouver l'Enfant et lui ouvrir son cœur. Taor ne pouvait plus se dissimuler que sous le motif dérisoire de son expédition — conquérir la recette du rahat loukoum à la pistache — perçait maintenant un dessein mystérieux et profond qui avait certes une vague affinité avec lui, mais qui le dépassait infiniment, comme le sénevé magnifique à l'ombre duquel les hommes viennent se reposer dépasse la graine minuscule dont il est issu.

Taor s'apprêtait donc à ordonner qu'on poursuivît vers le nord, en direction de Nazareth, quoi qu'en pense Siri, quand les dires de la fille de l'auberge vinrent les mettre provisoirement d'accord. C'était elle qui avait assisté la jeune accouchée et donné les premiers soins au nouveau-né. Or elle affirmait avoir surpris des propos de l'homme et de la femme, selon lesquels ils se préparaient à descendre vers le sud, en direction de l'Egypte, pour échapper à un grand danger dont ils auraient été avertis. Quel danger pouvait bien menacer un obscur charpentier sans pouvoir ni fortune, cheminant avec sa femme et son bébé? Taor se souvint d'Hérode. Siri, de son côté, sentait que ce voyage, commencé comme une partie de plaisir, ne cessait de s'assombrir et de s'environner de nuages noirs.

— Maître, suppliait-il, partons sans plus tarder vers le sud. Nous prendrons ainsi à la fois la direction d'Elath et celle de la fuite de la Sainte Famille.

Taor acquiesçait. Mais le départ n'aurait lieu que le surlendemain, car pour l'heure il avait conçu un beau et gai projet qui se situait à Bethléem.

— Siri, dit-il, parmi toutes les choses que j'ai apprises depuis que j'ai quitté mon palais, il en est une dont j'étais à cent lieues de me douter et qui m'afflige particulièrement : les enfants ont faim. Dans tous les bourgs et les villages que nous traversons, nos éléphants attirent des foules d'enfants. Je les observe et je les trouve tous plus maigres, chétifs, efflanqués les uns que les autres. Certains portent sur leurs jambes squelettiques un ventre gonflé comme une outre, et je sais bien que ce n'est qu'un signe supplémentaire de famine, le plus grave peut-être. Alors voici ce que j'ai décidé. Nous avions apporté sur nos éléphants des friandises en abondance pour les donner en offrande au Divin Confiseur que nous imaginions. Je comprends bien maintenant que nous nous trompions. Le Sauveur n'est pas tel que nous l'attendions. De surcroît, je vois de jour en jour au gré de nos tribulations fondre nos bagages et avec eux la troupe de pâtissiers et de confituriers qui les escortaient. Nous allons organiser dans le bois de cèdres qui domine la ville un grand goûter nocturne, auquel nous allons inviter tous les enfants de Bethléem.

Et il distribua les tâches avec un entrain joyeux qui acheva de consterner Siri, de plus en plus convaincu que son maître battait la campagne. Les pâtissiers

allumèrent des feux et se mirent au travail. Le lendemain des odeurs de brioche et de caramel se répandi-
rent dans les ruelles de Bethléem dès le matin, de telle
sorte que la visite de maison en maison faite par les
envoyés de Taor pour inviter tous les enfants — filles et
garçons — au goûter du jardin des cèdres, avait été
bien préparée et fut accueillie avec faveur. Il ne
s'agissait pas à vrai dire de tous les enfants. Le prince
en avait discuté avec ses intendants. On ne voulait pas
des parents, et donc, il fallait exclure les tout petits qui
ne pouvaient se déplacer ni manger seuls. Mais on
descendit autant que possible dans l'échelle des âges,
et on décida finalement de s'en tenir à la limite de deux
ans. Les plus jeunes seraient aidés par les aînés.

Les premiers groupes se présentèrent au jardin des
cèdres dès que le soleil eut disparu derrière l'horizon.
Taor vit avec émotion que ces gens modestes avaient
fait de leur mieux pour honorer leur bienfaiteur. Les
enfants étaient tous lavés, peignés, vêtus de robes
blanches, et il n'était pas rare qu'ils fussent coiffés
d'une couronne de roses ou de laurier. Taor, qui avait
souvent observé des bandes de petits chenapans se
poursuivre en hurlant dans les ruelles et les escaliers
des villages, attendait une bâfrée bruyante et tumul-
tueuse. N'était-ce pas pour réjouir ces petits pauvres
qu'il les faisait venir ? Or ils étaient tous visiblement
impressionnés par ce bois de cèdres, ces flambeaux,
cette vaste table à la vaisselle précieuse, et ils mar-
chaient la main dans la main avec recueillement
jusqu'aux places qu'on leur indiquait. Ils s'asseyaient,
bien droits sur les bancs, et ils posaient leurs petits
poings fermés au bord de la table en prenant garde de
ne pas mettre leurs coudes sur la nappe, comme on le
leur avait recommandé.

Sans les faire languir, on leur apporta bientôt du lait

frais parfumé au miel, car, c'est bien connu, les enfants ont toujours soif. Mais boire ouvre l'appétit, et on disposa sous leurs yeux écarquillés de la gelée au jujube, du ramequin de fromage blanc, des beignets d'ananas, des dattes fourrées au cerneau de noix, des soufflés de litchis, des fritèches de mangues, des croquembouches de nèfles, des crèmes bachiques au vin de Lyda, des galettes de frangipane aux amandes, et cent autres merveilles qui unissaient la tradition indienne et les récentes acquisitions faites par les voyageurs en Idumée et en Palestine.

Taor observait à distance, rempli d'étonnement et d'admiration. La nuit était tombée. Des torches résineuses — en petit nombre et dispersées — baignaient la scène d'une lumière douce, discrète et dorée. Dans la noirceur des cèdres, encombrée de troncs massifs et de branches énormes, la grande table nappée et les enfants vêtus de lin formaient un îlot de clarté impalpable et irréel. On pouvait se demander s'il s'agissait d'une horde de gamins bien vivants, accourus pour se régaler, ou d'une théorie d'âmes innocentes et défuntes flottant comme une fragile constellation dans le ciel nocturne. Et comme si ce festin des élus devait nécessairement s'accompagner du malheur des réprouvés, on entendit soudain l'écho lointain d'un grand cri de douleur monter du village invisible.

Les friandises qu'on avait déversées à foison sur la table n'étaient qu'un amusant prélude. Elles furent vite oubliées quand on vit arriver, sur un brancard porté par quatre hommes, la pièce montée géante, chef-d'œuvre d'architecture pâtissière. C'était en effet, reconstituée en nougatine, massepain, caramel et fruits confits, une miniature fidèle du palais de Mangalore avec des bassins de sirop, des statues de pâte de coing et des arbres d'angélique. On n'avait même pas oublié les cinq éléphants du voyage, modelés dans de la pâte d'amande avec des défenses de sucre candi.

Cette apparition, qui fut saluée par un murmure d'extase, ne fit qu'ajouter à la solennité du festin. Taor ne put se retenir d'adresser à ses invités une brève allocution, tant cette pièce montée lui semblait chargée de signification.

— Mes enfants, commença-t-il, vous voyez ce palais, ces jardins, ces éléphants. C'est mon pays que j'ai quitté pour venir à vous. Et ce n'est pas par hasard que tout cela se trouve ici reproduit en sucreries. Car mon palais était un lieu de délices où tout conspirait au ravissement et à la délectation. Je m'avise soudain que j'ai dit *était* et non *est*, trahissant par là le pressentiment, non que ce palais et ses jardins n'existent plus à l'heure où je vous parle, mais qu'il ne me sera plus jamais donné d'y retourner. C'est d'ailleurs également pour des raisons de sucre, si j'ose dire, que je suis parti. Il s'agissait pour moi de conquérir la recette du rahat loukoum à la pistache. Mais je vois de plus en plus clairement, sous ce prétexte enfantin, percer quelque chose au contraire de grand et de mystérieux. Depuis que j'ai quitté la côte de Malabar — où un chat est un chat et où deux et deux font quatre — il me semble que je m'enfonce dans une plantation d'oignons, car ici chaque chose, chaque animal, chaque homme possède un sens apparent, lequel en cache un second, lequel déchiffré, trahit la présence d'une troisième signification, et ainsi de suite. Et il en va de même pour moi, tel que je me vois, car il me semble que le jeune homme naïf et niais qui a fait ses adieux à la Maharani Taor Mamoré est devenu en quelques semaines un vieillard plein de souvenirs et de préceptes, et je ne pense pas être au bout de mes métamorphoses.

Ainsi donc ce palais de sucre...

Il s'interrompit pour saisir une pelle d'or en forme de yatagan que lui présentait un serviteur.

— ... il faut le manger, c'est-à-dire le détruire.

Il s'interrompit encore, car on entendit monter du village invisible mille et mille petits cris aigus, comme une sorte de pépiement de poussins qu'on égorge.

— ... il faut le détruire, et je pense que c'est l'un de vous qui doit lui porter le premier coup. Toi, par exemple...

Il tendit la pelle d'or à l'enfant le plus proche, un petit berger aux boucles noires, serrées comme un casque. L'enfant leva sur lui ses yeux sombres, mais ne bougea pas. Alors un homme du pays s'approcha de Taor et lui dit : « Seigneur, tu parles hindi, ces enfants ne comprennent que l'araméen. » Puis il prononça quelques mots en araméen. L'enfant saisit la pelle d'or, et, avec décision, l'abattit sur la coupole de nougatine du palais qui s'effondra dans le patio.

C'est alors qu'apparut Siri, méconnaissable, maculé de cendre et de sang, les vêtements déchirés. Il se jeta vers le prince, et l'attira par le bras à quelque distance de la table.

— Prince Taor, haleta-t-il, ce pays est maudit, je l'ai toujours dit ! Voici que depuis une heure, les soldats d'Hérode ont envahi le village, et ils tuent, ils tuent, ils tuent sans pitié !

— Ils tuent ! Qui ? Tout le monde ?

— Non, mais cela vaudrait peut-être mieux. Ils paraissent avoir pour instruction de ne s'en prendre qu'aux enfants mâles de moins de deux ans.

— Moins de deux ans ? Les plus petits, ceux que nous n'avons pas invités ?

— Précisément. Ils les égorgent jusque dans les bras de leur mère !

Taor baissa la tête avec accablement. De toutes les

tribulations qu'il avait subies, celle-ci était à coup sûr la pire. Mais d'où venait le coup ? Ordre du roi Hérode, disait-on. Il se souvenait du prince Melchior qui insistait pour que fût honoré l'engagement pris par les Rois Mages de retourner à Jérusalem afin de rendre compte des résultats de leur mission à Bethléem. Promesse non tenue. Confiance d'Hérode trahie. Or il n'était rien, on le savait d'expérience, dont le tyran ne fût capable quand il s'estimait bafoué. Tous les enfants mâles de moins de deux ans ? Combien cela en ferait-il dans cette population d'autant plus prolifique qu'elle était plus modeste ? L'enfant Jésus, qui se trouvait pour l'heure sur les pistes d'Egypte, échappait au massacre. La rage aveugle du vieux despote frappait à côté. Mais innombrables allaient être ses victimes innocentes !

Absorbés par la mise à sac du palais de sucre, les enfants n'avaient pas remarqué la survenue de Siri. Ils s'étaient enfin animés, et, la bouche pleine, parlaient, riaient, se disputaient les meilleurs morceaux. Taor et Siri les observaient en reculant dans l'ombre.

— Qu'ils se régalent tandis qu'agonisent leurs petits frères, dit Taor. Ils découvriront l'horrible vérité bien assez tôt. Quant à moi, je ne sais ce que l'avenir me réserve, mais je ne peux douter que cette nuit de transfiguration et de massacre ne marque dans ma vie la fin d'un âge, celui du sucre.

L'ENFER DU SEL

Lorsque les voyageurs traversèrent le village dans une aube blafarde, un silence brisé par de rares sanglots l'enveloppait. On murmurait que le massacre avait été exécuté par la légion cimmérienne d'Hérode, formation de mercenaires au mufle roux, venus d'un pays de brumes et de neiges, parlant entre eux un idiome indéchiffrable, auxquels le despote réservait ses missions les plus effrayantes. Ils avaient disparu aussi soudainement qu'ils s'étaient abattus sur le village, mais Taor détourna les yeux pour ne pas voir des chiens faméliques laper une flaque de sang qui se coagulait sur le seuil d'une masure. Siri insista pour qu'on obliquât vers le sud-est, préférant l'aridité du désert de Juda et des steppes de la mer Morte à la présence des garnisons militaires d'Hébron et de Bersabée par lesquelles passait la voie directe. On ne cessait de descendre, et le terrain était parfois si pentu que les éléphants faisaient crouler des masses de terre grise sous leurs larges pieds. Dès la fin du jour, des roches blanches et granuleuses commencèrent à jalonner la progression des voyageurs. Ils les examinèrent : c'était des blocs de sel. Ils entrèrent dans une maigre forêt d'arbustes blancs, sans feuilles, qui paraissaient couverts de givre. Les branches se cassaient comme de la porcelaine : c'était encore du sel. Enfin le soleil disparaissait derrière eux, quand ils virent dans l'échancrure de deux sommets un fond lointain d'un bleu métallique : la mer Morte. Ils préparaient le camp de la nuit, lorsqu'un brusque coup de vent — comme il s'en produit souvent au crépuscule — rabattit sur eux une puissante odeur de soufre et de naphte.

— A Bethléem, dit sombrement Siri, nous avons franchi la porte de l'Enfer. Depuis, nous ne cessons de nous enfoncer dans l'Empire de Satan [11].

Taor n'était ni surpris, ni inquiet. Ou s'il l'était, sa curiosité passionnée l'emportait sur tout sentiment de peur ou d'angoisse. Depuis son départ de Bethléem, il ne cessait de rapprocher et de comparer deux images apparues en même temps, et pourtant violemment opposées : le massacre des petits enfants et le goûter du jardin des cèdres. Il avait la conviction qu'une affinité secrète unissait ces deux scènes, que, dans leur contraste, elles étaient d'une certaine façon complémentaires, et que, s'il était parvenu à les superposer, une grande lumière aurait jailli sur sa propre vie, et même sur le destin du monde. Des enfants étaient égorgés pendant que d'autres enfants assis autour d'une table se partageaient des nourritures succulentes. Il y avait là un paradoxe intolérable, mais aussi une clef pleine de promesses. Il comprenait bien que ce qu'il avait vécu cette nuit à Bethléem préparait autre chose, n'était en somme que la répétition maladroite, et finalement avortée, d'une autre scène où ces deux extrêmes — repas amical et immolation sanglante — se trouveraient confondus. Mais sa méditation ne parvenait pas à percer l'épaisseur trouble à travers laquelle il entrevoyait la vérité. Seul un mot surnageait dans son esprit, un mot mystérieux qu'il avait entendu pour la première fois depuis peu, mais où il y avait plus d'ombre équivoque que d'enseignement limpide, le mot *sacrifice*.

La descente reprit le lendemain, et plus ils s'enfonçaient au milieu des ravines et des éboulis, plus l'air immobile et brûlant se chargeait d'émanations minérales. Enfin la mer Morte se dévoila à leurs pieds dans toute son étendue avec, au nord, l'embouchure du Jourdain, et, de l'autre côté, la rive orientale dominée par la silhouette tourmentée du mont Nébo. Une étrange particularité les intrigua : sur toute sa surface, le miroir bleu acier apparaissait piqueté de points blancs, comme si une forte brise avait soulevé et fait moutonner des vagues. Or l'air, pesant comme un couvercle de plomb, était parfaitement immobile.

Bien que leur itinéraire eût pu les faire passer assez loin de la mer, ils ne purent résister à l'attrait qu'exerce toute étendue d'eau — étang, lac ou océan — sur des voyageurs du désert. On décida donc de poursuivre vers l'est jusqu'à la côte, puis de la longer ensuite vers le sud. Ils ne se trouvaient plus qu'à une portée de flèche de la plage, quand d'un mouvement commun, hommes et bêtes se mirent à courir vers l'eau qui les appelait de toute sa pureté et de son calme huileux. Les plus rapides plongèrent en même temps que les éléphants. Ce fut pour en ressortir aussitôt en se frottant les yeux et en crachant avec dégoût. C'est que cette belle eau, non pas transparente certes, mais translucide, d'un bleu chimique parcouru de traînées sirupeuses, n'est pas seulement saturée de sel — au point qu'il tient lieu de sable sur la plage et au fond de l'eau —, elle est surchargée de brome, de magnésie, de naphte, une vraie soupe de sorcière qui empoisse la bouche, brûle les yeux, rouvre les plaies fraîchement cicatrisées, couvre tout le corps d'un enduit visqueux qui se transforme en séchant au soleil en une carapace de cristaux. Taor, arrivé l'un des derniers, voulut en faire l'expérience. Prudemment il s'assit dans le liquide chaud, et se mit à flotter, comme posé sur un invisible fauteuil, plus bateau que nageur, se propulsant avec ses mains comme avec des rames. Mais ces mains, justement il eut la surprise de les trouver en sortant tout inondées de sang. « C'est que tu auras eu des plaies mal fermées que tu avais oubliées, expliqua Siri. Cette eau paraît extraordinairement avide de sang, et lorsqu'elle devine sa proximité sous un épiderme encore diaphane, elle se rue à sa rencontre et finit par le faire jaillir. » Cela, Taor l'avait appris et compris dès le premier instant. L'ennui, c'était qu'il n'avait aucune souvenance d'une cicatrice quelconque sur ses mains — non, Siri avait beau dire, c'était spontanément, ou comme obéissant à un ordre mystérieux que ses deux paumes s'étaient mises à saigner.

En revanche, il put facilement éclaircir le mystère du moutonnement blanc apparaissant sur cette nappe liquide, lourde et paresseuse, bien incapable de déferler et d'écumer. Il s'agissait en réalité d'énormes champignons de sel blanc, enracinés sur le fond, et émergeant comme des récifs par le sommet de leur chapeau. Chaque fois qu'une onde le recouvre, elle lui ajoute une nouvelle couche de sel.

On établit le camp sur le rivage que jonchaient des troncs blanchis, semblables à des squelettes d'animaux préhistoriques. Seuls les éléphants paraissaient avoir pris leur parti des bizarreries de cette mer que le prophète a appelée « le grand lac de la colère de Dieu ». Enfoncés dans le liquide corrosif jusqu'aux oreilles, ils se douchaient mutuellement avec leurs trompes. La nuit tombait quand les voyageurs furent témoins d'un petit drame qui les impressionna plus encore que tout le reste. Venant de l'autre rive, un

grand oiseau noir volait vers eux au-dessus de la mer
que plombait le crépuscule. Il s'agissait d'une sorte de
râle, un oiseau migrateur qui affectionne les régions
marécageuses. Or sa silhouette qui se détachait comme
dessinée à l'encre de Chine sur le ciel phosphorescent,
paraissait voler de plus en plus difficilement et perdre
rapidement de la hauteur. La distance à franchir était
médiocre, mais les émanations délétères qui montaient des eaux tuaient toute vie. Soudain les battements des ailes s'accélérèrent dans un dernier réflexe
d'affolement. Les ailes battaient plus vite, mais le râle
demeurait suspendu sur place. Puis comme frappé par
un trait invisible, il tomba, et les eaux se refermèrent
sur lui sans un bruit, sans une éclaboussure.

— Maudit, maudit, maudit, pays maudit ! gronda
Siri en s'enfermant dans sa tente. Nous voici donc
descendus à plus de huit cents coudées au-dessous du
niveau de la mer, et tout nous rappelle que nous
sommes au royaume des démons. Je me demande si
nous en sortirons jamais !

Le malheur qui les frappa le lendemain matin parut
confirmer ces sombres pressentiments. On commença
par constater la disparition des deux derniers éléphants. Mais les recherches furent bientôt interrom-
pues, car ils étaient là, indiscutablement, à portée de
voix, sous les yeux de chacun : deux énormes champignons de sel en forme d'éléphant s'étaient simplement
ajoutés aux autres concrétions salines qui encombraient les basses eaux. A force de s'arroser mutuellement à l'aide de leur trompe, ils s'étaient enveloppés
sous une carapace de sel de plus en plus épaisse, et ils
n'avaient cessé de l'alourdir en poursuivant leurs
ablutions une partie de la nuit. Ils étaient là, indiscutablement, paralysés, étouffés, broyés par la masse de

sel, mais à l'abri des injures du temps pour plusieurs siècles, pour plusieurs millénaires.

Parce qu'il s'agissait des deux derniers éléphants de l'expédition, la catastrophe était irrémédiable, absolue. Jusqu'alors, on avait pu répartir sur les animaux restants l'essentiel de la charge des éléphants perdus. Cette fois, c'était fini. D'énormes quantités de provisions, d'armes, de marchandises durent être abandonnées faute de porteurs. Mais ce qu'il y avait de plus grave encore, c'était les hommes dont ces bêtes avaient été la raison d'être, et qui désormais ne se sentaient plus attachés à l'expédition, et les autres, tous les autres, qui s'apercevaient soudain que les pachydermes étaient bien davantage que des bêtes de somme, le symbole du pays natal, l'incarnation de leur courage, de leur fidélité au Prince. La veille, c'était encore la caravane du Prince Taor de Mangalore qui avait déployé ses tentes sur les rivages de la mer Morte. Ce matin-là, ce ne fut plus qu'une poignée de naufragés, en marche vers un salut incertain, qui prit la direction du sud.

Il leur fallut trois jours pour atteindre la limite méridionale de la mer. Depuis la veille, ils cheminaient au pied de falaises gigantesques percées de grottes dont plusieurs avaient dû être habitées. On y accédait en effet par des sentiers visiblement taillés de main humaine, des escaliers creusés dans la terre durcie, et même de grossières échelles ou des passerelles faites de troncs mal équarris. Mais en l'absence de pluies et de végétation, ces installations seraient demeurées des siècles en parfait état, et rien ne permettait de savoir si elles étaient abandonnées et depuis combien de temps.

Ils observaient en progressant les rives du lac se rapprocher régulièrement, et ils prévoyaient que bientôt elles se rejoindraient, quand ils furent arrêtés par

un site d'une grandiose et fantastique tristesse. C'était
une ville, sans doute, et qui avait dû être magnifique,
mais c'eût été trop peu dire que de parler de ruines à
propos des vestiges qui en restaient. Des ruines, cela
évoque l'action douce et lente du temps, l'érosion des
pluies, la cuisson du soleil, le délitement des pierres
provoqué par les ronces et les lichens. Rien de semblable ici. Visiblement cette cité avait été foudroyée en un
seul instant, alors qu'elle resplendissait de force et de
jeunesse. Les palais, les terrasses, les portiques, une
place immense ayant en son centre un bassin peuplé de
statues, des théâtres, des marchés couverts, des arca-
des, des temples, tout avait fondu comme de la cire
molle sous le feu de Dieu. La pierre brillait de l'éclat
noir de l'anthracite, et surtout ses surfaces semblaient
vitrifiées, ses angles rabotés, ses arêtes arrondies,
comme sous la flamme de cent mille soleils. Pas un
bruit, pas un mouvement ne venaient réveiller cette
immense nécropole, et on aurait pu la dire inhabitée,
si elle n'avait eu une population à son image, des
silhouettes d'hommes, de femmes, d'enfants, et même
d'ânes et de chiens, projetées et imprimées sur les
murs et les chaussées par un souffle de fin du monde.

— Pas une heure, pas une minute de plus ici !
gémissait Siri. Taor, mon prince, mon maître, mon
ami, tu vois : nous venons d'atteindre le dernier cercle
de l'enfer. Mais sommes-nous donc morts et damnés
pour séjourner ici ? Non, nous sommes vivants et
innocents ! Alors partons ! Viens, allons-nous-en ! Nos
navires nous attendent à Elath.

Taor n'écoutait pas ces supplications, car toute son
attention était requise par d'autres voix indistinctes
mais impérieuses, dont bourdonnaient ses oreilles
depuis Bethléem. De plus en plus sa vie se construisait
à ses propres yeux par étages superposés dont chacun

possédait une affinité évidente avec le précédent — et il était chaque fois contraint par l'évidence à s'y reconnaître lui-même — mais aussi une originalité surprenante, à la fois âpre et sublime. Il assistait subjugué à la métamorphose de sa vie en destin. Car il se retrouvait maintenant en enfer, mais tout n'avait-il pas commencé par des pistachiers ? Où allait-il ? Comment tout cela finirait-il ?

Ils étaient arrivés auprès d'un temple dont il ne restait que l'escalier, des tronçons de colonnes, et, plus loin, un gros cube de pierre qui avait dû être l'autel. Taor gravit quelques marches du parvis — usées comme si des légions d'anges et de démons les avaient foulées — puis il se tourna vers ses compagnons. Il n'avait que tendresse et reconnaissance pour ces hommes de chez lui qui l'avaient fidèlement suivi dans une aventure à laquelle ils ne comprenaient rien, mais il était temps qu'ils sachent, qu'ils décident, qu'ils cessent d'être des enfants irresponsables.

— Vous êtes libres, leur dit-il. Moi Taor, prince de Mangalore, je vous délivre de toute allégeance à ma personne. Esclaves, vous êtes affranchis. Hommes liés par parole ou contrat, vous êtes quittes. Amis fidèles, je vous conjure de ne plus vous sacrifier à moi, si aucune conviction impérieuse ne vous pousse à me suivre. Nous nous sommes embarqués dans un voyage qui promettait d'être plaisant, prévu, limité, en vertu notamment de la frivolité de son but. Ce voyage a-t-il jamais commencé ? J'en doute parfois. En tout cas, il s'est achevé une certaine nuit à Bethléem, tandis que des enfants se régalaient et que leurs frères mouraient. Depuis, c'est un autre voyage qui a débuté, mon voyage personnel, et je ne sais où il me mène, ni si je l'accomplirai seul ou avec un compagnon. C'est à vous de décider. Je ne vous chasse pas, je ne vous retiens pas. Vous êtes libres !

Puis sans un mot de plus, il revint se mêler à eux. Ils marchèrent longtemps dans des ruelles qui serpentaient entre des bouges. Finalement, comme la nuit tombait, ils se tassèrent dans ce qui avait dû être le jardin intérieur d'une villa, et qui ne ressemblait plus qu'à un cul-de-basse-fosse. Une multitude de frôlements au ras du sol les avertit qu'en entrant, ils avaient dû déranger une famille de rats ou un nid de serpents.

Taor conclut des événements qui suivirent qu'il avait dormi plusieurs heures. Il reprit conscience en effet en entendant des pas sonores ponctués de coups de crosse qui retentissaient dans la ruelle. En même temps des lueurs et des ombres dansaient sur les murs, évidemment suscitées par une lanterne balancée à bout de bras. Les bruits s'éloignèrent, les lueurs s'effacèrent. Mais le sommeil ne revint pas. Un peu plus tard bruits et lueurs recommencèrent, comme s'il s'agissait d'une ronde effectuée régulièrement par un veilleur. Cette fois l'homme entra dans le jardin. Il éblouit Taor en levant sa lanterne. Il n'était pas seul. Derrière lui se dissimulait une autre silhouette. Il fit quelques pas et se pencha sur Taor. Il était grand, vêtu d'une robe noire, laquelle tranchait avec l'extrême pâleur de son visage. Derrière lui, son compagnon attendait, un lourd bâton à la main. L'homme se releva, recula, inspecta la cour délabrée où il se trouvait. Alors son visage s'épanouit, et il éclata d'un rire sonore.

— Nobles étrangers, dit-il, soyez les bienvenus à Sodome !

Et son rire reprit de plus belle. Enfin il fit demi-tour, et repartit comme il était venu. Pourtant les lueurs dansantes de la lanterne avaient permis à Taor de mieux voir l'homme qui l'accompagnait, et le prince était stupéfait de surprise et d'horreur. De cet homme, il aurait bien voulu dire qu'il était entièrement nu, mais il s'agissait de tout autre chose. Cet homme était rouge, rouge sang, et sur tout son corps on voyait distinctement ses muscles, ses nerfs et ses vaisseaux parcourus par le frémissement de la vie. Non, cet homme n'était pas nu, il était écorché, un écorché vif et vivant, qui parcourait Sodome enténébrée, un gourdin à la main.

Les heures qui suivirent, Taor les passa dans une demi-inconscience où il y avait du sommeil, de la lucidité, quelques hallucinations aussi sans doute. Cependant des bruits et des rumeurs qui venaient de la ville — des roulements de chars, des pas de bêtes sur les pavés, des cris, des appels, des jurons —, tout un grondement sourd de foule et de trafic était bien réel et prouvait que Sodome demeurait habitée et vivait d'une vie secrète et nocturne. Cette vie diminua et s'évanouit tout à fait avec la naissance du jour. Alors regardant autour de lui, Taor s'aperçut qu'il n'avait plus qu'un seul compagnon à ses côtés. Siri sans doute ? Il ne pouvait en être sûr, car l'homme dormait, enveloppé jusqu'aux cheveux dans une couverture. Taor lui toucha l'épaule, puis le secoua en l'appelant. Le dormeur émergea tout à coup de sa couverture et dressa une tête échevelée vers Taor. Ce n'était pas Siri, c'était Draoma, un infime personnage auquel Taor n'avait jamais prêté attention, qui vivait dans l'ombre de Siri et qui remplissait scrupuleusement les délicates et importantes fonctions de trésorier-comptable de l'expédition.

— Que fais-tu là ? Où sont les autres ? l'interrogea ardemment le prince.

— Tu nous as rendu notre liberté, dit Draoma. Ils

sont partis. La plupart en direction d'Elath à la suite de Siri.

— Qu'a dit Siri pour justifier son départ ?

— Il a dit que ces lieux étaient maudits, mais que tu y étais inexplicablement retenu.

— Il a dit cela ? s'étonna Taor. C'est vrai que je ne peux me résoudre à quitter ce pays avant d'y avoir trouvé ce que — sans bien le savoir — je suis venu y chercher. Mais pourquoi Siri ne m'a-t-il pas parlé avant de me quitter ?

— Il a dit que cela lui serait trop difficile. Il a dit qu'avec ton petit discours tu nous as placés en face d'un choix diabolique : partir comme des voleurs, ou rester.

— Et il est parti comme un voleur. Je lui pardonne. Mais toi, pourquoi es-tu resté ? As-tu seul voulu demeurer fidèle à ton prince ?

— Non, Seigneur, non, reconnut Draoma avec franchise. Je serais volontiers parti, moi aussi. Mais je suis responsable du trésor de l'expédition, et il faut que tu prennes connaissance de mes comptes. Je ne peux me présenter à Mangalore sans ton cachet. D'autant plus que nos dépenses ont été considérables.

— Ainsi dès que j'aurai visé tes comptes, tu fuiras, toi aussi ?

— Oui, Monseigneur, répondit sans honte Draoma. Je ne suis qu'un petit comptable. Ma femme et mes enfants...

— C'est bien, c'est bien, l'interrompit Taor. Tu auras ton visa. Mais ne restons pas dans ce trou.

Sous la lumière rasante du soleil levant, la ville retrouvait un relief qu'elle n'avait plus depuis sa destruction, mais irréel, spectral, fantomatique. Ce n'était pas des tours, des chapiteaux, des toitures qui meublaient l'espace, mais des ombres immenses proje-

tées noires sur les dalles rosies par la lumière du
levant. Taor foulait ces ombres, ailé par un sentiment
de bonheur qu'il ne cherchait pas à s'expliquer. Il avait
tout perdu, ses friandises, ses éléphants, ses compagnons ; il ne savait où il allait ; son dénuement et sa
disponibilité à tout ce qui pourrait lui advenir le
plongeaient dans une ébriété chantante.

Une vague rumeur, des blatèrements de chameaux,
des coups sourds, des jurons et des gémissements
l'attirèrent vers le sud de la ville. Ils débouchèrent sur
une aire assez vaste où une caravane se préparait à
partir. Les chameaux de bât, une corde grossière nouée
à la mâchoire inférieure, promenaient autour d'eux un
regard lourd de mélancolie hautaine. Parce qu'on leur
entravait les pattes de devant, ils ne pouvaient marcher qu'à petits pas pressés. On les désentravait, mais
c'était pour les faire baraquer, et ils se laissaient
tomber d'abord en avant, puis en arrière avec des
grondements d'exaspération. Ensuite avait lieu le brel-
lage des charges de sel, seule marchandise emportée
par la caravane, tantôt en plaques rectangulaires
translucides — quatre par chameau — tantôt en cônes
moulés, emballés dans des nattes en feuilles de palmier. L'aire ouvrait directement sur le désert, et Taor
songeait malgré lui à un port — Elath ou Mangalore —
où une flotille se préparerait fiévreusement à appareil-
ler pour une longue traversée. C'est que rien ne
ressemble en vérité à une croisière monotone et régu-
lière sur une mer calme, comme le cheminement d'une
caravane au milieu des dunes blondes qui ondulent
jusqu'au fond de l'horizon.

Il observait un jeune caravanier qui mettait en place
un savant entrelacs de cordelettes destiné à empêcher
le faix de glisser sur le dos de la bête, quand une demi-
douzaine de soldats interpellèrent l'homme et l'entou-

rèrent étroitement. Il y eut une discussion assez vive
dont le sens échappa à Taor, puis les soldats encadrè-
rent le caravanier et l'entraînèrent avec eux. Un
homme obèse, portant noué autour de la taille le
chapelet à calculer des marchands, suivait la scène de
près, et semblait chercher des yeux un témoin pour lui
faire partager son indignation satisfaite. Avisant soudain Taor, il lui expliqua :

— Ce fripon me doit de l'argent, et il s'apprêtait à
filer avec la caravane ! Il était temps qu'on l'arrête !

— Où l'emmène-t-on ? demanda Taor.

— Devant le juge mercurial, évidemment !

— Et ensuite ?

— Ensuite ? s'impatienta le marchand, eh bien il
faudra qu'il me rembourse, et comme il en est incapable, eh bien ce sera les mines de sel !

Puis, haussant les épaules devant tant d'ignorance, il
courut après les soldats.

Le sel, le sel, toujours le sel ! Taor n'entendait plus
que ce mot depuis Bethléem, un mot obsédant et
fondamental, formé de trois lettres, comme le blé, le
vin, le mil, le riz, le thé, nourritures de base, chargées
de symboles et définissant autant de civilisations
différentes. Mais s'il existe une civilisation du blé, du
mil ou du riz, peut-on imaginer une civilisation du sel ?
N'y a-t-il pas dans ce cristal une amertume et une
causticité qui s'opposent à ce que rien de bon ni de
vivant en découle ? Tout en marchant à la suite des
soldats et de leur prisonnier, il interrogea Draoma.

— Dis-moi, trésorier-comptable, que représente le
sel à tes yeux ?

— Le sel, Monseigneur, c'est une immense richesse !
C'est le cristal précieux, comme il y a des pierres
précieuses, des métaux précieux. Dans de nombreuses
régions, il sert de monnaie d'échange, une monnaie

sans effigie, et donc indépendante du pouvoir du prince et de ses manipulations frauduleuses. Une monnaie par conséquent incorruptible, mais qui ne vaut que sous les climats absolument secs, car elle a le défaut de fondre et de disparaître à la première pluie.

— Incorruptible pour l'homme, mais à la merci d'une averse !

Taor admirait le génie de ce cristal qui continuait à s'enrichir d'attributs contradictoires, et était également capable de rendre loquace et spirituel un comptable simplet.

Les soldats et leur prisonnier, toujours suivis du gros marchand, avaient disparu derrière un pan de mur. Taor et son compagnon y découvrirent un étroit escalier, dans lequel ils s'engagèrent à leur tour. Un boyau en pente menait ensuite à une belle et grande cave qui avait dû jadis être surmontée d'un imposant édifice à en juger par ses murs à contreforts et son plafond en ogive. Une foule silencieuse allait et venait sans prendre garde — sinon justement par son silence — au tribunal de mercurie qui siégeait dans un renfoncement en forme d'abside. Taor observait passionnément ces hommes, ces femmes, ces enfants, tous Sodomites, habitants secrets — ou ignorés, en vertu d'une convention tacite, par leurs voisins — de la cité maudite, survivants d'une population exterminée par le feu du ciel, mille ans auparavant. « Il faut croire que cette espèce est indestructible, pensa-t-il, puisque Dieu lui-même n'en est pas venu à bout ! » Il cherchait sur ces visages, dans ces silhouettes ce qui pouvait caractériser le peuple sodomite. Leur maigreur et l'impression de force qu'ils donnaient les faisaient paraître grands, alors qu'ils ne dépassaient guère la moyenne. Mais même chez les femmes et les enfants, on ne trouvait en eux ni fraîcheur ni tendresse, car il y avait dans leur corps une sécheresse et une légèreté, dans leur visage une expression de vigilance tendue, toujours prête au sarcasme, qui attiraient et faisaient peur en même temps. « La beauté du Diable », pensa Taor, car il n'oubliait pas qu'il s'agissait d'une minorité réprouvée et haïe pour ses mœurs, mais tout disait dans leur allure et leur comportement qu'ils se voulaient iné-branlablement de leur race, sans provocation, mais non sans fierté.

Taor et Draoma s'approchèrent du tribunal où le caravanier allait être jugé. Aux soldats et au plaignant s'étaient joints quelques curieux, mais aussi une femme au visage ravagé par le chagrin, serrant contre elle quatre petits enfants. On se montrait aussi trois personnages vêtus de cuir rouge et veillant sur des outils inquiétants, dont les airs bonasses étaient démentis par les évidentes fonctions de bourreaux.

L'audience se déroula très rapidement, le juge et ses assesseurs n'écoutant qu'à peine les réponses et les contestations de l'accusé.

— Si vous m'emprisonnez, je ne pourrai plus exer-cer mon métier, et alors comment gagnerai-je de quoi payer mes dettes ? argumentait-il.

— On va te fournir un autre genre de travail, ironisa l'accusateur.

La condamnation ne faisant plus de doute, les cris de la femme et des enfants redoublèrent. C'est alors que Taor s'avança devant le tribunal, et demanda la permission de prendre brièvement la parole.

— Cet homme a une femme et quatre petits enfants qui seront frappés durement et très injustement par sa condamnation, dit-il. Les juges et le plaignant veulent-ils permettre à un riche voyageur de passage à Sodome d'acquitter les sommes dues par l'accusé ?

L'offre était sensationnelle, et la foule commença à

se masser autour du tribunal. Le président fit signe au marchand de s'approcher, et ils s'entretinrent un moment à voix basse. Puis il frappa du plat de la main sur son pupitre et demanda le silence. Ensuite il déclara que l'offre de l'étranger était acceptée, à condition que la somme fût versée immédiatement, dans des espèces indiscutables.

— De quelle somme s'agit-il ? demanda Taor.

Un murmure d'étonnement admiratif parcourut les assistants : ainsi le généreux étranger ne savait même pas à quoi il s'engageait !

Le marchand prit sur lui de répondre aussitôt à Taor.

— J'abandonne les intérêts dus au retard, ainsi que les frais de justice auxquels j'ai dû faire face. J'arrondis la somme à son unité inférieure. Bref, je me tiendrai quitte avec un remboursement de trente-trois talents.

Trente-trois talents ? Taor n'avait aucune idée de la valeur d'un talent, comme aussi bien de celle de toute autre monnaie, mais le chiffre trente-trois lui parut modeste et donc rassurant, et c'est avec la plus grande égalité d'âme qu'il se tourna vers Draoma, et lui ordonna : « Paie ! » Toute la curiosité de la foule se concentra alors sur le comptable. Allait-il vraiment accomplir le geste magique qui libérerait le débiteur insolvable ? La bourse qu'il tira de son manteau parut d'une taille dérisoire, moins décevante pourtant que les paroles qu'il prononça.

— Prince Taor, dit-il, tu ne m'as pas laissé le temps de te rendre compte de nos dépenses et de nos pertes. Depuis notre départ de Mangalore, elles ont été énormes. Ainsi lorsque le Bodhi fut abandonné aux gypaètes...

— Epargne-moi le récit de tout notre voyage, l'interrompit Taor, et dis-moi sans détour combien il te reste.

— Il me reste deux talents, vingt mines, sept drach-
mes, cinq sicles d'argent et quatre oboles, récita le
comptable d'une traite.

Un rire éclatant s'éleva de la foule. Ainsi ce voyageur
si sûr de lui avec ses gestes de grand seigneur n'était
qu'un imposteur ! Taor rougit de colère, mais plus
encore contre lui-même que contre ce public hilare.
Comment ! Il y avait moins d'une heure, il jouissait de
son dénuement comme d'une jeunesse inespérée
offerte par le destin, il s'enivrait de sa pauvreté et de sa
disponibilité comme d'un vin nouveau auquel il goûtait pour la première fois, et, rencontrant une épreuve
— cet homme perdu de dettes, cette femme chargée
d'enfants —, il agissait en prince cousu d'or qui sup-
prime tous les obstacles d'un seul geste en direction de
son grand argentier ! Il leva la main pour demander à
nouveau la parole.

— Seigneurs juges, dit-il, je vous dois des excuses, et
tout d'abord pour ne pas m'être mieux présenté. Je suis
Taor Malek, prince de Mangalore, fils du Maharaja
Taor Malar et de la Maharani Taor Mamoré. La petite
scène assez ridicule — j'en conviens — à laquelle vous
venez d'assister ne s'explique pas autrement : je n'ai
de ma vie touché ni même vu une pièce de monnaie.
Talent, mine, drachme, sicle et obole, ce sont autant de
mots d'une langue que je ne parle ni n'entends. Trente-
trois talents, telle serait la somme nécessaire pour
sauver cet homme ? Il ne m'était pas venu à l'esprit
qu'elle pût me manquer ! Donc je ne l'ai pas ? Qu'à cela
ne tienne ! J'ai autre chose à vous offrir. Je suis jeune,
je me porte bien. Trop bien peut-être, si j'en juge par
mon ventre ! Surtout, je n'ai ni femme ni enfant.
Solennellement, Seigneurs juges et toi, marchand plaignant, je vous demande d'accepter que je prenne la
place du prisonnier dans vos prisons. J'y travaillerai

jusqu'à ce que j'aie gagné de quoi rembourser cette dette de trente-trois talents.

La foule avait cessé de rire. L'énormité du sacrifice imposait le silence et le respect.

— Prince Taor, dit alors le juge, tu ne mesurais pas tout à l'heure l'importance de la somme nécessaire au rachat du débiteur. Tu nous fais maintenant une proposition incomparablement plus grave, puisque c'est sur ton corps et ta vie que tu offres de payer. As-tu bien réfléchi ? N'agis-tu pas sur un mouvement de dépit, parce qu'on a ri de toi tout à l'heure ?

— Seigneur juge, le cœur de l'homme est obscur et trouble, et je ne peux jurer de ce qui se cache, même dans le mien. Quant aux motifs qui me poussent à agir comme je fais, j'aurai tout le temps de ma captivité pour les démêler. Qu'il te suffise de savoir qu'ils sont lucides, fermes et irrévocables. Je me propose encore une fois pour assumer à la place de cet homme le temps de captivité nécessaire au paiement de sa dette.

— Soit, dit le juge, qu'il soit fait selon ta volonté. Qu'on lui mette les fers !

Les bourreaux s'agenouillèrent aussitôt avec leurs outils aux pieds de Taor. Draoma, qui avait toujours la bourse à la main, jetait des regards épouvantés à droite et à gauche.

— Mon ami, lui dit Taor, garde cet argent, il te sera utile pour ton voyage. Va ! Retourne à Mangalore où t'attend ta famille. Je ne te demande que deux choses : premièrement ne pas dire un mot là-bas de ce que tu viens de voir, ni du sort qui m'est réservé.

— Oui, prince Taor, je saurai me taire. Et l'autre chose ?

— Viens m'embrasser, car je ne sais pas quand je reverrai un homme de mon pays.

Ils s'étreignirent, puis le comptable s'enfonça dans la

foule, en essayant vainement de dissimuler sa hâte. Les bourreaux continuaient à s'affairer aux pieds de Taor. Le prisonnier libéré s'abandonnait aux effusions de sa famille. On allait entraîner Taor, quand il se tourna une dernière fois vers le juge.

— Je sais que je dois travailler pour la somme de trente-trois talents, dit-il. Mais combien de temps faut-il à un de vos prisonniers pour réunir cette somme ?

La question parut surprendre le juge qui s'était déjà plongé dans le dossier d'une autre affaire.

— Combien de temps faut-il à un prisonnier saunier pour gagner trente-trois talents ? Mais voyons, c'est clair, trente-trois ans !

Puis il se détourna en haussant les épaules. Trente-trois ans ! Cette perspective de temps pratiquement infinie donna le vertige à Taor. Il chancela, et c'est évanoui qu'on l'emporta dans les souterrains des salines.

*

Pour tous les prisonniers sauniers, le régime d'initiation était le même. Le choc du changement des conditions de milieu et de vie ébranlait si durement les constitutions même les plus grossières qu'il fallait avant toute chose prévenir un suicide. Le nouveau venu se voyait donc enfermé dans les fers au fond d'une cellule individuelle. On le nourrissait au besoin de force avec une canule. Une expérience séculaire avait montré que l'acclimatation avait d'autant plus de chances de réussir qu'elle était plus radicale. Une fois passée la grande crise initiale du désespoir — qui pouvait durer de six jours à six mois — il n'était pas question que le saunier revoie la lumière du jour avant cinq années. De même il ne rencontrerait durant cette période que des hommes de la mine, soumis aux mêmes conditions que lui, et sa nourriture ne varierait pas de ce qu'elle serait désormais : poissons séchés et eaux saumâtres. Et il va de soi que c'est dans ce dernier domaine que Taor — le prince du sucre — eut à opérer la réforme la plus pénible de ses goûts et de ses habitudes. Dès le premier jour, il eut le gosier enflammé par une soif ardente, mais justement, ce n'était encore qu'une soif de gorge, localisée et superficielle. Peu à peu elle disparut, mais ce fut pour faire place à une autre soif, moins cuisante peut-être, mais profonde, essentielle. Ce n'était plus sa bouche et sa gorge qui appelaient l'eau douce, c'était tout son organisme, chacune de ses cellules qui souffraient d'une déshydratation fondamentale et se rassemblaient dans une clameur silencieuse et unanime. Cette soif-là, il savait bien, à l'entendre gronder en lui, qu'il lui faudrait tout le reste de sa vie pour l'étancher, s'il venait à être libéré avant sa mort.

Les salines formaient un immense réseau de galeries, salles et carrières souterraines, entièrement taillées dans le sel gemme, véritable ville enterrée, doublement enterrée puisqu'elle se trouvait sous les demeures et les édifices publics, également inhumés, de Sodome. Le travail se répartissait entre les trois stades de la production saunière. Il y avait les terrassiers, les carriers et les tailleurs. Ces derniers débitaient en plaques blanchâtres les blocs détachés du fond par les carriers. Les terrassiers poursuivaient un travail d'excavation et d'exploration qui durait depuis des siècles et paraissait ne devoir jamais finir. La dureté du sel gemme rendait tout étayage inutile, mais il s'en fallait qu'il fût sans surprise ni danger. On voyait parfois apparaître dans l'épaisseur d'un mur ou d'un plafond un fantôme sombre aux formes fantastiques, poulpe géant, cheval malade aux membres boursouflés, ou

oiseau de cauchemar. Il s'agissait d'une poche d'argile
meuble, emprisonnée dans le gemme, comme une
bulle gigantesque dans la pureté d'un cristal. L'apparition d'un « fantôme » au cours de travaux d'excavation obligeait les terrassiers à contourner l'obstacle
dont il était impossible d'évaluer la masse totale. Les
galeries se trouvaient ainsi infestées de monstres
immobiles, tapis dans le ventre de la montagne, et
parfois l'un d'eux, lassé par le manège et les coups
d'épingle des fourmis humaines, explosait avec un
bruit de tonnerre, et noyait toute une mine sous des
tonnes d'argile liquide.

   L'exploitation se composait de quatre-vingt-dix-sept
mines, fournissant leur charge aux deux caravanes qui
quittaient Sodome chaque semaine. A la production de
dalles de sel s'ajoutait il est vrai l'appoint important
de cônes moulés dans des formes de bois à partir du sel
marin récolté dans des bassins asséchés par le soleil.
Parce qu'il avait lieu en plein air, ce travail des marais
salants était envié par tous les sauniers du fond,
comme un certain retour aux conditions de la vie
normale. Certains obtenaient à force de servilité qu'on
les y affectât. Mais la mine ne lâche pas facilement
ceux qui lui ont été donnés. Le soleil intense, auquel
ces hommes n'étaient plus adaptés, leur brûlait la peau
et les yeux, et ils devaient regagner la pénombre
souterraine avec des lésions cutanées ou une ophtalmie
inguérissables. Le comble de la déchéance, c'est
l'adaptation à la déchéance au point que toute améliora-
tion devient impossible. Sous l'action permanente
de l'humidité saturée de sodium, certains mineurs
voyaient leur peau s'user, s'amincir, devenir tout à fait
diaphane — comme celle qui recouvre une plaie à
peine cicatrisée —, tellement qu'ils ressemblaient à des
écorchés. On les appelait les hommes rouges, et c'était

l'un d'eux qu'avait aperçu Taor la nuit de son arrivée à Sodome. Ils allaient généralement nus — ne supportant aucun vêtement, et moins encore ceux de la mine, tout râpeux de sel — et s'ils se hasardaient au-dehors, c'était en pleine nuit, par horreur du soleil. Sans doute en raison de ses origines indiennes, Taor ne connut pas cette excoriation générale, mais ses lèvres se parcheminèrent, toute sa bouche se dessécha, ses yeux s'emplirent de purulences qui ne cessaient de suinter le long de ses joues. En même temps il voyait fondre son ventre, et son corps devenir celui d'un petit vieux voûté et ratatiné.

Longtemps il ne connut que l'immense cave — grande comme l'intérieur d'un temple — où il taillait et grattait les dalles de sel, les boyaux humides qui menaient d'un point à un autre de la mine, et surtout l'étrange salon minéral où il mangeait et dormait avec une cinquantaine d'autres, et où les prisonniers avaient employé leurs loisirs à sculpter en pleine gemme des tables, des fauteuils, des armoires, des niches, et même, pour l'ornementation, des faux lustres et des statues.

Après une période de réclusion totale qu'il ne mesura pas, il fut admis à revoir la lumière du jour. Ce fut d'abord pour participer à des expéditions de pêche en mer, le poisson constituant l'unique nourriture des prisonniers. Pêche assez paradoxale, puisque ces eaux ne toléraient aucune vie animale ou végétale. Il s'agissait en réalité de remonter jusqu'à l'autre extrémité de la mer, celle où se jette le Jourdain, ce qui demandait trois jours de marche, et quatre pour revenir avec les couffins de poissons.

L'arrivée du Jourdain aux abords de la mer Morte et sa disparition, absorbé par ses eaux lourdes, impressionnèrent profondément Taor, car il y vit l'image d'une agonie et d'une mort. Le fleuve arrive allègre, chantant, poissonneux, ombragé de baumes et de tamarins pleins d'oiseaux. Avec une juvénile témérité, il lance ses eaux murmurantes vers l'avenir, et ce qui l'attend est affreux. Il tombe dans une gorge de terre jaune qui le pollue et brise son élan. Ce n'est plus désormais qu'un flux gras et opaque qui roule lentement vers l'issue fatale. Les végétaux, qui s'acharnent encore à le border, dressent vers le ciel des branches rabougries, et déjà confites de sable et de sel. Finalement la mer Morte n'absorbe qu'un fleuve malade qu'elle digère sans rien en laisser déborder, puisqu'elle est fermée au sud. Plus loin a lieu un autre drame que signalent les vols puissants et arrondis des aigles pêcheurs. Les poissons du Jourdain — des brêmes, des barbeaux, des silures principalement — asphyxiés par la chimie des eaux marines remontent par milliers, le ventre en l'air, pour peu de temps il est vrai, car bientôt surchargés de sel, ils coulent alors comme des pierres. C'était ces poissons morts et minéralisés que les prisonniers s'efforçaient de recueillir avec des filets, et qu'il fallait disputer parfois aux aigles rendus furieux par cette intrusion. Pêche étrange en vérité, funèbre et irréelle, bien à l'image de ces lieux maudits.

Mais elle n'approchait pas en bizarrerie une sorte de chasse au harpon, unique en son genre, à laquelle Taor devait également participer. La barque s'avançait lentement jusqu'au milieu de la mer — aux points où elle atteint notoirement la plus grande profondeur —, cependant qu'un homme exercé se tenait penché à l'avant et scrutait ses abîmes sirupeux, avec, à portée de la main, un harpon attaché à une corde. Que guettait-il ainsi ? Un monstre noir et furieux qui ne hante nulle autre mer, l'*acéphalotaure* ou taureau sans tête. Soudain au plus épais du liquide métallique, on apercevait son ombre tournoyante qui grossissait rapidement en fonçant sur la barque. Il fallait alors le maîtriser, puis le hisser à bord. Il s'agissait en fait d'une masse d'asphalte recrachée par le fond et remontant vivement à la surface sous la poussée de la densité de l'eau. Ces monstres de bitume avaient la fâcheuse propriété d'adhérer au bateau et de s'y cramponner par mille fils élastiques. Pour les détacher, les Sodomites usaient d'une mixture immonde faite d'urine masculine et de sang menstruel. Cet asphalte était précieux non seulement pour calfater les navires, mais comme ingrédient pharmaceutique, et on pouvait en tirer un bon prix [12].

Tout à fait inutile et désintéressée en revanche semblait être la cueillette des pommes de Sodome qui se faisait sur les couches de gypse et de marne salifères, déposées par les transgressions du lac asphaltite. Dans ces champs empoisonnés pousse un arbuste épineux, à feuilles frêles et pointues, qui donne un fruit semblable au citron sauvage. Ce fruit se présente sous une apparence savoureuse, mais ce n'est qu'un piège assez cruel, car, mûr, il est gonflé d'un jus corrosif qui emporte la bouche, et sec, il dégage une poussière séminale grise, semblable à de la cendre, qui irrite les yeux et les narines. Taor ne put jamais savoir à quel usage on lui faisait récolter ces pommes de Sodome.

Au cours de ces expéditions, il chercha à retrouver le rivage où il avait nuité avec sa troupe en descendant de Bethléem. Tous les points de repère qu'il avait en mémoire semblaient effacés. Il n'était pas jusqu'aux deux éléphants salés — pourtant difficiles à manquer — qui demeurèrent introuvables. Tout son passé semblait anéanti. Il surgit pourtant une dernière fois devant lui, sous la forme la plus inattendue et la plus dérisoire qui soit.

Il s'agissait d'un personnage rond et comme gonflé de sa propre importance qui échoua un jour dans la sixième mine, celle de Taor. Il se nommait Cléophante et était originaire d'Antioche de Pisidie, ville de Phrygie galatique, qu'il fallait se garder de confondre, expliquait-il bien à tout venant, avec l'Antioche syrienne, située sur l'Oronte. Tout le bonhomme était dans ce genre de distingo qu'il infligeait à chacun, le doigt levé, avec des airs de maître d'école. Il jouissait de conditions spéciales, car il paraissait n'être prisonnier saunier que sur une suite de malentendus qui seraient bientôt dissipés, affirmait-il. Le fait est qu'il disparut au bout d'une semaine sans avoir subi les fers ni la cellule. Ce qui attira l'attention de Taor, c'est que ce Cléophante s'annonça confiseur de son métier, et spécialiste de sucreries levantines. Une nuit qu'ils reposaient côte à côte, Taor ne put donc se retenir de lui poser la question :

— Le rahat loukoum ? Dis-moi, Cléophante, sais-tu ce qu'est le rahat loukoum ?

Le confiseur antiochéen sursauta et regarda Taor comme s'il le voyait pour la première fois. Qu'est-ce que cette épave humaine pouvait bien avoir de commun avec le rahat loukoum ?

— Pourquoi t'intéresses-tu au rahat loukoum ? lui demanda-t-il.

— Ce serait trop long à raconter.

— Sache donc que le rahat loukoum est une friandise noble, exquise et savante qui ne serait pas à sa place dans la bouche d'un déchet d'humanité dans ton genre.

— Je n'ai pas toujours été un déchet d'humanité mais sans doute ne me croiras-tu pas si je te dis que j'ai mangé jadis un rahat loukoum, oui, et même à la pistache pour ne rien te cacher. Et je te dirai aussi que j'ai payé, et même fort cher, pour en connaître la recette. Or comme tu me vois, cette recette, je ne l'ai toujours pas trouvée...

Cléophante avait enfin rencontré dans ces bas-fonds un interlocuteur digne de son savoir culinaire. Il se rengorgea.

— As-tu jamais entendu parler de la gomme adragante ? lui demanda-t-il.

— De la gomme adragante ? Non certes, jamais, avoua humblement Taor.

— C'est la sève d'un arbuste du genre *astragalus* qu'on trouve en Asie Mineure. Elle se gonfle dans l'eau froide, et prend alors l'aspect d'un mucilage blanc, visqueux et épais. Cette gomme adragante tient une place de choix dans les hautes sphères de la société. Elle devient pâte pectorale pour les apothicaires, gomina pour les coiffeurs, apprêt pour les blanchisseurs, et gelée pour les pâtissiers. Mais c'est dans le rahat loukoum qu'elle trouve son apothéose.

Il faut d'abord rincer la gomme à l'eau fraîche. Tu la verses dans une terrine, tu couvres d'eau et tu laisses reposer dix heures. Le lendemain, tu commences par faire chauffer un grand récipient d'eau qui servira de bain-marie. Tu verses le contenu de la terrine dans une casserole que tu poses dans le bain-marie. Tu attends que la gomme fonde en remuant avec une cuiller en bois et en écumant de temps en temps. Puis tu passes la gomme fondue à travers un tamis, et tu la laisses encore reposer dix heures. Ce temps écoulé, tu recommences la cuisson au bain-marie. Tu ajoutes sucre, eau de rose ou fleur d'oranger. Tu laisses cuire en remuant sans cesse jusqu'à obtenir une pâte formant un ruban. Tu retires du feu et tu laisses reposer une minute. Ensuite tu verses la pâte sur une table de marbre, et tu découpes des cubes au couteau, non sans enfoncer un cerneau de noix dans chacun d'eux. Tu laisses durcir dans un endroit frais.

— Bien, mais, et la pistache ?

— Quelle pistache ?

— Je t'avais parlé de rahat loukoum à la pistache.

— Rien de plus facile. Tu piles les grains de pistache aussi finement que possible, une vraie poussière de pistache, vois-tu. Et tu l'incorpores à la pâte au lieu de l'eau de rose ou de la fleur d'oranger dont j'ai parlé. Es-tu satisfait ?

— Sans doute, sans doute, murmura rêveusement Taor.

Il n'ajouta pas, de peur d'irriter son compagnon, à quel point cette histoire de rahat loukoum lui paraissait lointaine à présent : la cosse infime et légère d'une petite graine qui avait bouleversé sa vie en y enfonçant des racines formidables, mais dont la floraison promettait de remplir le ciel.

*

La haute société sodomite ne dédaignait pas de demander à l'administration des mines qu'on lui envoyât des prisonniers sauniers pour effectuer des bas travaux, ou pour une aide temporaire en certaines circonstances exceptionnelles. L'administration répugnait à ces pratiques — néfastes aux prisonniers, estimait-on — mais ne pouvait opposer un refus à certaines personnalités. C'est ainsi que Taor put découvrir, sous la livrée d'un serveur ou d'un échanson, les maîtres de Sodome, au cours des longs soupers qui les réunissaient. Ces fonctions — qui répondaient à sa vocation alimentaire — lui offraient un poste d'observation incomparable. Considéré par les hôtes et les convives comme inexistant, il voyait tout, entendait tout, enregistrait tout. Si les chefs de la main-d'œuvre craignaient que ces heures passées dans un milieu luxueux et raffiné entamassent la résistance physique et morale des sauniers, ils se trompaient, au moins en ce qui concernait Taor. Rien n'était plus revigorant au contraire pour l'ancien prince du Sucre que le spectacle de ces hommes et de ces femmes, qui n'étaient pas le sel de la terre, parce que, disaient-ils, il n'y avait pas de terre à Sodome, mais le sel du sel, voire même, ajoutaient-ils, le sel du sel du sel. Non qu'il fût tenté de s'attacher sans réserve à ces maudits, ces réprouvés, unis par un esprit acéré de négation et de dérision, un scepticisme invétéré, une arrogance savamment cultivée. Ils étaient trop évidemment prisonniers d'un parti pris de dénigrement et de corrosion qu'ils respectaient scrupuleusement, comme la seule loi tribale.

Taor fut un temps attaché à une importante maison, celle d'un couple qui menait grand train et dont les soupers réunissaient ce qu'il y avait de plus brillant et de plus corrosif à Sodome. Ils s'appelaient Sémazar et Amraphelle, et, quoique mari et femme, ils se ressemblaient comme frère et sœur avec leurs yeux sans cils dont les paupières ne clignaient jamais, leur nez retroussé par l'insolence, leurs lèvres minces, sinueuses, persifleuses, et ces deux grandes rides amères qui balafraient leurs joues. Des visages embrasés par l'intelligence, qui souriaient toujours, qui ne savaient pas rire. Il s'agissait à coup sûr d'un couple uni et même harmonieux, mais dans le style de Sodome, et un observateur non averti se serait étonné de l'atmosphère de méchanceté vigilante qu'ils entretenaient entre eux. Avec un instinct de tireur infaillible, chacun guettait le point vulnérable de son interlocuteur, celui où il se découvre, pour en faire dans l'instant même la cible d'une nuée de fléchettes empoisonnées. La règle implicite des relations entre Sodomites voulait qu'ils s'acharnassent d'autant plus cruellement l'un sur l'autre qu'ils s'aimaient davantage. Ici, indulgence voulait dire indifférence, et bienveillance, mépris.

Taor passait et repassait comme une ombre dans ces vastes salles hermétiquement closes, où l'on festoyait des nuits entières. Des liqueurs aux teintes toxiques, distillées par les laboratoires du Lac Asphaltite, faisaient flamber les imaginations, monter le ton des discours, éclater le cynisme des gestes. Il se disait et se faisait là des choses abominables, dont Taor était témoin forcé, mais non complice. Il avait compris que la civilisation sodomite se composait de trois principes étroitement amalgamés : le sel, la dépression tellurique et une certaine pratique amoureuse. Or les mines de sel et leur extrême bassitude, Taor les éprouvait dans sa chair et son âme depuis tant d'années que bientôt viendrait le jour — mais n'était-il pas déjà venu ? — où il aurait vécu dans cet enfer plus longtemps que nulle part ailleurs. Cela suffisait sans doute à lui donner de l'esprit sodomite une certaine compréhension, mais tout intellectuelle et abstraite. Il se souvenait des premiers pas qu'il avait faits dans la cité foudroyée en observant que tous les reliefs habituels, toutes les hauteurs normales dans une ville étaient remplacés ici par des ombres portées. Précipité dans la vie souterraine de la cité, il avait compris plus tard que les reliefs, dont ces ombres dessinaient le profil, n'avaient pas été seulement aplatis sous le pied de Yahvé, mais retournés, convertis en valeurs négatives. Chaque hauteur de la ville se reflétait ainsi sous la forme inversée d'une profondeur à la fois semblable et diamétralement opposée. Cette inversion trouvait son équivalent dans l'esprit sodomite qui avait des choses une vision en ombres noires, anguleuses, coupantes,

plongeant dans des abîmes vertigineux. Chez le Sodomite, toute hauteur de vue se résolvait en analyse
fondamentale, toute ascendance en pénétration, toute
théologie en ontologie, et la joie d'accéder à la lumière
de l'intelligence était glacée par l'effroi du chercheur
nocturne qui fouille les soubassements de l'être.

Mais la compréhension de Taor n'allait pas plus loin,
et il voyait bien que les deux éléments de la civilisation
sodomite qu'il connaissait — sel et dépression —
demeuraient comme accidentels et extérieurs l'un à
l'autre, dès lors que l'érotisme ne les enveloppait pas
dans sa chaleur et son épaisseur charnelles. Il était
clair que, faute d'être né ici même et de parents
sodomites, cette sorte d'amour lui inspirerait toujours
une horreur instinctive, et qu'à l'admiration qu'il ne
pouvait refuser à ces gens se mêleraient la pitié et la
répulsion.

Il les écoutait donc célébrer leurs amours d'une
oreille attentive, mais il lui manquait la sympathie
sans laquelle on ne comprend ces choses qu'à moitié.
Ils se vantaient d'échapper à l'affreuse mutilation des
yeux, du sexe et du cœur — matérialisée par la
circoncision — que la loi de Yahvé inflige aux enfants
de son peuple pour les rendre inaptes à toute sexualité
autre que de procréation. Ils n'avaient que sarcasmes
pour le procréationnisme à tout-va des autres Juifs,
lequel conduit fatalement à des crimes innombrables
allant des manœuvres abortives aux abandons d'enfants. Ils rappelaient l'infamie de Lot, ce Sodomite, qui
avait renié sa cité et choisi le parti de Yahvé, pour se
faire ensuite enivrer et violer par ses propres filles. Ils
se félicitaient du désert stérile où ils vivaient, de sa
matière cristalline — c'est-à-dire s'épuisant dans un
amas de formes géométriques —, des nourritures pures
et assimilables sans reste qu'ils mangeaient, grâce

auxquelles leur intestin, au lieu de fonctionner comme un égout gonflé d'immondices, demeurait la colonne creuse et fondamentale de leur corps. Selon eux, les deux *o* de Sodome — comme aussi ceux de Gomorrhe, mais en un sens différent — signifiaient les deux sphincters opposés du corps humain — l'oral et l'anal — qui communiquent, se font écho et s'appellent d'un bout à l'autre de l'homme, comme l'alpha et l'oméga de la vie, et seul l'acte sexuel sodomite répond à ce sombre et grand tropisme. Ils disaient aussi que grâce à la sodomie, la possession, au lieu de s'enfermer dans un cul-de-sac, se branche sur le labyrinthe intestinal, irrigue chaque glande, excite chaque nerf, émeut chacune des entrailles, et débouche finalement en plein visage, métamorphosant tout le corps en trompette organique, tuba viscéral, ophicléide muqueux, aux boucles et volutes infiniment ramifiées. Taor les comprenait mieux en revanche quand il les entendait dire que la sodomie, au lieu d'asservir le sexe à la propagation de l'espèce, l'exalte en l'engageant sur la voie royale du circuit alimentaire.

Parce qu'elle respecte la virginité de la jeune fille et ne touche pas au dangereux engrenage de la fécondité de l'épouse, la sodomie était en particulière faveur auprès des femmes, au point qu'elle s'inscrivait dans un véritable matriarcat. Au demeurant, c'était à une femme — l'épouse de Lot — que toute la cité rendait un culte, comme à sa divinité tutélaire.

Prévenu par deux anges que le feu du ciel va s'abattre sur la ville, Lot trahit ses concitoyens et s'enfuit à temps avec sa femme et ses deux filles. Cependant interdiction leur a été signifiée de regarder derrière eux. Lot et ses filles obéissent. Mais l'épouse ne peut s'empêcher de se retourner pour adresser un dernier adieu à la ville chérie en train de sombrer dans les flammes. Ce geste tendre ne lui est pas pardonné, et Yahvé fige la malheureuse en colonne de sel [13].

Pour célébrer ce martyre, les Sodomites se réunissaient chaque année, en une sorte de fête nationale, autour de la statue qui, depuis maintenant mille ans, fuyait Sodome, mais à contrecœur, tellement qu'une torsion de tout son corps la plaçait face à la ville, magnifique symbole de courageuse fidélité. On chantait des hymnes, on dansait, on s'accouplait « à la mode de chez nous », autour de la Mère Morte — comme on l'appelait en un affectueux jeu de mots —, on couvrait de toute la flore du pays, roses de sable, anémones fossiles, violettes de quartz, rameaux de gypse, cette femme, emportée et immobilisée à la fois, dans la dure spirale de ses voiles pétrifiés.

A quelque temps de là, la sixième saline vit arriver un nouveau prisonnier. Son teint chaud, sa chair pleine et surtout l'espèce d'étonnement horrifié qui habitait sans cesse son regard dans ces lieux souterrains, tout chez lui trahissait l'homme fraîchement arraché à la terre fleurie et au doux soleil, et portant encore sur lui la bonne odeur de la vie superficielle. Les hommes rouges l'entourèrent aussitôt pour le palper et l'interroger. Il s'appelait Démas, et était originaire de Mérom, un village au bord du petit lac Houleh que traverse le Jourdain. Comme la région est très marécageuse et riche en poissons et en oiseaux aquatiques, il vivait de la chasse et de la pêche. Que n'était-il demeuré en ses lieux d'origine! Mais, poussé par l'espoir de prises plus abondantes, il avait descendu le cours du Jourdain, d'abord jusqu'au lac de Génésareth où il avait longtemps séjourné, puis, poursuivant vers le sud, il avait traversé la Samarie, s'était arrêté à Béthanie et était arrivé finalement à l'embouchure du fleuve dans la mer Morte. Pays maudit, faune horrible, rencontres exécrables! gémissait-il. Pourquoi n'avait-il pas immédiatement rebroussé chemin vers le nord riant et verdoyant? Il s'était pris de querelle avec un Sodomite, et lui avait fendu la tête d'un coup de hache.

Les compagnons du mort s'étaient assurés de lui, et l'avaient emmené avec eux à Sodome.

Les hommes rouges, estimant bientôt avoir tiré tout ce qu'ils pouvaient du prisonnier étranger, l'abandonnèrent à l'état de prostration désespérée que traversaient toujours les nouveaux venus avant de se résigner à leur horrible condition. Taor le prit sous sa protection, l'obligea doucement à se nourrir un peu, et il se serra dans sa niche de sel pour qu'il puisse s'étendre près de lui. Ils parlaient des heures entières à mi-voix dans la nuit mauve de la saline, alors que, les reins et la nuque brisés par la fatigue, ils ne pouvaient cependant trouver le sommeil.

C'est ainsi que Démas fit incidemment allusion à un prédicateur qu'il avait entendu au bord du lac de Tibériade et aux alentours de la ville de Capharnaüm, et que les gens appelaient généralement le Nazaréen. Taor laissa d'abord passer le propos, mais dès cet instant une petite flamme chaude et brillante dansa dans son cœur, car il comprit qu'il s'agissait de celui qu'il avait manqué à Bethléem et pour lequel il avait refusé de repartir avec ses compagnons. Il laissa passer le propos, comme un pêcheur laisse aller un poisson magnifique qu'il guette depuis des années, mais qu'il craint d'effaroucher, l'ayant enfin trouvé, car seule une extrême douceur le fera pénétrer dans la nasse. Disposant d'un temps illimité, il laissa la mémoire de Démas distiller lentement, goutte à goutte, tout ce qu'il savait du Nazaréen pour l'avoir entendu raconter ou pour l'avoir vu de ses propres yeux. Démas évoqua ainsi ce repas de noces à Cana, où Jésus avait transformé l'eau en vin, puis cette vaste foule, réunie autour de lui dans le désert, qu'il avait nourrie à satiété avec cinq pains et deux poissons. Démas n'avait pas assisté à ces miracles. En revanche il était là, au bord du lac, quand

Jésus pria un pêcheur de le mener au large dans sa barque, et de jeter son filet. Le pêcheur n'obéit qu'à contrecœur, car il avait peiné toute la nuit sans rien prendre, mais cette fois il crut que son filet allait se rompre, tant était grande la quantité de poissons capturés. Cela, Démas l'avait vu de ses yeux et il en témoignait.

— Il me semble, dit enfin Taor, que le Nazaréen ait surtout à cœur de nourrir ceux qui le suivent...

— Sans doute, sans doute, approuva Démas, mais il s'en faut que les hommes et les femmes qui l'entourent défèrent toujours avec empressement à son invitation. Cela est si vrai que je l'ai entendu raconter un apologue assez amer, à coup sûr inspiré par la froideur et l'indifférence de ceux qu'il voulait combler. C'est l'histoire d'un homme riche et généreux, qui avait fait de grands frais pour offrir un dîner succulent à ses parents et à ses amis. Quand tout fut apprêté, ne voyant venir personne, il leur dépêcha un serviteur pour leur rappeler son invitation. Or chacun inventant un prétexte différent se récusait. L'un devait aller voir un champ qu'il venait d'acheter, l'autre essayer cinq paires de bœufs nouveaux, un autre partait en voyage de noces. Alors l'homme riche et généreux envoya ses serviteurs inviter dans les rues et sur les places tout ce qu'ils trouveraient comme mendiants, estropiés, aveugles et boiteux, « afin, dit-il, que les mets délicieux que j'ai préparés ne soient pas perdus ».

Taor, en l'écoutant, se rappelait les mots qu'il avait lui-même prononcés après avoir entendu le récit fait par Balthazar, Melchior et Gaspard, et, en vérité, il avait dû être alors divinement inspiré, car, ayant avoué qu'il se sentait terriblement étranger aux préoccupations artistiques, politiques et amoureuses des trois rois mages, il avait exprimé l'espoir qu'à lui aussi le Sauveur tiendrait un langage accordé à son intime personnalité. Or voici que, par la bouche du pauvre Démas, Jésus lui contait des histoires de banquet de noces, de pains multipliés, de pêches miraculeuses, de festins offerts à des pauvres, à lui, Taor dont toute la vie — et jusqu'à son grand voyage en Occident — s'axait sur des préoccupations alimentaires.

— Et ce n'est rien encore, enchaîna Démas, on m'a rapporté un sermon qu'il aurait fait à la synagogue de Capharnaüm, tellement fantastique que j'ai toujours peine à y croire, bien que mon témoin soit tout à fait digne de foi.

— Qu'aurait-il dit ?

— Il aurait dit textuellement : « *C'est moi qui suis le pain vivant descendu du ciel. Si vous ne mangez la chair du Fils de l'homme et ne buvez son sang, vous n'aurez pas la vie en vous. Celui qui mange ma chair et boit mon sang demeure en moi et moi en lui.* » Ces paroles ont soulevé un scandale, et la plupart de ceux qui le suivaient se sont dispersés.

Taor se taisait, ébloui par la terrible clarté de ces paroles sacrées. A tâtons dans cette lumière trop crue pour son esprit, il voyait pourtant des événements de sa vie passée gagner soudain un relief et une cohérence nouvelle, mais il s'en fallait que tout devînt compréhensible. Par exemple le goûter qu'il avait donné aux enfants de Bethléem et le massacre des petits, perpétré en même temps, commençaient à se rapprocher et à s'éclairer mutuellement. Jésus ne se contentait pas de nourrir les hommes, il se faisait immoler pour les nourrir de sa propre chair et de son propre sang. Le festin et le sacrifice humain n'avaient pas eu lieu simultanément à Bethléem par l'effet du hasard : c'était les deux faces du même sacrement, appelées irrésistiblement à se rapprocher. Et il n'était pas jusqu'à sa propre présence dans les mines qui ne se justifiât soudain aux yeux de Taor. Car aux petits pauvres de Bethléem, il n'avait donné que les friandises transportées par ses éléphants, tandis qu'aux enfants du caravanier insolvable, il avait fait don de sa chair et de sa vie.

Mais jamais les paroles du Nazaréen rapportées par Démas ne touchaient plus profondément Taor que lorsqu'elles évoquaient l'eau fraîche et les sources jaillissantes, car depuis des années, chaque cellule de son corps hurlait la soif, et lui n'avait que des eaux saumâtres pour tenter de se désaltérer. Aussi quelle n'était pas son émotion d'homme torturé par l'enfer du sel, quand il entendait ces mots : « *Quiconque boit cette eau aura encore soif, mais celui qui boira l'eau que je lui donnerai n'aura plus jamais soif. Bien plus, l'eau que je lui donnerai deviendra en son propre cœur une fontaine d'eau vive pour la vie éternelle.* » Nul mieux que Taor ne savait qu'il ne s'agissait pas d'une métaphore. Il savait que l'eau qui désaltère la chair et celle qui jaillit de l'esprit ne sont pas de nature différente, dès lors qu'on échappe au déchirement du péché. Il se souvenait en effet de l'enseignement du rabbi Rizza en l'île de Dioscoride, lequel évoquait une nourriture et une boisson capables de combler en même temps le corps et l'âme. En vérité, tout ce que disait Démas allait tellement dans le sens de Taor, répondait si justement à ses questions de toujours, qu'à coup sûr, c'était Jésus lui-même qui s'adressait à lui par le truchement du pêcheur de Mérom.

Une nuit enfin, Démas rapporta que Jésus, revenant de Tyr et de Sidon, gravit la montagne appelée *Cornes d'Hattin* parce que, située près du village de ce nom, à trois heures du lac, elle affecte la forme d'une selle, incurvée en son centre, relevée en ses extrémités. Et là

Jésus enseigna les foules. Il dit : « *Bienheureux les pauvres en esprit, car le royaume des cieux est à eux. Bienheureux les doux, car ils posséderont la terre.* »

— Que dit-il aussi ? demanda Taor à voix basse.

— Il dit : « *Bienheureux ceux qui ont soif de justice, car ils seront désaltérés.* »

Aucun mot ne pouvait s'adresser plus personnellement à Taor, l'homme qui souffrait de la soif depuis si longtemps pour que justice soit faite. Il supplia Démas de répéter et de répéter encore ces quelques mots dans lesquels toute sa vie était contenue. Puis il laissa sa tête reposer en arrière sur le mur lisse et mauve de sa niche, et c'est alors qu'eut lieu un miracle. Oh un miracle discret, infime, dont Taor pouvait seul être témoin : de ses yeux corrodés, de ses paupières purulentes, une larme roula sur sa joue, puis sur ses lèvres. Et il goûta cette larme : c'était de l'eau douce, la première goutte d'eau non salée qu'il buvait depuis plus de trente ans.

— Qu'a-t-il dit encore ? insista-t-il dans une attente extatique.

— Il a dit encore : « *Heureux ceux qui pleurent, car ils seront consolés.* »

*

Démas mourut peu après, décidément incapable de supporter la vie des salines, et son corps alla rejoindre ceux qui l'avaient précédé dans le grand saloir funéraire, livrés au sodium qui travaille inlassablement à dessécher la chair, à y tuer tous les germes de putréfaction et à transformer les morts d'abord en poupées de parchemin raide, puis en statues de verre translucide et cassant.

Et la succession des jours sans nuit reprit, chacun

tellement identique au précédent qu'il semblait que le même jour recommençât inlassablement sans l'espoir d'une issue, d'un dénouement.

Pourtant un matin, Taor se retrouva seul à la porte nord de la ville. On lui avait donné une chemise de lin, un sac de figues et une poignée d'oboles pour tout viatique. Les trente-trois ans de sa dette étaient-ils écoulés ? Peut-être. Taor, qui n'avait jamais su calculer, s'en était remis à ses geôliers, et d'ailleurs le sentiment même du temps écoulé s'était émoussé en lui au point que tous les événements ayant eu lieu depuis son arrivée à Sodome lui semblaient contemporains les uns des autres.

Où aller ? La question avait trouvé une réponse anticipée dans les récits de Démas. D'abord sortir des fonds de Sodome, remonter vers le niveau normal de la vie humaine. Ensuite marcher vers l'ouest, et notamment vers la capitale où il avait le plus de chances de trouver la trace de Jésus.

Son extrême faiblesse était en partie compensée par sa légèreté. Mannequin de peau et de tendons, squelette ambulant, il flottait à la surface du sol, comme s'il eût été soutenu à droite et à gauche par des anges invisibles. Ce qui était plus grave, c'était l'état de ses yeux. Il y avait longtemps qu'ils ne supportaient plus la lumière vive, avec leurs paupières sanglantes, encroûtées de sécrétions cireuses qui partaient en squames minces et sèches. Il déchira le bas de sa robe, et se noua sur le visage un bandeau à travers lequel il voyait son chemin par une mince fente.

Il remonta ainsi ce bord de mer qu'il connaissait bien, mais il lui fallut sept jours et sept nuits pour parvenir jusqu'à l'embouchure du Jourdain. A partir de là, il prit la direction de l'ouest, marchant vers Béthanie qu'il atteignit le douzième jour. C'était le premier village qu'il rencontrait depuis sa libération. Après trente-trois années de cohabitation avec les Sodomites et leurs prisonniers, il ne se lassait pas d'observer des hommes, des femmes, des enfants ayant l'air humain, évoluant naturellement dans un paysage de verdures et de fleurs, et cette vision était si rafraîchissante qu'il ôta bientôt son bandeau devenu inutile. Il allait de l'un à l'autre, demandant si on connaissait un prophète du nom de Jésus. La cinquième personne interrogée l'adressa à un homme qui devait être son ami. Il s'appelait Lazare, et vivait avec ses sœurs Marthe et Marie-Madeleine. Taor se rendit à la maison de ce Lazare. Elle était fermée. Un voisin lui expliqua qu'en ce 14 Nisan, la loi commandait aux Juifs pieux de célébrer le festin de la Pâque à Jérusalem. C'était à moins d'une heure à pied, et bien qu'il fût déjà tard, il avait des chances de trouver Jésus et ses amis chez un certain Joseph d'Arimathie.

Taor se remit en route, mais au sortir du village il eut une faiblesse, il avait cessé de se nourrir. Pourtant au bout d'un moment, soulevé par une force mystérieuse, il repartit.

On lui avait dit une heure. Il lui en fallut trois, et il n'entra à Jérusalem qu'en pleine nuit. Il chercha longtemps la maison de Joseph que le voisin de Lazare lui avait vaguement décrite. Allait-il une fois encore arriver trop tard, comme à Bethléem, dans un passé devenu pour lui immémorial ? Il frappa à plusieurs portes. Parce que c'était la fête de Pâque, on lui répondait avec douceur, malgré l'heure avancée. Enfin la femme qui lui ouvrit acquiesça. Oui, c'était bien la maison de Joseph d'Arimathie. Oui, Jésus et ses amis s'étaient réunis dans une salle de l'étage pour célébrer le festin pascal. Non, elle n'était pas sûre qu'ils fussent toujours là. Qu'il monte s'en assurer lui-même.

Il fallait donc encore monter. Il ne faisait que monter depuis qu'il avait quitté la saline, mais ses jambes ne le portaient plus. Il monta cependant, poussa une porte.

La salle était vide. Une fois de plus, il arrivait trop tard. On avait mangé sur cette table. Il y avait encore treize coupes, sorte de gobelets peu profonds, très évasés, munis d'un pied bas et de deux petites anses. Et dans certaines coupes, un fond de vin rouge. Et sur la table traînaient des fragments de ce pain sans levain que les Juifs mangent ce soir-là en souvenir de la sortie d'Egypte de leurs pères.

Taor eut un vertige : du pain et du vin ! Il tendit la main vers une coupe, l'éleva jusqu'à ses lèvres. Puis il ramassa un fragment de pain azyme et le mangea. Alors il bascula en avant, mais il ne tomba pas. Les deux anges, qui veillaient sur lui depuis sa libération, le cueillirent dans leurs grandes ailes, et, le ciel nocturne s'étant ouvert sur d'immenses clartés, ils emportèrent celui qui, après avoir été le dernier, le perpétuel retardataire, venait de recevoir l'eucharistie le premier.

POST-SCRIPTUM

1. Jésus donc étant né en Bethléem de Juda, aux jours du roi Hérode, voilà que des mages vinrent d'Orient à Jérusalem.

2. Disant : « *Où est le roi des Juifs qui vient de naître ? Car nous avons vu son étoile en Orient et nous sommes venus l'adorer.* »

3. Or le roi Hérode l'apprenant se troubla, et tout Jérusalem avec lui.

4. Et assemblant tous les princes des prêtres et des scribes du peuple, il voulait savoir d'eux où le Christ naîtrait.

5. Et ils lui dirent : en Bethléem de Juda, car il est écrit ainsi par le prophète :

6. « *Et toi, Bethléem, terre de Juda, tu n'es pas la plus petite parmi les principales villes de Juda, car de toi sortira le chef qui doit régir Israël mon peuple.* »

7. Alors Hérode, ayant appelé secrètement les mages, s'enquit d'eux avec soin du temps où l'étoile leur était apparue.

8. Et les envoyant à Bethléem, il dit : « *Allez, et informez-vous avec soin de l'enfant ; et, lorsque vous*

l'aurez trouvé, faites-le-moi savoir, afin que moi aussi j'aille l'adorer. »

9. Ceux-ci, lorsqu'ils eurent entendu le roi, s'en allèrent. Et voilà que l'étoile qu'ils avaient vue en Orient allait devant eux jusqu'à ce que, venant au lieu où était l'enfant, elle s'arrêta au-dessus.

10. Or, en voyant l'étoile, ils se réjouirent d'une grande joie.

11. Et, entrant dans la maison, ils trouvèrent l'enfant avec Marie sa mère, et se prosternant ils l'adorèrent, et ouvrant leurs trésors ils lui offrirent pour présents de l'or, de l'encens et de la myrrhe.

12. Et ayant reçu en songe l'avis de ne pas retourner auprès d'Hérode, ils revinrent par un autre chemin dans leur pays.

13. Lorsqu'ils furent partis, voilà qu'un ange du Seigneur apparut en songe à Joseph disant : « *Lève-toi, prends l'enfant et sa mère, et fuis en Egypte et demeure là jusqu'à ce que je te reparle ; car il arrivera qu'Hérode cherchera l'enfant pour le faire mourir. »*

14. Joseph se levant prit l'enfant et sa mère pendant la nuit, et se retira en Egypte.

15. Et il y resta jusqu'à la mort d'Hérode, afin que s'accomplît ce qu'avait dit le Seigneur par le prophète disant : « *J'ai rappelé mon fils d'Egypte. »*

16. Alors Hérode, voyant qu'il avait été trompé par les mages, s'irrita violemment et envoya tuer tous les enfants qui étaient à Bethléem et dans tous ses environs, depuis l'âge de deux ans et au-dessous, selon le temps dont il s'était enquis auprès des mages. (Saint Matthieu, chapitre 2. Trad. Bayle.)

Ces lignes de l'Evangile selon saint Matthieu constituent la seule mention faite des rois mages dans les textes sacrés. Les évangiles selon Marc, Luc et Jean n'en parlent pas. Matthieu ne donne pas leur nombre. Le chiffre trois est généralement déduit des trois présents mentionnés : l'or, l'encens et la myrrhe. Tout le reste relève des textes apocryphes et de la légende, y compris les noms de Gaspard, Melchior et Balthazar.

L'auteur avait donc toute liberté pour inventer, conformément au fonds de son éducation chrétienne et de la magnifique iconographie inspirée par l'adoration des mages, le destin et la personnalité de ses héros.

Il en va tout autrement du roi Hérode le Grand, personnage historique sur lequel nous sommes abondamment renseignés, notamment par l'historien juif Flavius Josèphe (37-100 après J.-C.). Le chapitre concernant Hérode s'inspire principalement de lui, mais aussi d'autres sources, notamment les études de Jacob S. Minkin et de Gerhard Prause.

La légende d'un quatrième roi mage, parti de plus loin que les autres, manquant le rendez-vous de Bethléem et errant jusqu'au Vendredi Saint, a été plusieurs fois racontée, notamment par le pasteur américain Henry L. Van Dyke (1852-1933), et par l'Allemand Edzard Schaper (né en 1908) qui s'est inspiré d'une légende orthodoxe russe.

NOTES

1. Paul Nizan.

2. Muhammad Asad.

3. Le balsamodendron myrrha.

4. Aujourd'hui mer Caspienne.

5. « Ils construisirent à Jérusalem un gymnase selon l'usage païen. Ils firent disparaître les marques de leur circoncision, et ainsi, se séparant de l'Alliance Sainte, ils s'associèrent aux païens et se vendirent pour commettre le péché » (I Macchabées, I, 5).

6. 225 mètres.

7. En 31 avant J.-C.

8. Deutéronome, XII, 10.

9. Proverbes, XXV, 27.

10. Matthieu, II, 6, citant Michée, V, 1.

11. La surface de la mer Morte est à 400 mètres au-dessous de celle de la mer Méditerranée, et à 800 mètres au-dessous de Jérusalem.

12. Flavius Josèphe, *La Guerre des Juifs,* IV, 8, 4.

13. Genèse, XIX.

DU MÊME AUTEUR

L'AIRE DU MUGUET. Illustrations de Georges Lemoine. Folio Junior 240.

SEPT CONTES. Illustrations de Pierre Hézard. Folio Junior 264.

LES ROIS MAGES. Illustrations de Michel Charrier. Folio Junior 280.

QUE MA JOIE DEMEURE. Conte de Noël dessiné par Jean Claverie. Enfantimages.

Aux Éditions Belfond

LE TABOR ET LE SINAÏ. Essais sur l'art contemporain.

Aux Éditions Complexe

RÊVES. Photographies d'Arthur Tress.

Aux Éditions Denoël

MIROIRS. Photographies d'Édouard Boubat.

Aux Éditions Herscher

MORTS ET RÉSURRECTIONS DE DIETER APPELT.

Aux Éditions Le Chêne-Hachette

DES CLEFS ET DES SERRURES. Images et proses.

Au Mercure de France

LE VOL DU VAMPIRE. Notes de lecture. Idées 485.

Impression Bussière à Saint-Amand (Cher),
le 24 août 1989.
Dépôt légal : août 1989.
1er dépôt légal dans la collection : octobre 1982.
Numéro d'imprimeur : 9311.
ISBN 2-07-037415-7./Imprimé en France.